A LIBRARY OF DOCTORAL DISSERTATIONS IN SOCIAL SCIENCES IN CHINA

中国
社会科学
博士论文
文库

里卡多·皮格利亚侦探小说研究
以长篇小说《人工呼吸》为例

Estudio de la narrativa policíaca de Ricardo Piglia
basado en la novela *Respiración artificial*

楼 宇 著

导师 郑书九

中国社会科学出版社

图书在版编目（CIP）数据

里卡多·皮格利亚侦探小说研究：以长篇小说《人工呼吸》为例／楼宇著.
—北京：中国社会科学出版社，2018.12
ISBN 978 - 7 - 5203 - 3367 - 2

Ⅰ.①里…　Ⅱ.①楼…　Ⅲ.①里卡多·皮格利亚(1941 - 2017)—侦探小说—
小说研究　Ⅳ.①I783.074

中国版本图书馆 CIP 数据核字（2018）第 238462 号

出 版 人	赵剑英
责任编辑	张　林
特约编辑	王　萌
责任校对	周晓东
责任印制	李寡寡

出　　版	中国社会科学出版社
社　　址	北京鼓楼西大街甲 158 号
邮　　编	100720
网　　址	http://www.csspw.cn
发 行 部	010 - 84083685
门 市 部	010 - 84029450
经　　销	新华书店及其他书店

印刷装订	北京君升印刷有限公司
版　　次	2018 年 12 月第 1 版
印　　次	2018 年 12 月第 1 次印刷

开　　本	710 × 1000　1/16
印　　张	13.25
插　　页	2
字　　数	210 千字
定　　价	58.00 元

凡购买中国社会科学出版社图书，如有质量问题请与本社营销中心联系调换
电话：010 - 84083683

总　序

　　在胡绳同志倡导和主持下，中国社会科学院组成编委会，从全国每年毕业并通过答辩的社会科学博士论文中遴选优秀者纳入"中国社会科学博士论文文库"，由中国社会科学出版社正式出版，这项工作已持续了12年。这12年所出版的论文，代表了这一时期中国社会科学各学科博士学位论文水平，较好地实现了本文库编辑出版的初衷。

　　编辑出版博士文库，既是培养社会科学各学科学术带头人的有效举措，又是一种重要的文化积累，很有意义。在到中国社会科学院之前，我就曾饶有兴趣地看过文库中的部分论文，到社科院以后，也一直关注和支持文库的出版。新旧世纪之交，原编委会主任胡绳同志仙逝，社科院希望我主持文库编委会的工作，我同意了。社会科学博士都是青年社会科学研究人员，青年是国家的未来，青年社科学者是我们社会科学的未来，我们有责任支持他们更快地成长。

　　每一个时代总有属于它们自己的问题，"问题就是时代的声音"（马克思语）。坚持理论联系实际，注意研究带全局性的战略问题，是我们党的优良传统。我希望包括博士在内的青年社会科学工作者继承和发扬这一优良传统，密切关注、深入研究21世纪初中国面临的重大时代问题。离开了时代性，脱离了社会潮流，社会科学研究的价值就要受到影响。我是鼓励青年人成名成家的，这是党的需要，国家的需要，人民的需要。但问题在于，什么是名呢？名，就是他的价值得到了社会的承认。如果没有得到社会、人民的承认，他的价值又表现在哪里呢？所以说，价值就在于对社会重大问题的回答和解决。一旦回答了时代性的重大问题，就必然会对社会产生巨大而深刻的影响，你也因此而实现了你的价值。在这方面年轻的博士有很大的优势：精力旺盛，思维敏捷，勤于学习，勇于创新。但青年学者要多向老一辈学者学习，博士尤其要很好地向导师学习，在导师的指导下，发挥自己的优势，研究重大问题，就有可能出好的成果，实现自己的价值。过去12年入选文库的论文，也说明了这一点。

什么是当前时代的重大问题呢？纵观当今世界，无外乎两种社会制度，一种是资本主义制度，一种是社会主义制度。所有的世界观问题、政治问题、理论问题都离不开对这两大制度的基本看法。对于社会主义，马克思主义者和资本主义世界的学者都有很多的研究和论述；对于资本主义，马克思主义者和资本主义世界的学者也有过很多研究和论述。面对这些众说纷纭的思潮和学说，我们应该如何认识？从基本倾向看，资本主义国家的学者、政治家论证的是资本主义的合理性和长期存在的"必然性"；中国的马克思主义者，中国的社会科学工作者，当然要向世界、向社会讲清楚，中国坚持走自己的路一定能实现现代化，中华民族一定能通过社会主义来实现全面的振兴。中国的问题只能由中国人用自己的理论来解决，让外国人来解决中国的问题，是行不通的。也许有的同志会说，马克思主义也是外来的。但是，要知道，马克思主义只是在中国化了以后才解决中国的问题的。如果没有马克思主义的普遍原理与中国革命和建设的实际相结合而形成的毛泽东思想、邓小平理论，马克思主义同样不能解决中国的问题。教条主义是不行的，东教条不行，西教条也不行，什么教条都不行。把学问、理论当教条，本身就是反科学的。

在21世纪，人类所面对的最重大的问题仍然是两大制度问题：这两大制度的前途、命运如何？资本主义会如何变化？社会主义怎么发展？中国特色的社会主义怎么发展？中国学者无论是研究资本主义，还是研究社会主义，最终总是要落脚到解决中国的现实与未来问题。我看中国的未来就是如何保持长期的稳定和发展。只要能长期稳定，就能长期发展；只要能长期发展，中国的社会主义现代化就能实现。

　　什么是 21 世纪的重大理论问题？我看还是马克思主义的发展问题。我们的理论是为中国的发展服务的，决不是相反。解决中国问题的关键，取决于我们能否更好地坚持和发展马克思主义，特别是发展马克思主义。不能发展马克思主义也就不能坚持马克思主义。一切不发展的、僵化的东西都是坚持不住的，也不可能坚持住。坚持马克思主义，就是要随着实践，随着社会、经济各方面的发展，不断地发展马克思主义。马克思主义没有穷尽真理，也没有包揽一切答案。它所提供给我们的，更多的是认识世界、改造世界的世界观、方法论、价值观，是立场，是方法。我们必须学会运用科学的世界观来认识社会的发展，在实践中不断地丰富和发展马克思主义，只有发展马克思主义才能真正坚持马克思主义。我们年轻的社会科学博士们要以坚持和发展马克思主义为己任，在这方面多出精品力作。我们将优先出版这种成果。

2001 年 8 月 8 日于北戴河

摘　　要

阿根廷作家里卡多·皮格利亚（1940—2017）的作品涵盖小说、散文、文学评论和剧本等，曾获西班牙文学评论奖、罗慕洛·加列戈斯国际小说奖及阿根廷作家协会最高荣誉奖等重要奖项，在当代阿根廷文坛乃至西班牙语文坛占有重要地位。

长篇小说《人工呼吸》发表于1980年，是皮格利亚最具代表性的作品，被誉为当代阿根廷最出色的十部小说之一。三十多年来，文学评论家对小说进行了多维度的解读，主要集中在历史角度、后现代文学及元小说等方面。在认真研读了前人的研究成果后，笔者试图独辟蹊径，从后现代侦探小说的角度对《人工呼吸》进行解读诠释，通过对这部作品的文本分析，阐释皮格利亚侦探小说的创作特点。

侦探小说在皮格利亚文学创作中的地位不容小觑，但迄今为止，从侦探小说入手研究《人工呼吸》的著述屈指可数。笔者认为，《人工呼吸》在谜团设置、侦探与罪犯形象、叙事结构等方面颠覆了传统侦探小说的模式，是一部具有后现代侦探小说特征的作品。此外，《人工呼吸》还是皮格利亚展示其"两个故事""文人型侦探"及"侦探型读者"等创作理念的文学载体，集中展现了作者侦探小说创作的独特魅力。

第一章将论述侦探小说的发展与流变，厘清后现代侦探小说的概念及理论发展。通过回顾阿根廷侦探小说的发展历程，指出不论是在解谜小说独占主流的20世纪四五十年代，还是在黑色小说处于主导地位的20世纪70年代，阿根廷侦探小说创作一直不乏后现代文学特征。最后将聚焦皮格利亚与侦探小说的关系，指出皮格利亚不仅著有多部侦探小说及多篇研究侦探小说的论文，更是黑色小说在阿根廷最重要的推动者之一，在阿根廷侦探小说发展史上占有重要地位。

第二章将重点分析皮格利亚侦探小说的创作特色。皮格利亚的侦探小说创作吸收借鉴了博尔赫斯及美国黑色小说的特点，并且加入了作家对这一体裁的理论思索，具有后现代侦探小说特征，如谜团内容多为社会、政治、文学及历史等抽象问题；侦探多以知识分子为主；作品多采用开放结构等。皮格利亚认为，每部小说都包含两个故事，即"可见故事"与"隐藏故事"。在其创作的侦探小说中，"可见故事"讲述的多为以知识分子为主的文人型侦探追踪抽象谜团的故事，而作为小说核心的"隐藏故事"则需要侦探型读者积极参与，去揣摩挖掘藏匿于文本背后的秘密。"两个故事""文人型侦探"及"侦探型读者"构成了皮格利亚侦探小说创作最重要的特点。

第三章将分析《人工呼吸》的"可见故事"，展示埃米利奥·伦西、马塞洛·马基和恩里克·奥索里奥等文人型侦探追踪历史及文学等抽象谜团的解谜经历。第四章将阐释皮格利亚在《人工呼吸》创作过程中采用了哪些后现代小说叙事策略对文本进行加密，将小说处理成一个零乱的、含混的、复杂的文本，使这样一部针砭时弊的作品得以通过独裁政府的文化审查，顺利出版。在第五章中，笔者试图效仿侦探型读者，通过挖掘小说中的空白，阐释潜藏于小说"可见故事"中的叙事符码，解密作品"隐藏故事"的真相。

《人工呼吸》是一部混合了多种文学体裁的作品，汇聚了历史小说、侦探小说、书信体小说、传记体小说及成长小说等诸多元素，因此很难简单将其归入某一类文学体裁。笔者不想以某种单一文学体裁类型来框定皮格利亚丰富多样的创作，将这部庞杂的作品简单定性为后现代侦探小说，笔者只想借助这样一种视角来重新审视《人工呼吸》这部作品，通过研究挖掘作品中丰富的后现代侦探小说元素，进而展现侦探小说叙事策略在皮格利亚文学创作中的运用，以及作家如何通过文学创作，以一种隐蔽的方式对阿根廷"肮脏战争"这一特殊历史时期进行表述并给予抨击。希望这一视角的探求能成为对该作家、作品研究的一种新的尝试与创新。

Extracto

Ricardo Piglia (Adrogué, Buenos Aires, 1940 – 2017), novelista, cuentista, ensayista, editor, guionista, crítico literario y profesor universitario, es unánimemente considerado como un clásico de la literatura latinoamericana contemporánea. Recibió, entre otros galardones, los premios Crítica de España (2010), Premio Internacional de Novela Rómulo Gallegos (2011), El Gran Premio de Honor de la Sociedad Argentina de Escritores (2012) y El Premio Formentor de las Letras (2015).

La novela *Respiración artificial*, publicada en 1980, forma parte del canon literario de Argentina. En una encuesta realizada entre cincuenta escritores y críticos literarios, esta obra fue elegida como una de las diez mejores novelas de la historia de las letras argentinas. *Respiración artificial* ha llamado notoriamente la atención del público y de la crítica. Un gran porcentaje de los estudios de la obra se concentran en la relación del texto con la historia. Algunos hacen una interpretación de la novela desde una perspectiva posmoderna, otros la abordan en términos de la metaficción.

El género policial ocupa un lugar relevante en el mundo literario de Piglia. En este trabajo nos proponemos investigar *Respiración artificial* desde una perspectiva de la novela policíaca posmoderna. A través del análisis de la obra buscamos revelar las características principales de la creación del género del escritor argentino.

Para llevar a cabo este análisis, nos apoyamos principalmente en las teorías de la novela policíaca posmoderna expuestas por los críticos Stefano Tani, Patricia Merivale y Susan Elizabeth Sweeney. En el primer capítulo hacemos un repaso de las características de la novela policíaca posmoderna y su desarrollo en la literatura argentina, después, tratamos de las relaciones entre Piglia y el género policial, especialmente la importancia que éste tiene en la creación pigliana. La narrativa policíaca de Piglia es heredera de un amplio corpus literario en el que destacan autores como Jorge Luis Borges, además de nutrirse en la novela negra norteamericana.

En el segundo capítulo, nos enfocamos en las características de la narrativa policíaca de Piglia, que resumimos básicamente en tres: las dos historias, el detective literario y el lector-detective. Tanto en los cuentos como en las novelas piglianas, siempre aparecen dos historias, una visible y otra secreta. Por una parte, la historia visible cuenta la indagación de los enigmas metafísicos de los detectives literarios y, por otra, la narración siempre requiere de la participación activa del lector-detective para descubrir la historia secreta.

En los siguientes tres capítulos se demuestran las tres características de la narrativa policíaca de Piglia por medio del análisis de *Respiración artificial*. El tercer capítulo se destina al estudio de los enigmas que tratan de resolver los detectives literarios en la novela, como Emilio Renzi, Marcelo Maggi y Enrique Ossorio. En el cuarto capítulo indagamos las estrategias narrativas con las que el escritor logra convertir la novela en un texto codificado, fragmentado, abierto y enigmático, eludiendo la censura para brindar al lector una buena cantidad de pistas que lo conduzcan a la decodificación de los mensajes. En el último capítulo adoptamos el papel de lector-detective, y a través del análisis de los vacíos del texto y descifrar los mensajes que ha dejado el autor en el texto, desvelamos la historia secreta completando la verdad escondida en la novela.

En conclusión, *Respiración artificial* concentra en una sola obra varios géneros novelísticos, y se revela como un híbrido de la novela histórica, policíaca, epistolar, biográfica, e incluso con elementos de la novela de formación (el *Bildungsroman*). Sin embargo, siendo una obra escrita y publicada en plena dictadura militar del país, la novela pone en evidencia diversas facetas de los años de la Guerra Sucia de Argentina. Mediante los usos del género policial, especialmente de la novela policíaca posmoderna, el autor realiza un análisis de la historia y de la realidad de su país, a la vez, expone su reflexión sobre las relaciones entre la literatura y la historia, la literatura y la política, así como las relaciones entre la creación literaria y el compromiso del escritor.

目　　录

ÍNDICE

绪　　论

　　回首 20 世纪世界叙事文学的格局，拉丁美洲文学无疑占有重要地位。自 1492 年哥伦布发现这片"新世界"以来，经过几个世纪的混杂、交融、革新和演变，拉丁美洲文学在 20 世纪终于崛起，向世界文坛展现了一个色彩斑斓的"文学新世界"。阿根廷在拉美叙事文学的发展进程中占有举足轻重的位置。豪尔赫·路易斯·博尔赫斯①、罗伯特·阿尔特②、埃内斯托·萨瓦托③、胡利奥·科塔萨尔④、马努埃尔·普伊格⑤等作家，共同谱写了 20 世纪阿根廷叙事文学的辉煌篇章。时移世易，在全球化时代，阿根廷文学传统的继承与变革面临新的机遇与挑战，作家们通过风格迥异的创作重新定义了新时期的阿根廷文学。作为其中一员，里卡多·皮格利亚（Ricardo Piglia，1940－2017）凭借其丰富多样的文学创作，成为阿根廷文学传承链上的重要一环。

　　皮格利亚的作品涵盖小说、散文、文学评论和剧本等，曾获 2005 年何塞·多诺索伊比利亚美洲文学奖⑥、2010 年西班牙文学评

---

①　豪尔赫·路易斯·博尔赫斯（Jorge Luis Borges，1899－1986），20 世纪最杰出的作家之一，阿根廷诗人、短篇小说家、文学评论家、翻译家。1979 年获塞万提斯文学奖。

②　罗伯特·阿尔特（Roberto Arlt，1900－1942），阿根廷小说家、剧作家、记者。

③　埃内斯托·萨瓦托（Ernesto Sabato，1911－2011），阿根廷作家、文学评论家。1985 年获塞万提斯文学奖。

④　胡利奥·科塔萨尔（Julio Cortázar，1914－1984），阿根廷作家、翻译家。长篇小说《跳房子》（*Rayuela*，1963）被誉为拉丁美洲"文学爆炸"代表作之一。

⑤　马努埃尔·普伊格（Manuel Puig，1932－1990），阿根廷小说家、编剧。

⑥　何塞·多诺索伊比利亚美洲文学奖（Premio Iberoamericano de Letras José Donoso），该奖项是为纪念智利著名作家何塞·多诺索（José Donoso，1924－1996）而设立的，于 2001 年开始颁奖。

论奖①、2011 年罗慕洛·加列戈斯国际小说奖②、2012 年何塞·马里亚·阿盖达斯叙事文学奖③、2012 年阿根廷作家协会最高荣誉奖④、2013 年马努埃尔·罗哈斯伊比利亚美洲叙事文学奖⑤及 2015 年西班牙福门托文学奖⑥等重要奖项，他在阿根廷文学乃至整个西班牙语文学中的地位可见一斑。

皮格利亚生平及创作

皮格利亚 1940 年出生于阿根廷布宜诺斯艾利斯省的阿德罗盖（Adrogué），"来自一个意大利移民家庭，整个家族里没有一个人是知识分子，全以铁路为生"。⑦ 1955 年，他在阿德罗盖中学遇到第一位文学导师，教授文学与历史课的马诺洛·巴斯盖兹老师。文学课上的西班牙古典诗歌成为皮格利亚与文学的初次接触。皮格利亚的父亲是忠实的庇隆党人，1957 年因政治原因，全家迁往距首都 400 多公里的马德普拉塔

---

① 西班牙文学评论奖（Los Premios de la Crítica）于 1956 年创立，分叙事文学和诗歌两个类别，由西班牙文学评论家协会（Asociación Española de Críticos Literarios）负责评选，颁发给前一年在西班牙本土出版的优秀作品。

② 罗慕洛·加列戈斯国际小说奖（Premio Internacional de Novela Rómulo Gallegos）是西班牙语文坛最重要的奖项之一，于 1964 年创立。

③ 何塞·马里亚·阿盖达斯叙事文学奖（Premio de Narrativa José María Arguedas），该奖项为"美洲之家"（Casa de las Américas）于 2000 年新增的三大奖项之一，其他两项为何塞·莱萨马·利马诗歌奖（Premio de Poesía José Lezama Lima）和埃塞基埃尔·马丁内斯·埃斯特拉达散文奖（Premio de Ensayo Ezequiel Martínez Estrada）。何塞·马里亚·阿盖达斯（José María Arguedas，1911－1969）是秘鲁文学史上最重要的作家之一。

④ 阿根廷作家协会最高荣誉奖（El Gran Premio de Honor de la Sociedad Argentina de Escritores），由阿根廷作家协会设立，被誉为阿根廷文坛最重要的奖项。自 1944 年起每年颁奖，授予对阿根廷文学做出杰出贡献的作家。

⑤ 马努埃尔·罗哈斯伊比利亚美洲叙事文学奖（Premio Iberoamericano de Narrativa Manuel Rojas）由马努埃尔·罗哈斯基金会创立，是一项授予伊比利亚美洲作家的终身成就奖，自 2012 年起每年颁奖。马努埃尔·罗哈斯（Manuel Rojas，1896－1973）是智利文学史上最重要的作家之一，1957 年获智利国家文学奖。

⑥ 西班牙福门托文学奖（El Premio Formentor de las Letras）由知名出版社塞伊克斯·巴拉尔（Seix Barral）于 1961 年设立，第一届奖项获得者为博尔赫斯和塞缪尔·贝克特（Samuel Beckett）。

⑦ Fornet, Jorge（comp.）, *Ricardo Piglia*, serie valoración múltiple, 2000, p. 17. 译文由笔者翻译，书中未注明出处的译文均由笔者翻译。

（Mar del Plata）避难。这一事件对皮格利亚影响巨大："当时我17岁，迁徙之旅在我看来更像是一场流亡。我不愿离开我出生的地方，我无法想象在异乡的生活。"① 但正是这段经历把他引上了文学创作之路："那些天，在逃亡途中……我开始写日记。"②

1960年，皮格利亚进入阿根廷拉普拉塔大学攻读历史专业。之所以选择这一专业，是因为"我想成为一名作家……如果我选择文学专业的话，就会失去对文学的兴趣"。③ "历史使我与文学保持若即若离的距离，这正是我梦寐以求的。在我看来，历史学家与小说家是最相近的职业。"④ 1961年，皮格利亚发表处女作短篇小说《弹弓》（La honda），由此开启了漫长的创作之旅。

1963年，皮格利亚开始在拉普拉塔大学人文系教授历史课程。1966年，受胡安·卡洛斯·翁加尼亚（Juan Carlos Onganía，1914 – 1995）政变影响，他暂别教师岗位，就职于豪尔赫·阿尔瓦雷斯⑤的出版社，并于1969年组织翻译并推出侦探小说选集系列《黑色小说》（Serie negra），向阿根廷读者引介多部黑色小说经典。

皮格利亚的文学评论创作也起步于20世纪60年代，陆续发表了《文学与社会》（"Literatura y sociedad"，1965）、《活在草稿中》（"Viviendo en borrador"，1967）等文章。20世纪70年代，皮格利亚笔耕不辍，发表《中产阶级：身体与命运——议马努埃尔·普伊格长篇小说〈丽塔·海华丝的背叛〉》（"Clase media：cuerpo y destino. Lectura de La traición de Rita Hayworth de Manuel Puig"，1972）、《罗伯特·阿尔特：关于金钱的小说》（"Roberto Arlt：la ficción del dinero"，1974）、《博尔赫斯的理念与虚构》（"Ideología y ficción en Borges"，1979）等二十余篇论文。

1976年，皮格利亚受邀前往美国加利福尼亚大学，开设博尔赫斯和罗伯特·阿尔特作品研究的专题课。次年6月，他回到阿根廷，开始撰写第一部长篇小说《人工呼吸》（Respiración artificial），该作品于1980年出

---

① Piglia, Ricardo. Prisión perpetua, 2007, p. 15.

② Ibid., p. 16.

③ Piglia, Ricardo. Crítica y ficción, 2001, p. 52.

④ Ibid., p. 90.

⑤ 豪尔赫·阿尔瓦雷斯（Jorge Álvarez，1932 – 2015），阿根廷著名出版商、音乐制作人，被视为阿根廷20世纪六七十年代最重要的文化推动者之一。

版。此后，皮格利亚过着旅居讲学的生活，先后赴墨西哥国立自治大学、委内瑞拉中央大学、美国普林斯顿大学、哥伦比亚大学、哈佛大学等高校讲学。这一时期，他开始频繁接触戏剧与电影。1995 年，由赫拉尔多·甘蒂尼（Gerardo Gandini）导演，皮格利亚改编自其长篇小说《缺席的城市》（La ciudad ausente，1992）的同名话剧在科隆剧院首演并获成功。两年后，剧本获阿根廷国家戏剧奖三等奖。1996 年，剧本《梦游者》（La sonámbula）获阿根廷国家电影协会奖。

1997 年，皮格利亚成为普林斯顿大学客座教授，主讲拉丁美洲文学，从此开始在阿根廷和美国的两地生活。2012 年，受阿根廷国家图书馆和公共电视台之邀，皮格利亚推出《阿根廷小说概览》（Escenas de la novela argentina）电视系列讲座。节目播出后反响热烈，阿根廷国家图书馆和公共电视台又于 2013 年推出《皮格利亚谈博尔赫斯》（Borges por Piglia）电视系列讲座。

2014 年，皮格利亚不幸患上俗称"渐冻人症"的肌萎缩侧索硬化。患病后，他着手整理自 1957 年开始撰写的日记，并于 2015 年出版《埃米利奥·伦西日记》（Los diarios de Emilio Renzi）第一卷《成长岁月》（Años de formación），次年出版第二卷《幸福时光》（Los años felices）。2017 年 1 月 6 日，皮格利亚在布宜诺斯艾利斯的家中辞世。数月后，日记最后一卷《人生一日》（Un día en la vida）出版。作为留给读者最后的礼物，这些日记是皮格利亚的人生记录，亦是他的创作手记，更是一部蕴含着阿根廷半个多世纪文坛记忆的文化史。三卷本日记深受读者和评论家青睐，连续三年荣登阿根廷国内重要报刊及西班牙《国家报》年度十佳书单。

几十年来，皮格利亚从容游走在作家、教师、文学评论家、编辑、编剧等多重身份之间。他坦言："这些职业看似对文学创作造成了影响，最终却是给文学创作提供了养分。"① 皮格利亚的文学创作主要由小说和文学评论两部分构成。作为小说家，其叙事文学创作分为短篇小说时期与长篇小说时期。第一个时期大致在 1961—1980 年。在接受哥伦比亚作家胡

---

① Bilbao, Horacio. "Ricardo Piglia: 'Hablamos en contra de un mercado que todavía no hemos construido'", en *Revista Ñ* de *Clarín*, 24 de mayo de 2013.

安·加布列尔·巴斯盖斯①的采访时，皮格利亚说道：

> 阿根廷有一个优良传统，通常情况下，年轻作家都以短篇小说起
> 步。这在其他国家并不常见，在那些国家，短篇小说均出自大家之
> 笔。阿根廷的这一现象与博尔赫斯有关，是他确立了短篇小说的地位
> 和使用这一形式的可能性。②

皮格利亚承袭了这一传统，自 1961 年发表处女作短篇小说《弹弓》
后，他又接连发表《我的朋友》（*Mi amigo*，1962）和《消逝的光芒》
（*Una luz que se iba*，1963）两则短篇小说，赢得了包括奥古斯托·罗亚·
巴斯托斯③、阿维拉多·卡斯蒂略④、马尔科·德内维⑤和玛尔塔·林奇⑥
等前辈的肯定，分获《金甲虫》文学杂志⑦主办的短篇小说创作比赛一等
奖和阿根廷书友协会（Instituto Amigos del Libro Argentino）奖金。

1967 年，皮格利亚发表第一部短篇小说集《兽笼寓言集》
（*Jaulario*）。这一时期，作家的个人风格尚处形成阶段，创作带有模仿痕
迹。书名"Jaulario"受到了科塔萨尔首部短篇小说集《动物寓言集》
（*Bestiario*，1951）的影响；多则短篇小说反映的"背叛、告密"主题则
带有明显的罗伯特·阿尔特风格；借鉴自海明威⑧、博尔赫斯等大师的叙

---

①　胡安·加布列尔·巴斯盖斯（Juan Gabriel Vásquez，1973 – ），哥伦比亚作家、文学评论
家。长篇小说《坠物之声》（*El ruido de las cosas al caer*，2011）获 2011 年西班牙旺泉小说奖
（Premio Alfaguara）及 2014 年国际 IMPAC 都柏林文学奖（Premio Literario Internacional IMPAC de
Dublín）。

②　Vásquez, Juan Gabriel. "El arte es extrañamiento：una manera nueva de mirar lo que ya
vimos"，entrevista a Ricardo Piglia，en *Lateral*：*Revista de Cultura*，núm. 73，enero de 2001，p. 7.

③　奥古斯托·罗亚·巴斯托斯（Augusto Roa Bastos，1917 – 2005），巴拉圭小说家、戏剧
家、诗人。拉丁美洲"文学爆炸"时期代表作家之一，1989 年获塞万提斯文学奖。

④　阿维拉多·卡斯蒂略（Abelardo Castillo，1935 – 2017），阿根廷小说家、剧作家。2011
年获阿根廷作家协会最高荣誉奖。

⑤　马尔科·德内维（Marco Denevi，1922 – 1998），阿根廷小说家、剧作家。

⑥　玛尔塔·林奇（Martha Lynch，1925 – 1985），阿根廷小说家。

⑦　《金甲虫》（*El Escarabajo de Oro*），该杂志由阿根廷作家阿维拉多·卡斯蒂略于 20 世纪
60 年代创办，聚集了科塔萨尔、富恩特斯、萨瓦托、罗亚·巴斯托斯等多位拉丁美洲重要作家，
是当时最重要的文学杂志之一。

⑧　欧内斯特·米勒尔·海明威（Ernest Miller Hemingway，1899 – 1961），美国作家、记者，
20 世纪最杰出的小说家之一。1954 年获诺贝尔文学奖。

事手法更是比比皆是。尽管如此，皮格利亚还是在众多青年短篇小说家中脱颖而出，获"美洲之家"特别提名奖（Mención especial de Casa de las Américas），《兽笼寓言集》随后更名为《入侵》（La invasión），在布宜诺斯艾利斯出版。1975 年，皮格利亚发表第二部短篇小说集《假名》（Nombre falso）。收录其中的《假名》①和《女疯子与犯罪故事》（La loca y el relato del crimen）凭借新颖的构思、深刻的主题和精妙的结构成为短篇小说经典，奠定了皮格利亚在阿根廷短篇小说创作史上的地位。

1980 年是皮格利亚文学创作的分水岭。从这一年开始，皮格利亚的创作重心由短篇小说转向长篇小说。除 1988 年发表的中短篇小说合集《无期徒刑》（Prisión perpetua）外，这一时期的创作均为长篇小说，陆续发表《人工呼吸》《缺席的城市》《烈焰焚币》（Plata quemada，1997）、《夜间目标》（Blanco nocturno，2010）和《艾达之路》（El camino de Ida，2013）五部作品。

作为文学评论家，皮格利亚著有《批评与虚构》（Crítica y ficción，1986）、《破碎的阿根廷》（La Argentina en pedazos，1993）、《简短形式》（Formas breves，1999）、《最后的读者》（El último lector，2005）及《自选集》（Antología personal，2014）等多部杂文集。他关注的焦点涉及作家与读者关系、阅读与写作、文学批评与文学创作、历史与虚构、政治与文学等诸多方面，并且以独特的视角审视博尔赫斯、罗伯特·阿尔特、马塞多尼奥·费尔南德斯②、马努埃尔·普伊格、弗兰兹·卡夫卡③、威廉·福克纳④及海明威等文学大家的作品，从而挖掘这些经典作品的内核与创作

---

①　这则短篇小说有 3 个版本，第一版收录于 1975 年发表的短篇小说集《假名》，篇名为《致罗伯特·阿尔特》（Homenaje a Roberto Arlt），包括附录"露娃"（Luba）。第二版在第一版的基础上稍做修改，收录于 1988 年出版的《无期徒刑》。最终版发表于 1994 年再版的短篇小说集《假名》，皮格利亚将篇名《致罗伯特·阿尔特》改为《假名》（Nombre falso），由"致罗伯特·阿尔特"和附录"露娃"两部分构成。为便于论述，本书统一采用最终版本《假名》作为这则短篇小说的标题。

②　马塞多尼奥·费尔南德斯（Macedonio Fernández，1874－1952），阿根廷作家。被视为阿根廷先锋派小说的先驱。

③　弗兰兹·卡夫卡（Franz Kafka，1883－1924），生活于奥匈帝国统治下的捷克小说家，20 世纪最杰出的小说家之一。

④　威廉·福克纳（William Faulkner，1897－1962），美国作家，20 世纪最杰出的小说家之一，意识流文学的代表人物。1949 年获诺贝尔文学奖。

经验。

皮格利亚作品研究综述

几十年来，研究者从不同角度解读皮格利亚的作品，挖掘蕴藏其中的丰富内涵。20 世纪六七十年代，皮格利亚的文学旅程刚刚开启，创作均为短篇小说，《入侵》虽获"美洲之家"特别提名奖，但并未引起评论界的普遍关注，只有一些简短评论散见报刊。1975 年，《假名》独具匠心的构思和创作手法让人耳目一新，评论家开始注意到皮格利亚文学创作中对阿根廷经典文学的传承、对虚构与真实的思索，以及互文与戏仿等创作手法的运用。之后发表的《人工呼吸》和《缺席的城市》等作品得到评论界的广泛好评，皮格利亚也逐渐成为阿根廷当代文坛最受关注的作家之一。

1994 年后，皮格利亚的作品陆续被译为英语、法语、葡萄牙语、意大利语等多国语言，其文学创作逐渐获得多国学者的关注。自 2000 年起，西班牙出版界开始大规模出版皮格利亚的作品，《人工呼吸》《无期徒刑》《简短形式》等"旧作"在西班牙引发热议。西班牙文学评论家伊格纳希奥·埃切维里亚写道："皮格利亚终于来了。虽然姗姗来迟，但终于来了！"[①]

出版界的"皮格利亚热"对其作品的推广与研究起到了推波助澜的作用。十几年来，对皮格利亚作品的研究更加广泛，更加系统化。研究成果不再局限于论文，而是出现了多部专著，如阿根廷文学评论家尼古拉斯·布拉托塞维奇及其研究团队撰写的《里卡多·皮格利亚及其离经叛道的创作》（*Ricardo Piglia y la cultura de la contravención*，1997）、阿根廷文学评论家劳拉·德马里亚的《不同的阿根廷——里卡多·皮格利亚在间断性中与"37 年一代"对话》（*Argentina-s：Ricardo Piglia dialoga con la generación del 37 en la discontinuidad*，1999）、墨西哥文学评论家桑德拉·加拉瓦诺的《民族的重写——里卡多·皮格利亚叙事作品研究》（*Reescribiendo la nación：la narrativa de Ricardo Piglia*，2003）、古巴文学评

---

① Echevarría, Ignacio. "Invitación a la lectura de Ricardo Piglia（2000）", *en El lugar de Piglia. Crítica sin ficción*, Jorge Carrión（ed.），2008, p. 327.

论家豪尔赫·弗尔内特的《作家与传统——里卡多·皮格利亚与阿根廷文学》（*El escritor y la tradición. Ricardo Piglia y la literatura argentina*，2007）等。另有马德里自治大学加布列尔·罗维拉撰写的博士学位论文《里卡多·皮格利亚叙事诗学研究》（"Poética de la ficción en Ricardo Piglia"，2009）。

此外，还有一批母语为非西班牙语的学者加入研究队列，用其他语言撰写了关于皮格利亚作品的研究成果，如巴西文学评论家玛丽亚·安东妮耶塔·佩雷拉的专著《里卡多·皮格利亚及其先驱者》（*Ricardo Piglia y sus precursores*，2001）、美国乔治·华盛顿大学文学教授塞尔希奥·威斯曼的论文《阿根廷〈一千零一夜〉：博尔赫斯、普伊格及皮格利亚作品中的翻译、叙事与政治》（"*The Thousand and One Nights* in Argentina：translation，narrative，and politics in Borges，Puig，and Piglia"，2003）及《介于乔伊斯与马塞多尼奥之间：重估皮格利亚作品的美学与政治价值》（"Piglia entre Joyce y Macedonio：Una revalorización estética y política"，2004）等。

但是，截至目前，国内尚无其他学者撰写的关于皮格利亚的学术论文或专著发表。通过中国知网数据库检索，只有四项结果，分别为2005年第6期《译林》杂志"世界文坛动态"一栏发表的简讯《皮格利亚获多诺索文学奖》；2011年8月10日《中华读书报》发表的于凤川撰写的简讯《里卡多·皮格利亚获罗慕洛·加列戈斯奖》；2016年《世界文学》第3期发表的笔者撰写的简讯《阿根廷作家皮格利亚两部长篇小说汉译本即将面世》；2017年《外国文学》第1期发表的笔者的论文《挖掘被隐藏的阿根廷"肮脏战争"——侦探型读者对皮格利亚〈人工呼吸〉的解码》。此外，少数学者在其他研究中提及皮格利亚及其创作，如北京外国语大学盛力教授在《阿根廷文学》一书中，提到皮格利亚是阿根廷20世纪七八十年代涌现的重要作家之一，并指出"短篇小说集《假名》在国内外引起反响，1980年出版的《人工呼吸》更被视为阿根廷新时期文学的代表作之一"；① 南京大学陈凯先教授在《辉煌在继续——漫谈文学"爆炸"以后与世纪之交的拉美文学》

---

① 盛力：《阿根廷文学》，外语教学与研究出版社1999年版，第205页。

一文中，对皮格利亚的文学创作有近 500 字篇幅的介绍。①

　　《人工呼吸》是皮格利亚最具代表性的作品，被誉为当代阿根廷最出色的十部小说之一。② 阿根廷文学评论家马丁·普列托在《阿根廷文学简史》（Breve historia de la literatura argentina）中写道，皮格利亚的这部作品"集讽喻、政治理念、侦探小说、历史解读等元素于一身，是一个时代的象征"。③ 西班牙文学评论家特丽妮达·巴雷拉指出："在《人工呼吸》中，皮格利亚构建了一幅令人难忘的阿根廷 20 世纪文化及政治变迁的马赛克镶嵌画。小说在诸多方面独树一帜，其独特的叙事结构，与经典作家（阿尔特和博尔赫斯）之间的互动以及其对文学的审视和对复杂政治现实的描述，在几十年来阿根廷小说创作中堪称楷模。"④ 自《人工呼吸》发表 30 多年来，文学评论家对小说进行了多维度的解读，主要集中在历史角度、后现代文学及元小说几方面。

　　毋庸置疑，历史是小说的突出元素之一。许多评论家由此入手，探讨小说与阿根廷历史的关系，通过对历史的追溯与反思，寻求对当代现实的解读。一些评论家认为，《人工呼吸》描述了阿根廷历史上极为相似的两个时期，即 19 世纪罗萨斯⑤的独裁统治与始于 1976 年的"肮脏战争"⑥军政府统治，通过对这两段黑色时期的审视，表达了对独裁政府的控诉与批判。

　　何塞·哈维尔·马里斯坦在《危险叙事——"重组国家进程时期"小说中的抵抗与拥护》一书中指出，这一时期的作家分为两大阵营：一些作家把文学当作武器，在作品中揭露批判军政府的暴行；另一些作家则

---

　　① 参见陈凯先《辉煌在继续——漫谈文学"爆炸"以后与世纪之交的拉美文学》，《当代外国文学》2004 年第 1 期，第 64 页。

　　② 1986 年，50 名作家及文学评论家评选出"阿根廷文学十佳小说"，《人工呼吸》位列其中。参见 Fornet, Jorge（comp.）. Ricardo Piglia, serie valoración múltiple, 2000, p. 278。

　　③ Prieto, Martín. "La 'crítica del presente' en las novelas de la dictadura. Respiración artificial, de Ricardo Piglia", en Breve historia de la literatura argentina, 2006, p. 440.

　　④ Barrera, Trinidad. "Narrativa argentina del siglo XX: cruces nacionalistas, fantasías, inmigración, dictaduras y exilio", en Historia de la literatura hispanoamericana, Tomo III, Siglo XX, 2008, p. 428.

　　⑤ 胡安·马努埃尔·罗萨斯（Juan Manuel de Rosas, 1793 – 1877），阿根廷军人、政治家。于 1829—1832 年及 1835—1852 年两度任布宜诺斯艾利斯省省长。

　　⑥ "肮脏战争"（Guerra Sucia），指 1976—1983 年的阿根廷军政府统治时期，又称"重组国家进程时期"（Proceso de Reorganización Nacional）。

在创作中支持、讨好独裁政府。《人工呼吸》是"抵抗小说"（ficciones de resistencia）的代表作，通过隐喻、象征等手法展现独裁政府的卑劣行径，以隐晦的方式表达对独裁政府的控诉与批判。[①]

桑德拉·加拉瓦诺在《民族的重写——里卡多·皮格利亚叙事作品研究》（Reescribiendo la nación：la narrativa de Ricardo Piglia）一书中，援引米歇尔·福柯、海登·怀特、米歇尔·德塞都、多米尼克·拉卡普拉等学者的理论，从历史、虚构和政治之间的关系入手，分析《人工呼吸》中"对历史的书写"和"对虚构的书写"的关系。加拉瓦诺指出，小说是关于文学和历史的双重思索，是对历史的重读、评论与重构。皮格利亚通过想象与虚构呈现了国家历史的多个版本，试图挖掘官方历史的空白以接近历史的真相。[②]

在专著《拉丁美洲新历史小说1979—1992》（La nueva novela histórica de la América Latina 1979 - 1992）中，美国文学评论家西蒙·曼顿将《人工呼吸》纳入新历史小说范畴。他认为，虽然小说情节设置在1976—1979年的阿根廷，并非新历史小说定义中所述的"故事情节发生于作者出生之前"，[③] 但《人工呼吸》毫无疑问是一部新历史小说。首先，小说涉及阿根廷多个历史时期，而且与其他新历史小说一样，都展现了一种与博尔赫斯式哲学相似的历史观，即历史不断重复，对历史的书写也代代相传，但历史的真相却遥不可及，无法厘清；其次，小说大量运用互文、戏仿、元小说等手法，也有别于传统的历史小说。曼顿指出，鉴于小说对历史环境的"零再现"，《人工呼吸》实属一部"另类的新历史小说"。[④]

同样从历史角度出发，劳拉·德马里亚关注的则是《人工呼吸》所反映的国家历史及受其影响的知识分子的命运。她在《不同的阿根廷——里卡多·皮格利亚在间断性中与"37年一代"对话》一书中指出，作家在小说中试图通过恩里克·奥索里奥这一人物，建立起当代的1979年和历史的19世纪之间的联系，并通过对历史的追忆、阅读和叙

---

① 参见 Maristany, José Javier. *Narraciones peligrosas：resistencia y adhesión en las novelas del Proceso*，pp. 11 - 19。

② 参见 Garabano, Sandra. *Reescribiendo la nación：la narrativa de Ricardo Piglia*，2003，pp. 59 - 84。

③ Menton, Seymour. *La nueva novela histórica de la América Latina 1979 - 1992*，1993，p. 206.

④ Ibid.，p. 194.

述，重新审视阿根廷的现实。《人工呼吸》可视为小说作者与阿根廷 19 世纪"37 年一代"知识分子的一场思想对话，通过再现"37 年一代"的历史，对阿根廷"肮脏战争"进行深刻的反思和批判。此外，劳拉·德马里亚在专著中还比较了《人工呼吸》与阿根廷作家埃斯特万·埃切维里亚的《屠场》① 这两部作品的异同。她指出，两部小说都揭露了被官方历史所隐瞒或抹杀的社会现实，即独裁政府的残酷压制与暴力行径，但两位作家在创作时采用的手法却截然相反。埃切维里亚选择不公开发表《屠场》，即便在流亡乌拉圭后也将作品束之高阁。因此，作家在小说中对罗萨斯的暴政大胆嘲讽，毫不掩饰，甚至在结尾正面抨击："屠场的刽子手们都是罗萨斯的门徒，他们手持棍棒和尖刀，到处宣扬他们联邦党的宗旨……联邦党的根据地就设在屠场里。"② 《人工呼吸》发表时皮格利亚身处阿根廷，因此他不得不在创作中大量使用影射手法，巧妙地掩盖"肮脏战争"时期与罗萨斯独裁时期的联系，隐晦地揭露发生于当代阿根廷的暴行。③

何塞·萨斯温、丹尼尔·巴尔德斯通及玛丽亚·克里斯蒂娜·彭思等文学评论家着重分析在独裁政府的高压统治之下，皮格利亚如何运用多种创作手法，让《人工呼吸》这样一部针砭时弊之作通过审查得以出版。何塞·萨斯温在《文学反思》（"La reflexión literaria"）一文中，强调历史档案在小说中的重要性，档案既是历史语料库的基础，也是重写历史的出发点。《人工呼吸》是一部建立在档案之上的小说，在通过档案重塑历史的同时，完成了一部当代历史的备忘录。④ 巴尔德斯通在《潜在的意义——论里卡多·皮格利亚〈人工呼吸〉及路易斯·古斯曼〈六月的心脏〉》（"El significado latente en *Respiración artificial* de Ricardo Piglia y en *El corazón de junio* de Luis Gusmán"）一文中指出，《人工呼吸》通过对历史事实片段式、限制性的描述，以及影射、暗喻、戏仿手法的运用，淋

---

① 《屠场》（*El matadero*）是埃斯特万·埃切维里亚（Esteban Echeverría，1805－1851）于 1838—1840 年创作的短篇小说，但直至作家去世后 20 年，即 1871 年，才得以正式发表。

② Echeverría, Esteban. *El matadero*. Madrid：Ediciones Cátedra，2011，p. 114.

③ 参见 Demaría, Laura. *Argentina-s：Ricardo Piglia dialoga con la generación del 37 en la discontinuidad*，1999，pp. 15－25。

④ 参见 Sazbón, José. "La reflexión literaria"，1981，pp. 37－44。

漓尽致地将独裁时期的高压统治进行了揭露。[①] 彭思在巴尔德斯通研究的基础上，对小说的叙事结构、叙事层次及叙事声音等展开分析，并在专著《超越语言的边界——里卡多·皮格利亚作品〈人工呼吸〉研究》（*Más allá de las fronteras del lenguaje：un análisis crítico de* Respiración artificial *de Ricardo Piglia*）一书中指出，小说复杂的文本结构及模糊的多重叙事声音构成重要的文本意义，与小说内容之间关系密切，相辅相成，并据此将小说打造成一部影射当下、控诉独裁统治的作品。[②]

除此之外，还有不少评论家从后现代文学入手，对《人工呼吸》进行解读。圣地亚哥·科拉斯在其专著《拉丁美洲的后现代性——阿根廷模式》（*Postmodernity in Latin America. The Argentine Paradigm*）中指出，《人工呼吸》是阿根廷后现代文学发展的重要一环，作品呈现了后现代语境下阿根廷的政治文化状态。他认为，《人工呼吸》试图重建被独裁高压政策割裂的个人空间与公共空间之间的联系，通过对国家历史及家族历史的追溯，阐明个人与社会均是历史变迁中不可或缺的组成部分。[③]

从元小说角度展开研究的评论家主要有卡塔莉娜·盖萨达·戈梅兹和维多利亚·欧亨尼娅·阿尔萨特。盖萨达在《20世纪后三十年拉丁美洲元小说——萨尔瓦多·埃利松多、塞维罗·萨杜伊、何塞·多诺索及里卡多·皮格利亚的元小说创作》（*La metanovela hispanoamericana en el último tercio del siglo* XX：*las prácticas metanovelescas de Salvador Elizondo，Severo Sarduy，José Donoso y Ricardo Piglia*）一书中，对《人工呼吸》的元小说特征展开研究，强调副文本[④]构成了小说重要的信息来源和阅读指

---

① 参见 Balderston，Daniel. "El significado latente en *Respiración artificial* de Ricardo Piglia y en *El corazón de junio* de Luis Gusmán"，en *Ficción y política. La narrativa argentina durante el proceso militar*，Daniel Balderston y otros（eds.），1987，pp. 109 – 121。

② 参见 Pons，María Cristina. *Más allá de las fronteras del lenguaje：un análisis crítico de* Respiración artificial *de Ricardo Piglia*，1998，pp. 49 – 50。

③ 参见 Colás，Santiago. *Postmodernity in Latin America. The Argentine Paradigm*，1994，pp. 121 – 148。

④ 副文本这一概念由法国文学理论家热拉尔·热奈特（Gerard Genette）于20世纪70年代首次提出，指位于文本边缘的标题、献辞、前言、后记和题记等内容。

南。正是通过副文本，元文本的意义才得以彰显。① 阿尔萨特在《里卡多·皮格利亚小说〈人工呼吸〉中的重写、文本游戏及"换牌"》（*Reescrituras, juegos textuales y "descartes" en* Respiración artificial *de Ricardo Piglia*）一书中，运用热奈特的跨文本性理论，对小说中的跨文本、元文本、副文本及互文性等一系列问题展开分析，揭示了《人工呼吸》中复杂多变的文本游戏。她同时指出，这部元小说蕴含着大量政治及哲学层面的影射，体现了作家独特的世界观、文学观及历史观。②

在认真研读了前人的研究成果后，笔者试图独辟蹊径，以一个新的视角，从后现代侦探小说的角度对《人工呼吸》进行解读诠释，通过对这部小说的文本分析，阐释皮格利亚侦探小说的创作特点。

侦探小说在皮格利亚文学世界中的地位不容小觑。侦探小说是皮格利亚叙事文学创作中最为突出的体裁之一，其发表的五部长篇小说都带有鲜明的侦探小说特征，而他最著名的短篇小说《女疯子与犯罪故事》和《假名》也均属这一体裁。皮格利亚借鉴侦探小说，尤其是后现代侦探小说的叙事特点及创作手法，提出了"两个故事""文人型侦探"及"侦探型读者"的创作理念，并将其广泛应用于文学创作中，形成了鲜明的个人风格。

迄今为止，对皮格利亚侦探小说创作的研究基本集中在《女疯子与犯罪故事》《假名》《烈焰焚币》和《夜间目标》这几部作品上，多为发表在报纸杂志上的文章，尚无专著出版。从侦探小说入手研究《人工呼吸》的著述更是屈指可数。阿梅莉亚·辛普森在《拉丁美洲侦探小说》（*Detective fiction from Latin America*）一书中指出，《人工呼吸》采用了侦探小说的形式，并将之作为探讨阿根廷文化与社会问题的框架。③ 罗兰·斯皮勒在《阿根廷新小说中的三位文人型侦探：马蒂尼、皮格利亚与拉瓦纳尔》（"Tres detectives literarios de la nueva novela argentina：Martini, Piglia, Rabanal"）一文中指出，《人工呼吸》的主人公均为"文人型侦

---

① 参见 Quesada Gómez, Catalina. *La metanovela hispanoamericana en el último tercio del siglo XX：las prácticas metanovelescas de Salvador Elizondo, Severo Sarduy, José Donoso y Ricardo Piglia.* 2009, pp. 307–321。

② 参见 Ángel Alzate, Victoria Eugenia. *Reescrituras, juegos textuales y "descartes" en* Respiración artificial *de Ricardo Piglia*, 2008, pp. 27–29。

③ 参见 Simpson, Amelia S. *Detective fiction from Latin America*, 1990, p. 60。

探",即在文本语言中解谜揭秘,探寻真相。① 豪尔赫·弗尔内特在其专
著《作家与传统——里卡多·皮格利亚与阿根廷文学》中指出,侦探小
说元素在皮格利亚的创作中举足轻重。在"从侦探小说到政治"一节中,
他着重分析了《人工呼吸》中的侦探形象,指出主要人物伦西、马基、
塔德维斯基及阿罗塞纳,虽各自的经历不同,但都是追踪调查某一神秘事
件的侦探。② 索妮娅·马塔利亚则聚焦阿罗塞纳这一人物,认为他是"肮
脏战争"时期独裁政府的象征,是"妄想症侦探"的典型。皮格利亚试
图通过描述这一人物病态的追踪与失败,去探究"文学的虚构"与"政
府的虚构"之间的联系。③ 遗憾的是,这些研究者并未就此展开更深入的
分析。

笔者认为,侦探小说,尤其是后现代侦探小说创作是皮格利亚文学创
作的核心之一,《人工呼吸》这部作品具有典型的后现代侦探小说特征,
突出体现了作家"两个故事""文人型侦探"及"侦探型读者"的创作
理念,展示了皮格利亚侦探小说创作的独特魅力。

本书第一章将首先论述侦探小说的发展与流变,厘清后现代侦探小说
的概念及理论发展。之后,将回顾阿根廷侦探小说的发展历程,指出不论
是在解谜小说独占主流的 20 世纪四五十年代,还是在黑色小说处于主导
地位的 20 世纪 70 年代,阿根廷侦探小说创作一直不乏后现代文学特征。
最后,将梳理皮格利亚与侦探小说的关系,指出皮格利亚不仅著有多部侦
探小说及多篇研究侦探小说的论文,更是黑色小说在阿根廷最重要的推动
者之一,在阿根廷侦探小说发展史上占有重要地位。

第二章将重点分析皮格利亚侦探小说的创作特色。皮格利亚的侦探小
说创作吸收并借鉴了博尔赫斯及美国黑色小说的特点,并且加入了作家对
这一体裁的理论思索,具有后现代侦探小说特征,如谜团内容多为社会、
政治、文学及历史等抽象问题;侦探多以知识分子为主;作品多采用开放
结构等。皮格利亚认为,每部小说都包含两个故事,一个是"可见故

---

① 参见 Spiller, Roland. "Tres detectives literarios de la nueva novela argentina: Martini,
Piglia, Rabanal", 1990, pp. 361 – 370。

② 参见 Fornet, Jorge. *El escritor y la tradición. Ricardo Piglia y la literatura argentina*, 2007,
pp. 95 – 102。

③ 参见 Mattalia, Sonia. *La ley y el crimen: usos del relato policial en la narrativa argentina* (*1880 –
2000*), 2008, p. 197。

事"，一个是"隐藏故事"。在其创作的侦探小说中，"可见故事"讲述的
多为以知识分子为主的文人型侦探追踪抽象谜团的故事，而作为小说核心
的"隐藏故事"则需要侦探型读者积极参与，去揣摩挖掘藏匿于文本背
后的秘密。"两个故事""文人型侦探"及"侦探型读者"构成了皮格利
亚侦探小说创作最重要的特点。

　　本书第三、四、五章将通过对《人工呼吸》这部作品的文本分析，
阐释皮格利亚侦探小说创作的特点。第三章将分析《人工呼吸》的"可
见故事"，展示埃米利奥·伦西、马塞洛·马基和恩里克·奥索里奥等文
人型侦探追踪历史及文学等抽象谜团的解谜经历。第四章将阐释皮格利亚
在《人工呼吸》创作过程中采用了哪些后现代小说叙事策略对文本进行
加密，将小说处理成一个零乱的、含混的、复杂的文本，使这样一部针砭
时弊的作品得以通过独裁政府的文化审查，顺利出版。在本书最后一章，
笔者试图效仿侦探型读者，通过发现小说中的空白，阐释潜藏于小说表层
故事中的叙事符码，解密作家隐藏于《人工呼吸》的真相。

　　本书旨在挖掘《人工呼吸》中丰富的后现代侦探小说元素，进而展
现侦探小说叙事策略在皮格利亚文学创作中的运用，以及皮格利亚如何通
过文学创作，以一种隐蔽的方式对阿根廷"肮脏战争"这一特殊历史时
期进行表述并给予抨击。希望这一视角的探求能成为对该作家、作品研究
的一种新的尝试与创新。

第 一 章

皮格利亚与侦探小说

　　侦探小说在很长一段时间内被视为缺乏文学性的消遣读物，属于低俗文学范畴。但正如英国著名侦探小说家、文学评论家朱利安·西蒙斯所言："杰出的侦探小说不仅仅是消遣，也是文学。"[①] 一个多世纪以来，这一文学体裁异化出多种风格迥异的亚流派，如解谜小说、黑色小说、后现代侦探小说等，成为一种颇受欢迎的小说类型。20 世纪三四十年代，侦探小说在拉丁美洲悄然兴起。阿根廷作为拉丁美洲侦探小说的发源地，这一文学体裁更是得到了长足发展。

第一节　侦探小说

　　侦探小说的起源有广义和狭义之分。广义上的侦探小说可追溯至文学史的"远古时代"。评论家认为，在《圣经》和古希腊神话中已可见侦探小说的雏形。如《圣经》"创世纪"中记载的该隐因嫉妒和愤怒而杀死弟弟亚伯的故事，就已具备罪案、调查与侦破这几大侦探小说的基本要素。《一千零一夜》《伊索寓言》、薄伽丘的《十日谈》等作品中，也收录了大量包含谜团和诡计等元素的故事。

　　狭义上的侦探小说发轫于美国作家爱伦·坡（Edgar Allan Poe，1809 - 1849）于 1841 年发表的短篇小说《莫格街凶杀案》（*The Murders in the Rue Morgue*）。小说讲述了发生在巴黎的一桩离奇命案。一对母女被残忍杀害，血腥现场令人不寒而栗，然而，房间内的贵重物品却完好无损。更

[①] Symons, Julian, *Bloody Murder：from the Detective Story to the Crime Novel：A History*, 1993, 序言。

为诡异的是，案发现场是一个门窗紧闭的屋子。正在警察束手无策之际，史上第一位虚构的"文人型侦探"杜宾悄然登场，解开了谜案。在这部作品中，侦探首次成为主人公，谜题首次成为作品主题，逻辑推理首次成为情节主线。因此，《莫格街凶杀案》被视为侦探小说的开山之作，1841年也被认为是现代意义上侦探小说诞生的时间。

需要指出的是，爱伦·坡并不认为自己创作的是侦探小说，他将此类作品称为"游戏"，① 而"侦探"一词在他写下《莫格街凶杀案》时尚无人知晓。② 爱伦·坡一生创作了六部侦探小说，确立了这一体裁发展的经典模式，对后来的侦探文学创作产生了深远的影响。而后衍生出的几类经典模式有：密室作案模式；"安乐椅侦探"破案模式（即侦探足不出户，仅靠新闻报道和人们的言谈，运用逻辑推理解开谜团）；通过破译密码、解析神秘符号的解谜模式；情节误导及逆转模式（即凶手是最意想不到的那个人）；"障眼法"或"思维盲点"模式。爱伦·坡之后，查尔斯·狄更斯③和威廉·威尔基·柯林斯④等英国作家的创作丰富了侦探小说的叙事结构和探案技巧，赋予侦探小说更多的社会意义及思想内涵，使这一小说体裁得以不断发展，并于19世纪末迎来其"黄金时代"。

---

① 参见任翔《理智的技巧与叙事的魅力——爱伦·坡的侦探小说》，载《文化危机时代的文学抉择：爱伦·坡与侦探小说探究》，北京师范大学出版社 2006 年版，第 120—166 页。

② "动词'侦探'（detect）是中期英语时代生成的，源于拉丁文前缀 detect-，动词 detegere，起初的意思是'暴露'，后来引申为'暴露某人或某事的实际或隐蔽的性质'。而据此派生出的名词 detective 在 19 世纪中期出现，是'侦探警察'（detective policeman）的简约形式。有趣的是，首创侦探小说的坡从未使用过'侦探'这个词……《莫格街凶杀案》问世 12 年后，英国小说家狄更斯在他的小说《荒凉山庄》（*Bleak House*，1853）第 22 章中首次让一位律师使用'侦探警官'（detective officer）这个头衔介绍警官巴克特先生，至此巴克特先生成为英美文学中第一位'侦探'。"参见袁洪庚、魏晓旭、冯立丽编《侦探小说：作品与评论》，外语教学与研究出版社 2011 年版，第 2—3 页。

③ 查尔斯·狄更斯（Charles Dickens，1812－1870），19 世纪英国最伟大的作家之一。如上文所述，在其长篇小说《荒凉山庄》中首次出现了"侦探"（detective）一词。尽管这是一部批判现实主义的作品，但对早期侦探小说的发展贡献很大。

④ 威廉·威尔基·柯林斯（William Wilkie Collins，1824－1889），英国小说家，被誉为"英国侦探小说之父"。

一　侦探小说的"黄金时代"

美国侦探小说家、文学评论家范·达因曾写道："侦探小说的一切，都源自歇洛克·福尔摩斯。"[①] 这位出自英国作家柯南·道尔（Conan Doyle，1859－1930）笔下的传奇侦探福尔摩斯，掀开了侦探小说的辉煌篇章。19世纪末，涌现出一批"福尔摩斯探案集"式的短篇侦探小说，但随着时间的推移，短篇侦探小说渐露弊端，因为简短的篇幅束缚了情节的展开和内涵的拓展，越来越多的作家开始尝试长篇创作。英国作家威利斯·克劳夫兹（Wills Crofts，1879－1957）的长篇小说《桶子》（*The cask*）和阿加莎·克里斯蒂（Agatha Christie，1890－1976）的长篇小说《斯泰尔斯庄园奇案》（*The Mysterious Affair at Styles*）于1920年出版，宣告了侦探小说真正意义上"黄金时代"的到来。

侦探小说的"黄金时代"始于英国，20世纪20年代末重心逐渐移至美国，前后持续近四十年。这一时期涌现出阿加莎·克里斯蒂、埃勒里·奎因[②]和约翰·狄克森·卡尔[③]等一大批优秀侦探小说作家。侦探小说创作也迎来高峰期，"1926年侦探小说的出版量是1914年的五倍，到1939年则是十倍"。[④]

"黄金时代"的侦探小说多为解谜小说，重视谜团设计和情节架构，以构思精巧的谜团著称，强调缜密的逻辑推理，因此也被称为"古典解谜时代"。作家们设计了令人拍案叫绝的犯罪手法，设置了匪夷所思的诡计，向读者提供了解谜揭秘的智力游戏。一方面，作者向读者呈现并公开所有线索，另一方面，又使用种种技巧进行误导，设置障碍，挑战读者的智力与推理能力。

这一时期，侦探小说创作中被普遍认同的理念和手法进一步确立，逐渐形成了一系列"准则"。英国作家、评论家罗纳德·诺克斯于1928年

---

① 参见褚盟《谋杀的魅影：世界推理小说简史》，古吴轩出版社2011年版，第24页。

② 埃勒里·奎因（Ellery Queen）是美国作家曼弗雷德·班宁顿·李（Manfred Bennington Lee，1905－1971）和其表弟弗雷德里克·丹奈（Frederic Dannay，1905－1982）合用的笔名。奎因的作品以缜密的逻辑推演著称。

③ 约翰·狄克森·卡尔（John Dickson Carr，1906－1977），美国小说家，以密室谜案题材见长，一生共设计出50余种不同类型的密室，被称为"密室推理之王"。

④ 褚盟：《谋杀的魅影：世界推理小说简史》，第53页。

模仿《圣经》中的"十诫"，提出了侦探小说创作的十条准则，包括凶手必须在故事前半段亮相、故事中不可存在超自然力量、侦探不能犯罪、凶手不可以是双胞胎等。但侦探小说界最为著名的创作规则是范·达因在同年编写的"侦探小说写作 20 条法则"，内容涉及侦探、谜团及凶手的设定，杀人手法和破案手法的设计，作者和读者的关系，甚至包括不可在故事中添加爱情元素及加入冗长的环境描写等，细致严谨地规定了侦探小说创作的基本原则。① 这些原则从理论上对侦探小说的创作进行梳理，在当时被很多作家奉为"创作圣经"，促进了侦探小说的繁荣。但随着侦探小说的发展，这些教条式的标准严重束缚了作家的创作，于是，他们纷纷跳出樊篱，寻找新的突破口。

二　侦探小说的"黑色革命"

20 世纪 20 年代末，受世界经济大萧条影响，美国经济濒临崩溃，社会风气败坏，暴力犯罪事件频发。在此背景下，一种以反映社会现状和人性阴暗面的侦探小说在美国应运而生，即"硬汉派侦探小说"（Hard-Boiled）。达希尔·哈米特（Dashiel Hammett，1894 – 1961）和雷蒙·钱德勒（Raymond Chandler，1888 – 1959）是这一流派的代表性作家。

硬汉派侦探小说被视为侦探小说的一场革命，颠覆了原有侦探小说的诸多特征，主要表现为三点：其一，小说的现实主义成分加强，作品的社会性得到提升。这类侦探小说聚焦社会黑暗面，旨在揭露罪行、暴力、贪污、警匪勾结、社会名流与黑势力同流合污等社会丑陋现象。其二，故事重心由智力博弈转向更深层次的哲学思考，以揭露人性中的阴暗面为主。其三，侦探形象有重大转变。原有侦探小说中的侦探大多生活富裕，具有超凡智慧，每每出手总能出色完成破案解谜任务。而硬汉派侦探小说中的侦探大多穷困潦倒，个人经历悲惨，多为受雇于人的私家侦探，混迹于黑白两道，探案过程中也经常遭到谩骂殴打、敲诈勒索。

硬汉派侦探小说的整体基调是黑暗的、灰色的。因此，也被称为"黑色小说"。这场"黑色革命"彻底改变了侦探小说的格局，扩展了这一文学体裁的内涵和外延，侦探文学也由此进入一个百花齐放的新时期。

---

① 参见 Van Dine, S. S. "Las 20 reglas de la novela policial", en *Una máquina de leer: la novela policíaca*, Thomas Narcejac, 1986, pp. 98 – 102。

三　侦探小说的"后现代时期"

经过"黑色革命"阶段，"侦探小说的外延被无限扩大……侦探小说的概念不再仅仅局限于侦探解谜，一切和'谜'（mystery）相关的文学作品，都可以被定义为广义上的侦探小说"。① 20 世纪三四十年代，后现代侦探小说开始兴起。代表作家有博尔赫斯、纳博科夫②和翁贝托·埃科③等。这一侦探小说流派受到罗伯—格里耶④等法国新小说派作家的青睐，在 20 世纪 50 年代开始盛行，影响波及众多国家。博尔赫斯的短篇小说《死亡与指南针》（*La muerte y la brújula*，1942）、罗伯—格里耶的长篇小说《橡皮》（*Les gommes*，1953）、翁贝托·埃科的长篇小说《玫瑰之名》（*Il nome della rosa*，1980）及美国作家保罗·奥斯特⑤的《纽约三部曲》（*The New York Trilogy*，1987）是这一流派公认的代表作品。

最早对这类非常规侦探小说进行研究的是美国的文学评论家，他们对这类小说提出了诸多称谓，如"反侦探小说"（anti-detective story）、"玄学侦探小说"（metaphysical detective story）及"后现代神秘小说"（postmodern mystery story）等。斯特法诺·塔尼采用的是"反侦探小说"这一称谓。他认为这一侦探小说流派与后现代思潮有着直接关系，是宣扬后现代主义的理想媒介。帕特里西亚·梅里韦尔及苏珊·伊·斯威尼在阐述"玄学侦探小说"这一概念时，指出这种另类侦探小说是后现代语境下对传统侦探小说的颠覆，这为理解后现代主义提供了一种新的途径。凯文·德特马在提及"后现代神秘小说"时写道："据评论家的一致看法，这种反常规的侦探小说实属后现代流派的一种。"⑥ 鉴于评论家一致认为此类小说的创作是后现代主义文学现象之一，其创作手法呈现戏仿、语言

---

① 褚盟：《谋杀的魅影：世界推理小说简史》，第 98 页。

② 弗拉基米尔·弗拉基米罗维奇·纳博科夫（Vladimir Vladimirovich Nabokov，1899 – 1977），俄裔美国作家、文学评论家、翻译家。

③ 翁贝托·埃科（Umberto Eco，1932 – 2016），意大利哲学家、符号学家、历史学家、文学评论家和作家。

④ 阿兰·罗伯—格里耶（Alain Robbe-Grillet，1922 – 2008），法国作家、剧作家、导演，法国"新小说"流派创始人。

⑤ 保罗·奥斯特（Paul Auster，1947 – ），美国作家、剧作家、翻译、导演。

⑥ 参见 De Los Santos，Oscar. "Auster vs. Chandler or：Cracking the Case of the Post-modern Mystery"，in *Connecticut Review*，num. 18 – 1，1994，pp. 75 – 80。

游戏和读者解读等后现代小说特征，本书在分析中将采用"后现代侦探小说"这一提法。

后现代主义是一场世界性的社会文化思潮，汇集了多种文化、哲学、艺术流派。后现代主义思潮是后现代社会的产物，它孕育于 20 世纪 30 年代的现代主义，在五六十年代正式出现，并于七八十年代到达顶峰。① 解构主义、接受美学、符号学、女权主义等构成了后现代主义色彩斑斓的文化景观。雅克·德里达②、让—弗朗索瓦·利奥塔③、米歇尔·福柯④、伊哈布·哈桑⑤、罗兰·巴特⑥、特里·伊格尔顿⑦等当代思想家、理论家汇聚于此，从不同角度阐释、丰富了这一思潮。

关于后现代主义的定义及内涵，理论家各抒己见，至今未有定论。美国文论家弗雷德里克·詹姆逊认为，后现代主义的主要特征为深度模式的削平、历史意识的消失、主体性的丧失和距离感的淡化；⑧ 伊哈布·哈桑强调后现代主义两个主要的本质倾向为不确定性和内在性。不确定性主要代表中心消失和本体论消失后的结果，内在性则代表使人类心灵适应所有现实本身的倾向。伊哈布·哈桑指出："这两个倾向不是辩证的，因为它们并不完全对立，亦未引向整合。每一种倾向包含它自己的矛盾，但又暗示着另一种倾向的因素。它们的相互作用表明了盛行于后现代主义中的一种'多元对话的'活动"。⑨ 荷兰学者汉斯·伯斯顿认为，后现代主义这一术语"已逐渐进入了术语学的迷宫"，在他看来，后现代主义并非一种

---

①　参见王岳川《后现代主义文化研究》，北京大学出版社 1992 年版，第 7—8 页。

②　雅克·德里达（Jacques Derrida，1930 – 2004），法国思想家、哲学家，解构主义的代表人物。

③　让—弗朗索瓦·利奥塔（Jean-Francois Lyotard，1924 – 1998），法国哲学家、后现代理论家，解构主义的代表人物。

④　米歇尔·福柯（Michel Foucault，1926 – 1984），法国哲学家、思想家、社会学家、历史学家及文学评论家。

⑤　伊哈布·哈桑（Ihab Hassan，1925 – 2015），美国文学理论家、作家。

⑥　罗兰·巴特（Roland Barthes，1915 – 1980），法国文学理论家、社会学家、哲学家及符号学家。

⑦　特里·伊格尔顿（Terry Eagleton，1943 – ），英国文学理论家、文化批评家及作家。

⑧　参见陈旸《詹姆逊关于后现代理论的探析及其意义》，《武汉大学学报》（哲学社会科学版）2004 年第 6 期，第 765—770 页。

⑨　参见伊哈布·哈桑《后现代主义的转折》，载王潮选编《后现代主义的突破——外国后现代主义理论》，敦煌文艺出版社 1996 年版，第 29 页。

特定的风格，而是旨在超越现代主义所进行的一系列尝试。① 加拿大理论家林达·哈奇认为，后现代主义被贴上诸多带有否定性的修饰词，如"不连续性、分裂性、不稳定性、非中心、非因果和反整体性"等，凸显了这一思潮的革新与反叛精神。她指出，"后现代主义是一个矛盾现象，运用和滥用、建立和颠覆，向绝对的观念挑战——它存在于建筑、文学、绘画、雕塑、电影、录像、舞蹈、电视、音乐、哲学、美学理论、心理分析、语言学或历史编写中"。② 让—弗朗索瓦·利奥塔认为，在多元化时代，即便是共识也已经成为一种过时的、可疑的价值体系，即便是历史学家和科学家的观点也仅被当作准叙事而已，他们对世界的表述并不具备独特可靠的意义，而是另外一种形式的虚构。他认为"后现代应当是这样一种情形：在现代的范围内以表象自身的形式使不可表现之物实现出来"，因此，"后现代艺术家或作家往往置身于哲学家的地位：他写出的文本，他创作的作品在原则上并不受制于某些早先确定的规则……而是要创作出对不可表现之物的可以想象的暗指"。③

对于后现代主义特征，理论家比较一致的观点是：后现代主义怀疑权威，反对中心性、整体性及体系性，宣告中心的隐退与主体的死亡，关注边缘性和无序性，强调不确定性和模糊性，视语言为游戏，凸显文本与话语的地位，重视自我和身份的构建。

作为后现代主义思潮的组成部分，后现代小说的兴起及定义也众说纷纭。后现代小说一般指第二次世界大战后涌现的具有后现代主义特征的作品，"摧毁了现代主义艺术的形而上常规，打破了它封闭的、自我满足的美学形式，主张思维方式、表现方法、艺术体裁和语言游戏的彻底多元化"。④ 后现代小说在精神上崇尚怀疑论，质疑宏大叙述、客观现实、权威主体、高雅艺术等许多之前的小说所接受或推崇的东西；在形式上，表

① 参见汉斯·伯斯顿《后现代世界观及其与现代主义的关系》，载王潮选编《后现代主义的突破——外国后现代主义理论》，第141页。

② 参见林达·哈奇《后现代主义诗学理论》，载王潮选编《后现代主义的突破——外国后现代主义理论》，第100页。

③ 参见让—弗朗索瓦·利奥塔《何谓后现代主义?》，载王潮选编《后现代主义的突破——外国后现代主义理论》，第15页。

④ F. 基特勒：《后现代艺术存在》，转引自柳鸣九主编《从现代主义到后现代主义》，中国社会科学出版社1994年版，第13页。

现为情节一边建构一边解构，人物若有若无，主题模糊不清，风格既雅又俗等。[①]

后现代小说的主要特征包括：元小说，颠覆传统小说的内部形态及结构，对小说这一形式和叙述本身进行反思与解构；关注焦点从认识论转向本体论，现代派小说的主导特征是认识论意义上的，旨在解释世界和身份，而后现代小说则旨在探究世界和身份是什么，如何构成，如何存在等问题；消解高雅的严肃文学与通俗的大众文学之间的对立、小说与非小说的对立、文学与哲学的对立等，推崇跨体裁写作模式，呈现"体裁混用"的反体裁特征；视写作为一种语言游戏，叙事呈现片段性、零乱性，致力营造"迷宫结构"[②]；文本的意义不是来自作者对文本的创造，而是来自读者对文本的解释；大量采用戏仿、拼贴、互文、蒙太奇、反讽等叙事技巧，以及黑色幽默等手法。

后现代侦探小说属于后现代小说范畴，除具备上述特征外，还戏仿或颠覆了传统侦探小说的诸多规范与准则。如前文所述，硬汉派侦探小说的"黑色革命"已扩展了侦探小说的内涵和外延，后现代侦探小说则消解了这一文学体裁的创作准则，将侦探小说带入一个更为宽广的领域。后现代侦探小说的特点主要体现在以下几方面：

谜团：传统侦探小说把破解案件作为其叙述故事的对象和内容，谜团是情节设置的核心，目的是解开一宗谋杀案或找到失踪的人。后现代侦探小说则转向后现代语境下对存在、语言、身份、文学创作等抽象之谜的探究。换言之，叙事主体仍为对某类犯罪案件的调查，但小说不再局限于对调查过程及谜案揭晓的描述，而将重心转移到对诸多本体论问题的探究上，很多作品甚至将文本本身当作一个神秘事件进行调查解谜。

侦探：传统侦探小说中的侦探，不论是专业侦探还是业余侦探，都拥有过人的智慧和超强的推理能力，最终总能解开谜团，找出真凶。在后现代侦探小说中，侦探不过是一个象征意义上的调查者而已。他可能是个知识渊博的学者，或是一个平庸的职员，也可能是一个恶棍，甚至可能是罪犯。侦探不再是传统意义上才智过人的英雄，而是一个不断遭受挫败的调

---

① 参见刘建华《危机与探索——后现代美国小说研究》，北京大学出版社 2010 年版，序言。

② 迷宫结构，指作者在小说中营造的错综复杂的且又不给予出路的叙事结构。

查者，往往疲于奔命，却无法破案。侦探也不再是小说的中心人物，其中心地位逐渐被罪犯等边缘人物消解或取代。

结构：传统的侦探小说是一种程式化文学，其结构、情节、人物设置都遵循一定的格局和程式，整个事件按线性顺序发展，即调查—破案的顺序。封闭式结构是传统侦探小说的一大特点，不论侦探的调查多么艰辛曲折，最终是真相大白、惩恶扬善的结局。后现代侦探小说颠覆了这一观念，其显著特点就是谜团不可破解的开放性结构。传统侦探小说在结尾提供答案，而后现代侦探小说则在结尾时提出问题。这种开放式的结局增强了小说的虚构性、游戏性和实验性。

与读者的关系：在侦探小说中，读者需要积极参与对谜团的调查与破解的推理过程，阅读侦探小说就像一场与侦探的斗智游戏，看谁先找出真正的凶手。读者在作者提供的信息中进行解谜游戏，在作者安排的结局中满足自己的阅读期待，属于消极被动地阅读。后现代侦探小说则强调读者的主动参与，作者在作品中时常选择隐退，放弃权威地位，把文本的阐释权交给读者。作者给读者提供的是一个充满碎片与空白的开放式文本，或是没有结局，或是提供多元结局，使文本的阐释具有多种可能性。读者也可以成为真正的主角，他们要学会不依赖侦探指引，在缺乏统一结构的迷宫里解读各种信息并加以推测，积极参与调查解谜的过程。

第二节　阿根廷侦探小说

阿根廷侦探小说在拉丁美洲侦探小说发展史上有着举足轻重的地位。"拉普拉塔河地区是拉丁美洲侦探文学的发源之地，亦是盛产之邦。"① 侦探小说是阿根廷文学浓墨重彩的一笔，博尔赫斯、比奥伊·卡萨雷斯、科塔萨尔、萨瓦托、普伊格等作家的许多作品都属于这一体裁。正如文学评论家豪尔赫·拉弗尔格写道："没有哪种文学体裁能像侦探小说这般深深扎根于 20 世纪阿根廷叙事文学。"② 在阿根廷侦探文学发展史上，最为突出的三种侦探小说类型为古典解谜小说、黑色小说及后现代侦探小说。

---

① Simpson, Amelia S. *Detective fiction from Latin America*, 1990, p. 29.

② Lafforgue, Jorge（selección y prólogo）. *Cuentos policiales argentinos*, 1997, prólogo.

一 拉丁美洲侦探小说：阿根廷侦探小说的发展背景

阿根廷侦探小说的发展无法脱离拉丁美洲侦探小说这一大背景，因此，我们首先对拉丁美洲侦探文学的发展做一个梳理。拉丁美洲的侦探小说创作兴起于 20 世纪三四十年代。尽管此前已有侦探小说发表，但直到这一时期，侦探小说作品才大量涌现，这一体裁的小说在拉丁美洲才粗具规模。

阿根廷和墨西哥成为拉丁美洲侦探小说发展初期的主要阵地。20 世纪 40 年代中期，多部侦探小说选集及专业侦探小说杂志面世。1945 年，由博尔赫斯和比奥伊·卡萨雷斯任主编的侦探小说选集系列《第七层》（*El Séptimo Círculo*）① 开始出版，收录了阿根廷作家创作的多篇侦探小说。1946 年，专门介绍本国侦探小说创作的文学杂志《侦探小说与悬疑小说精选》（*Selecciones policíacas y de misterio*）在墨西哥问世。此外，在智利、乌拉圭等国也有不少侦探小说出版。

作为一种"舶来品"的文学体裁，这一时期的拉丁美洲侦探小说创作尚处模仿阶段。作家试图依循古典侦探小说的模式，结合拉美特有的社会环境加以创作。但不论情节设置、解谜套路抑或是侦探形象，均鲜有创新。值得一提的是，和侦探小说在其他国家及地区的发展历程一样，侦探小说在拉美也长期被视为消遣读物，难登大雅之堂。但在 20 世纪三四十年代，关于侦探小说的文学批评逐渐增多，作家和评论家纷纷撰文，为侦探小说"正名"，这对拉美侦探小说的发展起到了积极的推动作用。如古巴作家阿莱霍·卡彭铁尔②在《为侦探小说辩护》（"Apología de la novela policíaca"，1931）一文中指出："在所有可印刷出版的文学类型中，侦探小说是最受轻视的一种……但是我认为，当代文学大师中，有能力写出优秀侦探小说的可谓凤毛麟角。而且，这种小说是世上最难驾驭的文学体裁之一。"③ 墨西哥作家阿丰索·

---

① 小说选集的书名源自但丁《神曲》中描绘的第七层地狱，犯暴力罪的人位于此层。

② 阿莱霍·卡彭铁尔（Alejo Carpentier，1904 – 1980），古巴作家、文学评论家、记者。1977 年获塞万提斯文学奖。

③ Carpentier, Alejo. "Apología de la novela policíaca", en *Retóricas del crimen：reflexiones latinoamericanas sobre el género policial*, Ezequiel De Rosso（selección y coordinación），2011, p. 50.

雷耶斯①在《论侦探小说》（"Sobre la novela policial"，1945）一文中则将侦探小说比作下棋："既是种休闲消遣，又益智健脑"，②认为"侦探小说是我们这个时代的经典文学体裁"。③

　　随着侦探小说地位的提升，更多作家加入了创作行列。20 世纪五六十年代，拉丁美洲侦探小说逐渐进入繁荣期，并在 70 年代达到高峰期。时至今日，侦探小说仍是拉美作家最为青睐的文学体裁之一。侦探小说在拉丁美洲的发展主要呈现两种趋势：一种是强调社会功用的拉丁美洲黑色小说，又称"新侦探小说"（El neopolicial o la novela neopolicial）；另一种是呈现诸多后现代主义特征的"反侦探小说"（Novela antipolicial）。

　　拉丁美洲黑色小说的萌发与拉美社会所经历的巨变息息相关。1959年古巴革命的胜利在拉美引发一系列连锁反应。20 世纪六七十年代，关于"改革还是革命"的讨论遍及拉美各国，民主政府和独裁政府交替执政，社会动荡不安，军事政变屡见不鲜："1920—1960 年，整个拉丁美洲除了墨西哥和乌拉圭之外的所有国家中，共发生过 99 起成功政变……10次政变发生在 1960—1964 年。"④ 巴西、智利、阿根廷、乌拉圭等国都陷入军政府的独裁统治，整个社会处于暴力、酷刑、死亡笼罩的阴影之中。中美洲各国，以及哥伦比亚、秘鲁等国则饱受内战之苦，右派军人与左派游击队武装冲突不断，民不聊生。

　　在这一社会历史背景下，美国硬汉派侦探小说的现实主义色彩与表现拉美的社会现状相契合，侦探小说的黑色革命开始风靡拉美。在阿根廷、智利及古巴等国，侦探小说还肩负着特殊的政治使命。如在古巴就产生了"革命侦探小说"（Novela policial revolucionaria）。作家把侦探小说作为阶级斗争的一种武器，作品以反映社会主义和资本主义、革命和反革命之间的冲突为主要内容，旨在宣扬革命的成功，捍卫革命取得的胜利成果。在阿根廷、智利等国，作家则通过侦探小说揭露独裁统治的暴力行径。

---

① 阿丰索·雷耶斯（Alfonso Reyes，1889 – 1959），墨西哥作家、思想家、政治家。被博尔赫斯誉为"20 世纪最杰出的西班牙语散文家"。

② Reyes, Alfonso. "Sobre la novela policial", *en Prosa y poesía*. México D. F.：REI Editorial, 1987, p. 149.

③ Ibid.，p. 153.

④ E. 布拉德福德·伯恩斯、朱莉·阿·查利普：《简明拉丁美洲史——拉丁美洲现代化进程的诠释》，王宁坤译，世界图书出版社 2009 年版，第 281 页。

　　在美国硬汉派侦探小说的影响下，拉丁美洲的黑色小说也应运而生。这类小说具有强烈的现实性，以揭露、批判社会问题为己任。墨西哥作家伊格纳西奥·泰博二世（Paco Ignacio Taibo Ⅱ，1949 – ）认为，拉美侦探小说创作在美国黑色小说的影响下开始转向，作品关注的焦点转向揭露社会制度的暴力根源和警察体系的腐败等现实问题，罪犯等边缘人物逐渐成为小说的中心人物，语言风格趋于口语化。他同时指出："这种西班牙语新侦探小说并非将美国黑色小说民族化，而是构建了一种带有民族特点的全新的侦探小说流派。"① 现实主义倾向是新侦探小说最显著的特征，如评论家帕特里西亚·埃斯皮诺萨所言："新侦探小说今日所处的地位堪比当年的社会现实主义。"② 社会功用的凸显导致谜团设计等侦探小说特点的弱化，以泰伯二世为代表的一大批作家还试图与传统侦探小说决裂："西班牙语侦探小说之所以姗姗来迟，全因久陷模仿的圈圈。而且，模仿的还是最糟糕的那种侦探小说，即解谜小说，而非黑色小说。"③

　　另一种在拉丁美洲得到长足发展的侦探小说类型是反侦探小说，即后现代侦探小说。后现代侦探小说对传统侦探小说的戏仿与颠覆，给作家的文学革新提供了新的天地。博尔赫斯是这一侦探小说流派公认的鼻祖。从他开始，拉美作家纷纷将侦探小说作为文学创作的试验田，诸多后现代元素被吸收利用，如小说创作中对大众文化的青睐、对侦探小说叙事结构的戏仿、大众话语及边缘话语④的运用以及与其他文学体裁的混杂等。

　　帕特里西亚·梅里韦尔和苏珊·伊·斯威尼在论及后现代侦探小说的重要作家时，列出了一份名单，其中包括不少拉美作家，如博尔赫斯、科塔萨尔、何塞·多诺索、加西亚·马尔克斯、萨瓦托、普伊格及皮格利亚

---

① Taibo Ⅱ, Paco Ignacio. "La 'otra' novela policial", 1987, p. 39.

② De Rosso, Ezequiel (selección y coordinación). *Retóricas del crimen: reflexiones latinoamericanas sobre el género policial*, 2011, p. 31.

③ Taibo Ⅱ, Paco Ignacio. "La 'otra' novela policial", 1987, p. 37.

④ 边缘话语是代表边缘社会、边缘人群与边缘文化的一种话语，与主流话语、中心话语相对。参见丁建新、沈文静《边缘话语分析：一些基本的理论问题》，《外语与外语教学》2013 年第 4 期，第 17—21 页。

等。① 帕杜拉·富恩特斯②指出，拉美侦探小说的这一转向深受拉丁美洲"文学爆炸"大背景的影响。作家们在创作侦探小说时，力求叙事形式及结构的革新，打破了传统的封闭式结构。同时，加大了对心理层面的挖掘，语言上也具有明显的新闻语言特征。③

需要强调的是，作为侦探小说流派，黑色小说是依据作品所具备的社会性、现实批判性来界定的，而后现代侦探小说则是依据作品所采用的叙事手法、开放性结构及抽象的谜团等元素来界定的。由于不同的判断标准，两种流派并非割裂对立，因此，一部作品既可以归入黑色小说，也可以属于后现代侦探小说的范畴。

二　古典解谜小说的影响：崇尚智力元素的阿根廷侦探小说

阿根廷侦探小说之源可追溯至 19 世纪末。文学评论家佩德罗·路易斯·巴尔西亚和内斯托·庞塞认为，阿根廷第一部侦探小说是路易斯·比森特·瓦雷拉（Luis Vicente Varela，1845 – 1911）以笔名劳尔·瓦雷斯（Raúl Waleis）创作的长篇小说《罪恶留痕》（ *La huella del crimen*，1877）。④ 但更多的文学史家和评论家倾向于将保罗·格鲁萨克⑤的短篇小说《追踪》（*La pesquisa*，1884）视为阿根廷侦探小说的序曲。在 19 世纪和 20 世纪之交，阿根廷侦探小说创作尚处萌芽状态，只有零星作品问世。

---

① 参见 Merivale，Patricia y Sweeney，Susan Elizabeth. *Detecting texts：the metaphysical detective story from Poe to postmodernism*，1999，p. 5。

② 帕杜拉·富恩特斯（Leonardo Padura Fuentes，1955 – ），古巴作家、记者、文学评论家。著有多部侦探小说。

③ 参见 Padura Fuentes，Leonardo. "Modernidad y postmodernidad：la novela policial en Iberoamérica"，1999，p. 42。

④ 参见 Barcia，Pedro Luis："Los orígenes de la narrativa argentina：la obra de Luis V. Varela"，en *Cuadernos del Sur*，núms. 21/22，Bahía Blanca，1988/1989，pp. 13 – 24；Ponce，Néstor. "Una poética pedagógica：Raúl Waleis，fundador de la novela policial en castellano"，en *Literatura policial en la Argentina. Waleis，Borges，Saer. Revista de Facultad de Humanidades y Ciencias de la Educación*，Universidad Nacional de La Plata，núm. 32，1997，pp. 7 – 15。

⑤ 保罗·格鲁萨克（Paul Groussac，1848 – 1929），旅居阿根廷的法国作家、历史学家、评论家。

但爱伦·坡的作品已被译介到阿根廷，柯南·道尔、埃米尔·加博里奥①等作家的小说也以连载形式出现在阿根廷的报刊上。侦探小说读者群的日渐庞大，为之后阿根廷本土侦探小说的发展打下了坚实基础。

　　20 世纪 40 年代，真正意义上的阿根廷侦探小说伴随着奥诺里奥·布斯托斯·多梅克（Honorio Bustos Domecq）这个名字载入文学史。正如埃勒里·奎因是两位作家的合体，布斯托斯·多梅克是由博尔赫斯和比奥伊·卡萨雷斯两位作家虚构的一位侦探小说家。博尔赫斯在自传里写道：

　　　　一个下雨的清晨，比奥伊对我说，我们应该尝试一下。……就在那个清晨，一个名叫奥诺里奥·布斯托斯·多梅克的第三者诞生了。他就那么出现了，开始掌控一切。起初，他不过是我们的消遣，但渐渐地，他就占了上风。他手持命运之矛，呼风唤雨。最后，他完全脱离了我们，有了自己的性格脾气，自己的诙谐幽默，甚至还有他奇特的写作方法……布斯托斯·多梅克写的第一本书是《堂·伊希德罗·帕罗迪的六个难题》。②

　　这部发表于 1942 年的短篇小说集被阿根廷作家鲁道夫·瓦尔希（Rodolfo Walsh，1927 – 1977）称为"第一部西班牙语短篇侦探小说集"。③ 阿丰索·雷耶斯写道："随着该书的出版，侦探文学终于在西班牙语美洲生根立足。"④《堂·伊希德罗·帕罗迪的六个难题》与博尔赫斯于同年发表的短篇小说《死亡与指南针》、莱昂纳多·卡斯特亚尼（Leonardo Castellani，1899 – 1981）的短篇小说集《梅特里神父的九次死亡》（*Las nueve muertes del Padre Metri*，1942），以及马努埃尔·佩柔（Manuel Peyrou，1902 – 1974）的短篇小说集《沉睡的剑》（*La espada dormida*，

―――――――――

　　① 埃米尔·加博里奥（Emile Gaboriau，1832 – 1873），法国作家，被誉为"法国侦探小说之父"。加博里奥的作品为侦探小说加入了科学系统的刑侦方法，塑造了侦探文学史上第一位利用获取指纹、通晓追踪术等科学方式破案的侦探勒考克。

　　② Borges，Jorge Luis. *Autobiografía*（*1899 – 1970*）. Buenos Aires：El Ateneo，p. 117.

　　③ Walsh，Rodolfo（selección）. *Diez cuentos policiales argentinos*. Buenos Aires：Librería Hachette，1953，pp. 7 – 8.

　　④ Reyes，Alfonso. "El argentino Jorge Luis Borges"，en *Obras completas*，tomo Ⅸ. México D. F.：Fondo de Cultura Económica，1959，p. 308.

1944）一起，构成了阿根廷侦探小说的初创期。

美国评论家唐纳德·耶茨认为，阿根廷侦探小说"自创始之初，就对侦探小说中的智力元素显现出极大的兴趣。因此，在1940—1948年，阿根廷侦探小说的命运掌握在一批崇尚高雅文化的作家和评论家手里"。① 阿根廷侦探小说的这一特点与博尔赫斯有着密不可分的关系。早在童年时期，博尔赫斯就与侦探小说结缘。"多年来，我一直以为自己是在布宜诺斯艾利斯近郊的一个街区长大的。那里十分危险，四处一派衰败的气象。但事实上，我成长的地方是一个铁栅栏围着的花园和一间拥有无数英文书籍的藏书室。"② 由于特殊的家庭构成，博尔赫斯最先学会用英语而非西班牙语进行阅读。③ 英国文学和英译作品是博尔赫斯孩提时代的主要读物，其中就包括大量侦探小说。

侦探小说是博尔赫斯文学世界中非常重要的一部分。英式古典侦探小说中设计精巧的谜团和智力游戏令博尔赫斯着迷。他认为，由爱伦·坡创立的侦探小说是"一种智力型的文学体裁，几乎完全建立在虚构的基础上，破案靠的是纯抽象的推理"，④ 其程式之一就是"运用智慧或调动智力以解决谜题"。⑤ 对于博尔赫斯而言，智力是一部优秀侦探小说不可或缺的元素。首先，侦探小说的作者必须才智过人。正如他在《侦探小说叙事法则》（"Leyes de la narración policial"）一文中写道："设计并解开一场数学般精准的谋杀或一场双重欺骗，或许不足为奇，但为之付出的脑力工作的确令人惊叹。"⑥ 其次，优秀的侦探都是智商超群的"推理型侦探"（detective razonador），他们那种"不借助科学手段就揭开谜团的方式

① 参见 Yates, Donald A. "La novela policial en las Américas", *Temas culturales*, Servicio Cultural e Informativo de los Estados Unidos, Buenos Aires, año Ⅲ, núm. 3, 1968。

② Borges, Jorge Luis. "Prólogo de *Evaristo Carriego*", en *Obras completas* Ⅰ (1923 – 1949), edición crítica, anotada por Rolando Costa Picazo e Irma Zangara, 2009, p. 211.

③ 博尔赫斯的祖母是英国人，酷爱读书。受其影响，博尔赫斯的父亲嗜书成癖，拥有一个藏书丰富的家庭图书馆，收藏大多为英文书籍。

④ Borges, Jorge Luis. "El cuento policial", en *Borges oral*. Madrid: Alianza, 2000, p. 77.

⑤ Ibid. , p. 71.

⑥ Borges, Jorge Luis. "Leyes de la narración policial", en *Retóricas del crimen: reflexiones latinoamericanas sobre el género policial*, Ezequiel De Rosso (selección y coordinación), 2011, p. 58.

更耐人寻味"。① 最后，侦探小说的真正主角不是侦探也不是凶手，而是解开谜团的逻辑推理过程，智力正是解谜的关键。因此，博尔赫斯对侦探小说的读者也有智力上的要求，他理想中的读者是能积极参与并能发现真相的"侦探型读者"，甚至"读者的眼光比侦探还要犀利"。②

　　博尔赫斯对智力推崇备至，由他和比奥伊·卡萨雷斯选编的《最佳短篇侦探小说选》（*Los mejores cuentos policiales*）③ 中，讲述"推理型侦探"运用智力解开谜团的故事占了绝大多数。在创作中，博尔赫斯塑造的侦探也个个才智过人。《死亡与指南针》中的侦探伦洛特是一位"奥古斯都·杜宾那样的彻头彻尾的推理家"；④ 而堂·伊希德罗·帕罗迪更是一位登峰造极的"推理型侦探"。帕罗迪遭到陷害，被关在第 273 号牢房，人们前来探望，向他讲述离奇的事情。他运用惊人的推理能力，替他们解开了一个又一个谜团。

　　在博尔赫斯、比奥伊·卡萨雷斯等作家的推动下，解谜小说成为阿根廷侦探小说发展初期的创作主流。这一时期的作品，文风简洁凝练，对社会背景及人物外貌特征的描述着墨甚少，以缜密的谜团设计和智力游戏见长。博尔赫斯甚至认为："侦探小说可以变得更为纯粹，可以省略冒险经历，摒弃景色描写，删除人物对话，甚至人物的性格特征，而仅限于谜题本身及其揭晓过程。"⑤

三　美国黑色小说的影响：注重批判现实的阿根廷侦探小说

　　20 世纪四五十年代，美国黑色小说开始影响阿根廷侦探小说创作，并逐渐占据一席之地。面对美式侦探小说的"入侵"，博尔赫斯等推崇英式古典解谜小说的作家纷纷撰文抵制。马尔科·德内维写道："归根结

---

① Borges, Jorge Luis. *Textos cautivos. Ensayos y reseñas en El hogar*（*1936 – 1939*），Barcelona：Tusquets，1986，p. 157.

② Borges, Jorge Luis. "Examen de la obra de Herbert Quain"，en *Obras completas I*（*1923 – 1949*），edición crítica，anotada por Rolando Costa Picazo e Irma Zangara，2009，p. 858.

③ 该选集分上下两辑，分别于 1943 年和 1951 年出版。

④ Borges, Jorge Luis. "La muerte y la brújula"，en *Obras completas I*（*1923 – 1949*），edición crítica，anotada por Rolando Costa Picazo e Irma Zangara，2009，p. 892.

⑤ Borges, Jorge Luis. *Prólogos, con un prólogo de prólogos*，p. 261.

底，这是一种流氓混混的小说，毫无英式小说的高雅。"① 博尔赫斯认为，美国侦探小说家"基本上都是些蹩脚的作家。钱德勒稍微好些，但其他人，如哈米特，简直糟糕透顶。他们写的不能称为侦探小说，因为他们笔下那些所谓的侦探根本就不懂逻辑推理"。②

黑色小说强烈的现实主义色彩是博尔赫斯等作家批判的重点。博尔赫斯认为："在其原产地（美国），侦探小说正离爱伦·坡创立的智力模式越来越远，日渐驱向暴力、色情和血腥。"③ 他指出，黑色小说终结了伟大的侦探小说传统：

> 侦探小说这一体裁在美国江河日下，成了一种反映现实、充满暴力，甚至性暴力的文学类型。不管怎样，侦探小说已经消亡，其智力之源已被人遗忘。只有英国还保留这一传统，在那里，侦探小说远离喧嚣，故事发生在某个英国乡村；在那里，一切都凭借智力，一切都很平静，没有暴力，没有血腥。④

尽管博尔赫斯等作家竭力维护解谜小说的地位，但美国黑色小说的现实性与批判精神逐渐赢得了阿根廷侦探小说家的青睐，并开始得到发展。门波·希亚迪内利⑤认为，像博尔赫斯和比奥伊·卡萨雷斯笔下的伊希德罗·帕罗迪那样的推理型侦探，"虽然才华横溢，令人着迷，但并不真实，只存在于文人世界里"。⑥ 门波·希亚迪内利指出："无数伟大的作家创作过古典侦探小说，但这种远离社会现实的侦探小说已不再时兴。"⑦ "黑色小说正好与古典侦探小说背道而驰，它用文学拥抱现实，将现实作为文学素材。因此，这种侦探小说类型更适合我们……新一代作家注意到

---

① Lafforgue, Jorge y Rivera, Jorge B. *Asesinos de papel：Ensayos sobre narrativa policial*，1996，p. 45.

② Ibid.，p. 44.

③ Bioy Casares, Adolfo y Borges, Jorge Luis. *Los mejores cuentos policiales*，p. 8.

④ Borges, Jorge Luis. "El cuento policial"，en *Borges oral*. Madrid：Alianza，2000，p. 80.

⑤ 门波·希亚迪内利（Mempo Giardinelli，1947 - ），阿根廷作家、文学评论家、记者。1993 年获罗慕洛·加列戈斯国际小说奖。

⑥ Giardinelli, Mempo. *El género negro：ensayos sobre literatura policial*，1996，p. 264.

⑦ Ibid.，p. 265.

了黑色小说审视社会现实的这一功能。"①

门波·希亚迪内利认为黑色小说大致可分为八种类型：以塑造机智灵敏且个性鲜明的侦探或调查者为中心的黑色小说；以伸张正义为出发点的黑色小说，即所谓的"文学法网"；以罪犯视角展开叙述的心理黑色小说；以间谍活动为叙事中心的黑色小说；旨在批判社会的黑色小说；讲述被诬陷的无辜者努力抗争以洗脱罪名的黑色小说；以追踪、逃亡为叙事中心的黑色小说；以营造悬疑惊悚的氛围、强调紧张刺激情节的黑色小说。②

萨瓦托的中篇小说《地道》（El túnel，1948）被视为阿根廷黑色小说的早期作品之一。按门波·希亚迪内利的分类，这是一部典型的心理黑色小说。作品开门见山："我就是胡安·帕布洛·卡斯特尔，杀死玛丽亚·伊利巴内的那个画家。我想只要说出我的名字，大家就能记起那桩案子，那么对我本人的情况也就无须赘述了。"③ 小说以罪犯卡斯特尔的第一人称展开叙述，以内心独白的形式，夹杂着各种回忆、想象甚至幻觉，呈现了他杀害玛丽亚的整个心理过程。卡斯特尔的杀人动机与他压抑孤僻的性格和病态的心理状态密切相关，正是他的孤独、自闭、敏感、多疑和妄想将他引向了罪恶的深渊。

20世纪70年代，黑色小说取代解谜小说，成为阿根廷侦探文学创作的主要类型。20世纪70年代初期的阿根廷黑色小说大多具有本土化特征，即把美国黑色小说移植入阿根廷这一大背景进行再创作。胡安·卡洛斯·马蒂尼（Juan Carlos Martini，1944 – ）的长篇小说《肺里的水》（El agua en los pulmones，1973）和《杀人犯喜欢金发女郎》（Los asesinos las prefieren rubias，1974）就属于此类作品，小说的情节设置与侦探形象和美国黑色小说如出一辙，只是故事的发生地换成了阿根廷的罗萨里奥省。

1976年，阿根廷进入"肮脏战争"时期，阿根廷侦探小说在这一时期经历了一个明显的断层与相对的停滞。大量作家流亡国外，有些作家遭

---

① Giardinelli, Mempo. *El género negro：ensayos sobre literatura policial*，1996，pp. 264 – 265.

② 参见 Giardinelli, Mempo. *El género negro：ensayos sobre literatura policial*，1996，pp. 51 – 52。

③ Sabato, Ernesto. *El túnel*. Barcelona：Editorial Seix Barral，2005，p. 7.

到迫害，甚至失踪或被谋杀，创作和出版环境均遭到严重破坏。面对白色恐怖和严格的文化审查制度，"阿根廷作家将黑色小说作为揭露国家暴力与社会动荡的脚手架"。[①] 这一时期，涌现了一批假侦探小说之名，行见证历史、控诉独裁政府之实的作品。吉列尔莫·马丁内斯（Guillermo Martínez，1962 – ）的短篇小说《无边地狱》（Infierno grande）[②] 讲述了一个发生在旧桥镇的故事。理发店老板娘和一个外乡人突然失踪。人们怀疑店老板杀害了这对偷情男女，纷纷拿起铁铲挖掘，试图找出他们的尸体。最后，人们挖出的不是两具尸体，而是无数具尸体。警察闻讯赶来，命令人们将尸体重新掩埋，不准向任何人提及此事。几天之后，老板娘回来了，而那个外乡人，却再也没人敢提起。旧桥镇是阿根廷独裁时期的缩影，军政府的集权统治把整个社会变成了黑暗无边的地狱。

　　1983 年"肮脏战争"结束后，阿根廷进入民主时期，经济逐步复苏。对独裁政府暴力行径的揭露也随之退出侦探小说创作的中心，黑色小说这一流派也就不再独领风骚。

四　后现代侦探小说的繁荣：秉承后现代传统的阿根廷侦探小说

　　著有大量侦探小说的阿根廷作家、文学评论家何塞·帕布洛·费因曼[③]指出，"阿根廷作家创作的侦探小说，并非严格意义上的侦探小说，而是一种'模棱两可'的侦探小说"。[④] 对阿根廷作家而言，侦探小说意味着文学试验、文学张力、情节动力和情节跌宕的无穷可能性。因此，"侦探小说元素被用作推动故事情节发展的动力……被用作对政治现实的明喻或隐喻，或被用作心理及哲学层面的追踪调查"。[⑤] 不难看出，费因曼所谓的"并非严格意义上"的侦探小说，其实就是阿根廷后现代侦探

---

　　① Mattalia, Sonia. *La ley y el crimen*: *usos del relato policial en la narrativa argentina* (1880 – 2000)，2008，p. 163.

　　② 《无边地狱》发表于1989 年，吉列尔莫·马丁内斯在访谈中提到他是在"肮脏战争"期间创作的这部短篇小说。参见 Zunini, Patricio. "Entrevista a Guillermo Martínez", en *Eterna Cadencia*，7 de mayo de 2009。

　　③ 何塞·帕布洛·费因曼（José Pablo Feinmann，1943 – ），阿根廷小说家、剧作家、文学评论家。两度获阿根廷影评人协会奖。

　　④ Feinmann, José Pablo. "Estado policial y novela negra argentina", en *Los héroes* "*difíciles*": *la literatura policial en la Argentina y en Italia*，Giuseppe Petronio y otros，1991，p. 152.

　　⑤ Ibid. .

小说。回顾阿根廷侦探小说的发展历程，不论是在解谜小说处于主导地位的 20 世纪四五十年代，还是在黑色小说独占主流的 70 年代，阿根廷侦探小说创作一直不乏后现代文学特征。20 世纪 80 年代独裁结束后，后现代侦探文学更是得到了长足发展。

　　阿根廷后现代侦探小说传统源自博尔赫斯的文学创作。博尔赫斯曾说道："我对侦探小说创作无甚贡献，我所做的都源自爱伦·坡、史蒂文森①、威尔斯②和切斯特顿③等作家。"④ 这不过是博尔赫斯的谦逊之言，博尔赫斯是阿根廷文坛当之无愧的旗手，"面对传统，人们唯一能做的只有一件事，那就是改变传统"。⑤ 他对阿根廷作家埃尔南德斯的这句评论用在他自己身上也十分贴切。博尔赫斯对侦探小说的革新涉及多个层面，对他而言，侦探小说不仅是考量智力的一场解谜游戏，更是关于玄学问题的一次幻想之旅，实践文学革新的一块试验田。博尔赫斯的侦探小说创作主要呈现如下特征：

　　理性的幻想：众所周知，博尔赫斯是阿根廷幻想小说的创立者之一。在给比奥伊·卡萨雷斯的小说《莫雷尔的发明》（*La invención de Morel*，1940）所写的序言中，博尔赫斯提道："西班牙语文学鲜有充满理性的幻想作品……但《莫雷尔的发明》……给我们的文学带来了一种新样式。"⑥ 这种新样式就是用幻想拓展小说情节的外延。

　　博尔赫斯多次提到，侦探小说是一种充满理性的幻想作品。追根溯源，他提出侦探小说自创立之初就与幻想元素密不可分。"爱伦·坡不希望侦探小说成为一种现实主义体裁。他希望侦探小说是智力型的，或曰幻

---

① 罗伯特·路易斯·史蒂文森（Robert Louis Stevenson，1850－1894），英国小说家。

② 赫伯特·乔治·威尔斯（Herbert George Wells，1866－1946），英国小说家、政治家、社会学家、历史学家。著有大量科幻小说。

③ 吉尔伯特·基思·切斯特顿（Gilbert Keith Chesterton，1874－1936），英国作家、神学家，代表作为侦探小说系列《布朗神父探案集》。

④ Irby, James East. "The Structure of the Stories of Jorge Luis Borges", thesis, University of Michigan, 1962, p. 314.

⑤ Borges, Jorge Luis. *Prólogos con un prólogo de prólogos*. Buenos Aires: Torres Agüero Editor, 1975, p. 97.

⑥ Borges, Jorge Luis. "Prólogo", en *La invención de Morel*, Adolfo Bioy Casares. Madrid: Ediciones Cátedra, sexta edición, 1999, p. 91.

想文学。换言之，侦探小说是一种不仅需要想象，更强调智力的幻想小说。"① 博尔赫斯分析道：

> 爱伦·坡身处美国……却把侦探安排在遥远的巴黎，罪案都发生在那个遥远的国度。毋庸置疑，爱伦·坡非常清楚，如果他把纽约作为小说发生的背景，那么读者便会去探寻事件是否真的发生。然而，一旦将背景置于另一个城市，就会使这一切看起来既遥远又不真实。因此，我认为侦探小说是幻想文学的一种类型。②

侦探小说是博尔赫斯实践文学幻想的一种形式。在他的笔下，现实与虚构没有界限，真实与梦境也不分彼此。他在作品中勾勒的世界远离日常生活，充满想象和虚幻的色彩。如短篇小说《小径分岔的花园》（*El jardín de senderos que se bifurcan*，1941）的背景是第一次世界大战时期的英国；短篇小说《叛徒和英雄的主题》（*Tema del traidor y del héroe*，1944）是发生在 19 世纪爱尔兰的故事；《死亡与指南针》"虽全篇尽是德国或斯堪的纳维亚的名字，但背景却是梦境中的布宜诺斯艾利斯"。③

玄学之谜：博尔赫斯写道："我不是一个思想家，我仅仅是一个试图探索形而上学与宗教的文学可能性的人。"④《小径分岔的花园》中的一段文字可视为博尔赫斯的真实写照：

> 他是个天才的小说家，但更是一个文人。毫无疑问，他不认为自己的才华仅限于小说家这一称号。他对玄学和神秘主义的偏爱得到世人公认，他的一生也充分证实了这一点。对哲学问题的探讨占据了他小说的大量篇幅。⑤

---

① Borges, Jorge Luis. "El cuento policial", en *Borges oral.* Madrid：Alianza, 2000, p. 72.

② Alifano, Roberto. *Conversaciones con Borges.* Madrid：Debate, 1986, pp. 14 – 15.

③ Borges, Jorge Luis. "Prólogo de *Artificios*", en *Obras completas* I（1923 – 1949）, edición crítica, anotada por Rolando Costa Picazo e Irma Zangara, 2009, p. 877.

④ 豪尔赫·路易斯·博尔赫斯：《〈博尔赫斯诗选（1923—1967）〉前言（写于 1971 年 3 月 31 日）》，载《博尔赫斯文集：诗歌随笔卷》，陈东飚、陈子弘等译，海南国际新闻出版中心 1996 年版，第 1 页。

⑤ Borges, Jorge Luis. "El jardín de senderos que se bifurcan", en *Obras completas* I（1923 – 1949）, edición crítica, anotada por Rolando Costa Picazo e Irma Zangara, 2009, p. 872.

　　切斯特顿是对博尔赫斯的侦探文学创作影响最为深远的作家之一，他开创的"心证推理"是一种和"物证推理"完全相反的模式，强调纯理论性的逻辑分析，注重哲学、心理学、神学等社会科学在侦探过程中的作用。① 这种创作风格和博尔赫斯津津乐道的玄学思想十分契合。比奥伊·卡萨雷斯指出："博尔赫斯就像特隆的哲学家，发现了玄学之中蕴藏着丰富的文学可能性……他的这些文学实践着重体现在侦探小说创作上。"②

　　在博尔赫斯的侦探小说作品中，不乏谋杀、告密、复仇等常见内容，但正如萨瓦托所言："在形式各异的外衣之下，裹藏的是他那永远不变的玄学思索……博尔赫斯喜欢迷惑读者。你以为自己正读着一个侦探故事，却在阅读过程中遇到上帝或者一个假扮成灵知派传教士巴西利德斯的人。"③ 博尔赫斯借用侦探小说这一体裁，将形而上的问题包装成谜团的形式进行探讨，使侦探小说增添了神秘的玄学色彩，同时也拓展了谜团的形式。

　　短篇小说《小径分岔的花园》讲述了一个中国间谍的故事。一战期间，中国人余准做了德国的间谍，为了将绝密情报传递给其效命的德国军方，不得不杀死汉学家艾伯特，因为德军准备攻打的英国城市恰好也名叫艾伯特。余准的曾祖父隐退后有两大心愿，写一部小说和建一座迷宫，但他的后人一直找不到迷宫的踪迹。艾伯特经过多年研究，解开了这一谜团，即小说和迷宫其实是同一件东西。在艾伯特被余准杀死之前，两人就迷宫、文学、时空等问题展开了一场深奥的交谈。"小径分岔的花园是一个巨大的谜语，一个隐喻，其谜底就是时间……时间由无数系列构成，发散的、聚合的、平行的时间编织成一张无限扩展、急速蔓延的网。时间或接近聚拢，或分岔交错，或互不干扰，这张时间之网包含了所有的可能性。"④ 在这个险象环生、情节突变的侦探故事中，博尔赫斯营造的是一

---

　　① 参见褚盟《谋杀的魅影：世界推理小说简史》，第 45 页。

　　② Casares, Adolfo Bioy. "Comentarios a *El jardín de los senderos que se bifurcan* de Jorge Luis Borges", en *Sur*, núm. 92, mayo de 1942, pp. 60 – 61.

　　③ Sabato, Ernesto. "Borges", en *Uno y el universo*. Barcelona, Caracas y México: Editorial Seix Barral, 1968, p. 9.

　　④ Borges, Jorge Luis. "El jardín de senderos que se bifurcan", en *Obras completas* Ⅰ (1923 – 1949), edición crítica, anotada por Rolando Costa Picazo e Irma Zangara, 2009, p. 873.

个由玄学谜团构成的文学迷宫。

短篇小说《死亡与指南针》讲述了侦探伦洛特凭借敏锐的直觉，追踪藏匿在宗教类书籍、神秘字母和图案中的蛛丝马迹，来到了一个庄园。但当他准备揭晓最后的谜团、将制造系列谋杀案的罪犯绳之以法时，却发现等待他的谜底却是他自己的死亡。这则短篇小说以侦探伦洛特的死亡与罪犯瑞德·沙拉赫的胜利颠覆了传统侦探小说固有的逻辑结构，但隐藏其后的依旧是博尔赫斯对迷宫、时间、对称、循环等问题的哲学思考。人物姓名暗含的寓意也引人深思。瑞德·沙拉赫（Red Scharlach）一名由英语单词"红色"（red）和德语单词"猩红色"（scharlach）构成，意为"猩红色"；而伦洛特（Lönnrot）一名亦有红色之意。Lönnrot 一词源自瑞典语，由瑞典语意为"秘密的、隐藏的、非法的"的前缀 lönn 和德语"红色"（rot）构成，① 意为"秘密的红色"。一方面，"红色"象征着死亡、鲜血和残杀，两个人物的名字与短篇小说篇名遥相呼应，伦洛特是最终流血死亡的那个"秘密的红色"，是一直隐藏到最后才揭晓的连环谋杀案的最后一位受害者；而瑞德·沙拉赫则是那个设下圈套，步步引导"猎物"伦洛特落网的"猩红色的指南针"；另一方面，侦探与罪犯同名，从某种意义上暗指这其实是同一个人，或是同一个人的两面。在此，博尔赫斯探讨的或许是思维迷宫中的两种模式。正如中国作家残雪的解读，她认为伦洛特属于直觉思维，沙拉赫属于理性思维，"但直觉又包含了理性，理性又来源于直觉，呈现巧夺天工的对称之美，这两个人相互补充，将神秘的生存之谜共同揭开"。②

博尔赫斯被文学评论家视为后现代侦探小说的开创者，但就他本人而言，对侦探小说做出的重要革新更像是无心插柳。他的出发点并非要颠覆侦探小说，而是借侦探小说之形，行理性幻想之实，表玄学思索之意。博尔赫斯的文学实践的确给侦探小说这一体裁注入了新的活力。一方面，他引入的幻想元素丰富了侦探小说的情节设置，他构筑的玄学迷宫颠覆了传统的谜团设置。另一方面，博尔赫斯在创作中大量使用互文、戏仿、杜撰等手法，采用迷宫结构、开放结构、多体裁混杂等形式，对之后的文学创作影响深远。博尔赫斯的侦探小说创作，既是阿根廷侦探小说的里程碑，

---

① 瑞典语中有大量来自德语的词汇。

② 残雪：《解读博尔赫斯》，华东师范大学出版社 2008 年版，第 67 页。

也是日后对欧美侦探小说创作产生影响的后现代侦探小说的滥觞之地。一代又一代作家，循着博尔赫斯的足迹，进入后现代的迷宫，探寻形式各异的谜团，试图挖掘神秘莫测的真相。

在黑色小说风靡的 20 世纪 70 年代，阿根廷侦探小说的后现代传统并未随着解谜小说的过时而中断。这一时期，许多侦探小说作品在内容上贴近现实，批判社会，在形式上则具有后现代文学的特征。

奥斯瓦尔多·索里亚诺（Osvaldo Soriano，1943－1997）的长篇小说《悲伤、孤独及终点》（*Triste，solitario y final*，1973）是公认的黑色小说，但同时也是一部后现代侦探小说，被帕杜拉·富恩特斯称为"新侦探小说代表作中最具后现代特征的作品之一"。[1] 戏仿是一种常见的后现代创作手法，指作家在作品中任意借用名家名作，利用文字游戏、情节颠覆等方式对经典文本的典故、角色等内容进行调侃、嘲讽或者致敬，以游戏的方式颠覆传统。《悲伤、孤独及终点》就是一部典型的戏仿之作，小说的主人公是一个与作者同名、叫作索里亚诺的阿根廷记者。他在洛杉矶跟踪调查好莱坞喜剧组合"劳莱与哈台"[2] 的私生活。其间，索里亚诺与私家侦探菲利普·马洛[3]一起，挫败了一桩谋害卓别林的阴谋。在这场荒诞离奇的经历中，作者穿插了许多关于阿根廷社会现状的描述，对政府的抨击跃然纸上。在这部黑色小说中，嬉笑怒骂、荒诞不经的背后隐藏的是一个千疮百孔、满目疮痍的社会。

又如马努埃尔·普伊格的长篇小说《布宜诺斯艾利斯事件》（*The Buenos Aires Affair*，1973）。作家通过讲述人物离奇的失踪、令人绝望的调查，以及个体遭受的性压抑及性虐待等，将矛头直指"科尔多瓦事件"[4]，揭示了阿根廷的社会机体所遭受的暴力与伤害。小说副标题为"侦探小说"，但书中既没有明确的犯罪事实，也没有一个真正的侦探。乌拉圭著

---

① Padura Fuentes，Leonardo. "Modernidad y postmodernidad：la novela policial en Iberoamérica"，1999，p. 44.

② "劳莱与哈台"（Stan Laurel and Oliver Hardy），好莱坞著名喜剧演员组合，由矮小瘦弱的英国演员斯坦·劳莱与高大肥胖的美国演员奥利弗·哈台组成。1920—1940 年红极一时，是美国早期好莱坞影片中最受欢迎的一对搭档演员。

③ 菲利普·马洛（Philip Marlowe），美国黑色小说大师雷蒙德·钱德勒塑造的私家侦探，贪杯好色，放荡不羁，游走于正义和法律之间，敢于践踏一切规则。

④ "科尔多瓦事件"发生于 1969 年 5 月。当时，阿根廷科尔多瓦省的学生和工人发起一场大规模的反对胡安·卡洛斯·翁加尼亚独裁政府的运动，军队实施了血腥的镇压。

名文学评论家罗德里盖斯·莫内加尔认为："这不是严格意义上的侦探小说。因为它缺少一个最基本的要素，即小说的中心不是在调查真相上，而是聚焦于主人公的幻想、梦境以及混乱的思维上。"①作家在创作中大量采用了电影闪回、文本拼贴、戏仿等手法，用心理分析师替换传统意义上的侦探等设计，无疑证明了这是一部打破传统的后现代侦探小说。

　　当代阿根廷侦探小说呈多元化发展趋势，具有两大特点。一方面，黑色小说不再占据创作主流，古典解谜小说开始复兴，并重新回到作家的创作视野。如吉列尔莫·马丁内斯发表于 2003 年的《牛津迷案》（*Crímenes imperceptibles*，又名 *Los crímenes de Oxford*），讲述了一个阿根廷留学生的离奇经历。他的房东在家中离奇死亡，之后，不同的人接二连三被杀。每次案发前后总会在塞尔登教授周围出现一个神秘的符号，凶手似乎是在通过连环谋杀向塞尔登发起数学逻辑挑战。作者将毕达哥拉斯学派、哥德尔定理、费马大定理等数学知识与犯罪推理巧妙融合，创作了一部令人回味无穷的侦探小说，颇具博尔赫斯的风格。另一方面，后现代侦探小说创作进入繁荣期。许多文学评论家及作家都注意到当代阿根廷侦探小说创作的这一特征。埃塞吉尔·德罗索指出，当代侦探小说创作开始具有一种离心扩散的特征，即传统侦探小说的叙事策略及模式（如封闭的房间、罪案之谜、侦探）向外扩散，添加了更多的模式，产生了形式各异的文本。在这些文本中，侦探小说的程式已经改变，不再拘泥于一格。②

　　除后现代侦探小说的普遍特征外，当代阿根廷后现代侦探小说还有一个明显的特点，即对警察和司法体系彻底的不信任感。费因曼指出，在阿根廷侦探小说中，"警察不仅不是司法与公正的代言人，反而是暴力恐怖的代言人"。③阿根廷作家、文学评论家卡洛斯·加梅罗（Carlos Gamerro，1962 –）更是提出了"阿根廷侦探小说十诫"：罪案的真凶是警察；如果罪案的真凶是私人保安，或者是普通罪犯，那也是受命于警方或在警方的授意下犯罪；警察侦查的目的是掩盖真相；司法的职责是包庇警察；警察

①　Rodríguez Monegal, Emir. "Narradores de esta América", en *América Latina en su literatura*, César Fernández（cood.）, México D. F.：Siglo XXI, 1976, p. 173.

②　参见 De Rosso, Ezequiel. "En la diáspora：algunas notas sobre los modos transgenéticos del relato policial".

③　Feinmann, José Pablo. "Estado policial y novela negra argentina", en *Los héroes "difíciles"：la literatura policial en la Argentina y en Italia*, Giuseppe Petronio y otros, 1991, p. 145.

总是最先抵达现场，由此导致物证不再可靠，逻辑推理的经验基础也荡然无存；很多情况下，凶手的身份从一开始就是公开的，需要调查的是死者的身份，阿根廷侦探小说常以尸体的失踪开篇；对警察而言，死者是最重要的犯罪嫌疑人；受到警察指控的人都是无罪的；私家侦探无一例外都曾供职于警察系统或情报部门，因此，唯有记者或普通人才能完成调查真相的任务；调查或许能揭露真相，但大多数情况下，最好的结局也不过是将真相公之于世，想要将罪犯绳之以法纯属妄想。①

迭戈·帕斯科夫斯基（Diego Paszkowski，1966 – ）的《关于一桩谋杀案的论文》（*Tesis sobre un homicidio*，1999）就是一部质问阿根廷司法体系的长篇小说。主人公保尔对司法制度的看法与其导师法学家罗伯特相左。他认为司法并不能带来公平和正义，警察、律师、法官违法犯法并不鲜见，犯下滔天大罪但逍遥法外者比比皆是。一个女孩在学校被残忍杀害，罗伯特认定保尔是凶手，但他一筹莫展，无法将他绳之以法。小说叙事视角在保尔和罗伯特之间切换，一边是精心设计谋杀以证明法律无能的学生，一边是绞尽脑汁地寻找罪证的老师。这场关于司法是否公正有效的论争构成了整部小说的内核。小说的终极追问并非谁是凶手，而是对司法制度本身的思索。开放式的结尾预示着这或许是一场无止境的追问。

侦探小说的发展是一个不断融合吸收、兼容并蓄的过程。文学理论家茨维坦·托多罗夫②在《侦探小说类型学》一文中指出，侦探小说"新类型的诞生，并非不破不立地一定要摧毁旧类型，而是作为一个不同的特征体，与旧类型和谐相处"。③ 阿根廷侦探文学的发展亦是如此，解谜小说、黑色小说及后现代侦探小说等不同类型共同构成了阿根廷侦探文学的斑斓图景。

---

① 参见 Gamerro, Carlos. "Para una reformulación del género policial argentino", en *El nacimiento de la literatura argentina y otros ensayos.* Buenos Aires：Norma，2006，p. 91。

② 茨维坦·托多罗夫（Tzvetan Todorov，1939 – 2017），原籍保加利亚的法国著名文学理论家、结构主义符号学家、哲学家、历史学家。

③ 茨维坦·托多罗夫：《侦探小说类型学》，载《散文诗学——叙事研究论文选》，侯应花译，百花文艺出版社 2011 年版，第 17 页。

第三节　皮格利亚与侦探小说

皮格利亚与侦探小说有着千丝万缕的联系。他是一位痴迷侦探小说的读者、一位大力推广侦探小说的主编、一位孜孜不倦研究侦探小说的评论家，还是一位潜心创作侦探小说的作家。本小节将通过梳理皮格利亚与侦探小说的关系，探究其在阿根廷侦探小说发展历程中的地位，展示侦探小说在其叙事文学创作中的重要性。

一　皮格利亚：黑色小说在阿根廷的推动者

20 世纪 50 年代末，皮格利亚第一次接触到美国文学，开始大量阅读海明威、福克纳、亨利·詹姆斯[①]等作家的作品，美国黑色小说也随之进入他的阅读视野。当时阿根廷侦探文学的创作主流仍为古典解谜小说。在博尔赫斯与比奥伊·卡萨雷斯合作推出的《第七层》系列丛书中，解谜小说占主导地位。比奥伊·卡萨雷斯坦言，他们不想在丛书中收录硬汉派小说，因为"在绝大部分美式侦探小说中，作家设计的谜团毫无精巧绝妙可言，情节乏善可陈，满篇尽是情色描写"。[②] 博尔赫斯也多次表示："我讨厌美国人书中描绘的那些暴力。"[③]

20 世纪 60 年代中期，皮格利亚向出版商豪尔赫·阿尔瓦雷斯建议推出一套与《第七层》唱反调的侦探小说系列："博尔赫斯的那套解谜小说集，部部精选，反响斐然。……但是让我们推出一个不同的系列吧。"[④] 皮格利亚花费近三年时间，系统深入地研读了侦探小说史及当时能搜集到的侦探小说作品。皮格利亚后来回忆道："为了能选出一套适合译介的丛书，我阅读了大量侦探小说。当时还没有任何西班牙语的黑色小说选集出版，于是，我一边读侦探小说史，一边读侦探小说，出版一本读一本。"[⑤]

1969 年，由皮格利亚选编并组织翻译的以美国侦探小说为主的"黑

---

① 亨利·詹姆斯（Henry James，1843 – 1916），美国作家、文学评论家。

② Bioy Casares，Adolfo. *Memorias*. Barcelona：Tusquets，1994，pp. 104 – 105.

③ Lafforgue，Jorge y Rivera，Jorge B. *Asesinos de papel*：*Ensayos sobre narrativa policial*，1996，p. 44.

④ Roffé，Reina. "Entrevista a Ricardo Piglia"，2001，p. 100.

⑤ Piglia，Ricardo. *Crítica y ficción*，2001，p. 178.

色小说"系列面世。这一系列是阿根廷侦探小说史上最重要的选集之一。文学评论家豪尔赫·贝纳多·里维拉认为，正如《第七层》系列在 20 世纪 40 年代对推广解谜小说起到的决定性作用一样，皮格利亚选编的这套丛书有力地推动了黑色小说在阿根廷的发展。① 文学评论家埃德加多·奥拉西奥·伯格指出："皮格利亚是黑色小说或硬汉派侦探小说在阿根廷得以兴盛的重要人物。"② 之后，皮格利亚对黑色小说的热情不减，20 世纪 90 年代又选编了《黑日丛书》（*Colección Sol Negro*，1990 – 1992）。

二 皮格利亚：侦探小说研究者

皮格利亚对侦探文学的研究始于 20 世纪六七十年代，最初的研究主要集中在黑色小说这一流派。

20 世纪 50 年代，阿根廷社会学家、历史学家、文学评论家胡安·何塞·塞布雷利（Juan José Sebreli，1930 – ）与作家、文学评论家大卫·比尼亚斯（David Viñas，1929 – 2011）等学者以《轮廓》杂志（*Contorno*）为基地连续发文，批判以博尔赫斯为首的《南方》杂志③派系作家。"《轮廓》派"认为，作家应紧跟时代步伐，在创作中反映社会现实，而不是将文学与政治割裂开来。他们呼吁重拾阿根廷文学的现实主义传统，终结博尔赫斯那种远离社会现实的创作风格，试图将博尔赫斯推下民族文学的神坛，而让现实体裁见长的作家罗伯特·阿尔特取而代之。④

这场关于文学创作与社会政治、作家与社会责任等问题的论争一直持续到 20 世纪 60 年代。皮格利亚自然也有许多困惑，但他在硬汉派小说的阅读中得到了启发："美国黑色小说很好地回答了 60 年代那场激烈的论争……许多具有政治意识的作家……以侦探小说这种形式做出了有力的回

---

① 参见 Lafforgue，Jorge y Rivera，Jorge B. *Asesinos de papel：Ensayos sobre narrativa policial*，1996，pp. 87 – 88。

② Berg，Edgardo Horacio. "La escuela del crimen：apuntes sobre el género policial en la Argentina"，en *Espéculo. Revista de estudios literarios*，núm. 38，Universidad Complutense de Madrid，2008.

③ 《南方》（*Sur*）杂志，1931 年由阿根廷作家维多利亚·奥坎波（Victoria Ocampo）创办，是当时阿根廷乃至拉丁美洲介绍欧洲文化思潮及文学流派的前沿阵地。

④ 参见 Prieto，Martín. *Breve historia de la literatura argentina*，2006，pp. 321 – 334。

应。"① 他指出，侦探小说拥有源远流长的左派文学传统，但是"这一传统与社会现实主义和作家的社会责任及政治使命无关，与卢卡契②的'反映'理论也无关。这一传统是指把社会问题包装成谜团去处理的方式。这不是对社会的简单反映，而是将社会元素为我所用，将之变成错综复杂的情节，变成一张包罗万象的情节之网。由此，我发现了一种非常大众的小说体裁，以一种直接开放的形式处理社会问题。这深深影响了我对文学及文学功用的看法"。③

《黑色小说》丛书的选编工作，加深了皮格利亚对美国硬汉派小说的认识。1976 年，皮格利亚发表《论侦探小说》（"Sobre el género policial"），在文中强调美国黑色小说和古典解谜小说是两种风格迥异的侦探小说流派。古典侦探小说对智力推崇备至，因此侦探通过逻辑推理破解谜团的过程是情节的重心所在。"最极端、最具讽刺意味的侦探形象当属博尔赫斯和比奥伊笔下的伊希德罗·帕罗迪，他待在属于他的那间囚室里，足不出户就能解开谜团。"④ 但黑色小说着墨最多的却是侦探的各种经历，"侦探盲目地展开调查，被接二连三发生的事件拽着走，他的调查只会招致更多的罪案发生"。⑤ 因此，皮格利亚指出，那种用解谜小说的标准去衡量黑色小说，将黑色小说形容为"混乱不堪、乱七八糟、杂乱无序，一种高雅和谐的小说类型的堕落版本"⑥ 的观点是错误的。

在为黑色小说正名后，皮格利亚将关注点转向新闻报道与侦探小说的关系上，指出这一渊源可追溯至侦探小说的源头，在爱伦·坡的创作中就

① 　Piglia, Ricardo. *Conversación en Princeton*. Arcadio Díaz Quiñones y otros（eds.），1999，p. 9.

② 　乔治·卢卡契（György Lukács，1885 – 1971），匈牙利哲学家、社会学家、文学评论家。在现实主义文艺理论方面，卢卡契的主要成就为提出了"总体"和"反映"两个概念。主张艺术必须反映现实，反映生活本质，提倡把现实主义艺术反映论理解为对现实与本质进行综合认识、整体反映的总体观。

③ 　Piglia, Ricardo. *Conversación en Princeton*，1999，p. 9.

④ 　Piglia, Ricardo. "Sobre el género policial"，en *Crítica y ficción*，2001，p. 60.

⑤ 　Ibid. .

⑥ 　Ibid. ，p. 59.

"既有纯粹的推理演绎，也有纯粹的现实事件，即'非虚构'①"。② 在美国黑色小说中，将新闻事件、真实发生的罪案等"非虚构"元素融入创作作品的更是不胜枚举。此外，皮格利亚还强调了金钱在黑色小说中的特殊地位：侦探多为靠收取佣金为生的私家侦探；罪案总是与金钱有着直接或间接的关系；而代表正义、制定律法的社会本身也与资本密切相关。因此，从某种意义上讲，黑色小说是关于资本的小说。皮格利亚在文末写道："布莱希特③曾说道：'抢劫银行和开办银行之间有什么区别吗？'我认为这个问句是对黑色小说的最佳定义。"④

1979 年，在为《黑色小说选》（*Cuentos de la serie negra*）一书撰写的序言中，皮格利亚强调："黑色小说是美国文学对当代文学最伟大的贡献之一"，⑤ 并重申金钱与黑色小说的重要关系：

> 英式侦探小说割裂了犯罪行为与社会动机之间的联系，以处理数学问题的方式来处理罪行……黑色小说讲述的恰恰是被英式古典小说排斥在外的内容……谋杀、盗窃、欺诈、抢劫，金钱始终贯穿其中。金钱是道德标准，是律法支柱，是隐藏在这些故事背后的唯一真理。⑥

随着时间的推移和侦探小说体裁的发展变迁，皮格利亚对侦探小说的探索和思考也不断扩展、深化。20 世纪 90 年代初，他提出了"妄想症小说"（Ficción paranoica）理论：

---

① "非虚构"（Non-fiction），这一概念最早由美国作家杜鲁门·卡波特（Truman Capote，1924－1984）提出，指基于现实事件或个人亲身经历等真实事件创作的文学作品。卡波特的《冷血》（*In Cold Blood*，1965）和美国作家诺曼·梅勒（Norman Mailer，1923－2007）的《刽子手之歌》（*The Executioner's Song*，1979）被视为"非虚构"小说的代表作。参见 M. H. Abrams and Geoffrey Galt Harpham, *A Glossary of Literary Terms*, Beijing: Foreign Language Teaching and Research Press, 2010, p. 230。

② Piglia, Ricardo. "Sobre el género policial", en *Crítica y ficción*, 2001, p. 61.

③ 贝托尔特·布莱希特（Bertolt Brecht，1898－1956），德国剧作家、诗人、戏剧理论家。

④ Piglia, Ricardo. "Sobre el género policial", en *Crítica y ficción*, 2001, p. 62.

⑤ Piglia, Ricardo. "Introducción", en *Cuentos de la serie negra*. Buenos Aires: CEAL, 1979.

⑥ Ibid. .

侦探小说的有趣之处在于它是一种文学意义上的资本主义小说。它伴随资本主义兴起，将金钱作为其要件之一，它是打造成商品在文学市场出售的一种文学体裁，遵循一定的创作程式，形式重复，模式老套。目前，这些自侦探小说之初就固定下来的社会及形式元素已产生剧变，引发了一种我称之为"妄想症小说"的新类型。[1]

皮格利亚指出，这一概念是"对我本人和当代美国文学之间关系的思考……亦是一场关于文学变革和小说类型的思考"。[2] 妄想症小说由两大元素构成：一是"威胁感"（idea de amenaza），即所有围绕敌对者、追踪者及阴谋诡计产生的那些受压迫感与危机感；二是"阐释狂"（delirio interpretativo），即认为一切皆有因，所有表象之下都必定隐藏着一个有待阐释昭示的谜团。妄想症小说具有以下特征：一系列的追踪调查引向的并非真相或意义，而是某个隐藏其后的阴谋，而这个阴谋的制造者往往和国家政治有着错综复杂的关系；人人都是疑犯，都感到被跟踪监视；罪犯不再是一个孤立的个体，而是一个拥有极权的团伙；无人知晓到底发生了什么，线索罪证和证人证词相互矛盾，疑云重重，任何新的线索都能将一切推倒重来；受害者成为主角和情节中心，而非凶手或受雇的侦探。[3]

妄想症小说是皮格利亚对阿根廷侦探小说研究的又一贡献，标志着他对侦探小说这一体裁的发展及其与社会、政治的关系有了更为深刻的认识。

三　皮格利亚：侦探小说作家

侦探小说是贯穿皮格利亚整个叙事文学创作的体裁之一。我们试图通过对作家最重要的几部作品的回顾，展示这一体裁在其文学创作中的突出地位。

1975 年，阿根廷《七天杂志》（Siete Días）举办了"第一届短篇侦探小说创作比赛"。皮格利亚决定参赛，因为"评委团的组成极为特殊，

---

① Piglia, Ricardo. "La ficción paranoica", 1991.

② Berg, Edgardo H. "El debate sobre las poéticas y los géneros: diálogos con Ricardo Piglia", en *CELEHIS: Revista del Centro de Letras Hispanoamericanas*, núm. 2, Universidad Nacional de Mar del Plata, 1992, p. 188.

③ 参见 Piglia, Ricardo. "La ficción paranoica", 1991。

由博尔赫斯、罗亚·巴斯托斯和马尔科·德内维构成"。① 其参赛作品《女疯子与犯罪故事》最终获第一名。这则短篇小说讲述了这样一个故事：妓女莱瑞被残忍杀害，警察逮捕了她的情人安图内斯。记者伦西被派去警察局收集材料，撰写妓女被害的相关报道。罪案唯一的目击证人是一个神志不清的女乞丐，她不停重复着一些不知所云的话。伦西曾在大学主修语言学课程，凭借语言学知识，他从乞丐的疯言疯语中破译出事实真相，发现凶手并非警方认定的安图内斯，而是"胖子"阿尔马达。但报社主编路纳没有批准伦西报道真相的请求。最后，伦西坐在打字机前，开始撰写这则关于女疯子与罪案的故事，准备交给法官。文学评论家豪尔赫·贝纳多·里维拉指出，这则运用语言学知识破案的短篇小说融汇了古典解谜小说与黑色小说的特点，一方面强调智力元素的重要性，另一方面又具有鲜明的现实主义倾向，堪称阿根廷侦探文学的经典作品。②

同年发表的短篇小说《假名》的主人公与作者同名，也叫皮格利亚。皮格利亚准备出版一部纪念阿根廷作家阿尔特逝世 30 周年的选集，在收集材料的过程中得到了一份阿尔特的手稿，包括日记、书信和一部小说的草稿。皮格利亚发现，阿尔特的手稿中有十几页缺页，刚好是短篇小说《露娃》的稿件。于是他开始了一场追踪调查，最后找到了阿尔特的生前好友科斯蒂亚。科斯蒂亚开出高价将《露娃》卖给皮格利亚后，心生悔意，要求取消交易。皮格利亚拒绝接受，于是科斯蒂亚将《露娃》改名为《假名：露娃》发表，并署上了自己的名字。小说的最后是附录《露娃》。在这部短篇小说中，作家别开生面地将文学作品的剽窃与版权当作罪案进行探讨，运用了戏仿、互文、拼贴等手法，被视为阿根廷侦探文学史上的又一经典。作家本人也写道："毫无疑问，这是我写得最好的一个故事。"③ 阿根廷著名文学评论家、作家诺埃·吉特里克（Noé Jitrik，1928 - ）指出：

《假名》融合了阿尔特和博尔赫斯这两种阿根廷文学典范：作品

---

① Piglia, Ricardo. "Nota preliminar", en *Nombre falso*, 1994, p. 9.

② 参见 Rivera, Jorge B. "El relato policial en la Argentina", en *Los héroes "difíciles": la literatura policial en la Argentina y en Italia*, Giuseppe Petronio y otros, 1991, pp. 79 – 80.

③ Piglia, Ricardo. "Nota preliminar", en *Nombre falso*, 2002, p. 11.

营造的氛围、塑造的人物形象（骗子、善良的妓女和无政府主义者）、精妙贴切与模棱两可兼具的语言风格，承接了阿尔特的衣钵；而叙事的铺陈展开和小说的主旨构思，又得到博尔赫斯的真传……皮格利亚是借博尔赫斯的手法，拿阿尔特做文章。①

　　1992 年，皮格利亚发表继《人工呼吸》之后的第二部长篇小说《缺席的城市》。作品讲述了一个与阿根廷作家马塞多尼奥·费尔南德斯同名的人物，他在心爱的女人埃伦娜去世后，建造了一台"小说机"，试图让埃伦娜在讲述故事中获得永生。主人公朱尼尔肩负特殊使命，踏上寻找"小说机"之旅。这台神奇机器守护的不仅是个人爱情的回忆，还有流传在城市里的集体记忆。与"小说机"这台记忆守护器相对立的是阿拉纳医生的诊所。在那里，阿拉纳给人们做手术，目的在于删除个人记忆并重新植入其他记忆。在这一过程中，不同的记忆纷纷涌现，城市也逐渐一分为二，一个是人们日常生活中的城市，另一个则是隐藏的、压抑的、被控制的城市。作家在小说中影射的是政府使用精神疗法，隔离不同政见者，从生理和心理上折磨甚至摧毁政治犯的行径。豪尔赫莉娜·科尔瓦塔认为，《缺席的城市》是一个多重文本构成的复杂网络，在以科幻元素构建的侦探小说主文本中，还有源自马塞多尼奥·费尔南德斯、博尔赫斯、詹姆斯·乔伊斯、罗伯特·阿尔特、爱伦·坡等作家作品的文学文本和由阿根廷无政府主义、庇隆主义及纳粹主义等元素构成的历史文本。②

　　1997 年发表的长篇小说《烈焰焚币》具有鲜明的侦探小说特征。故事取材于 1965 年一桩银行抢劫案。皮格利亚借助当年的新闻报道、警察审讯记录等素材，在小说中真实再现了这桩惊心动魄的案件，揭示了一个充满暴力、杀戮、阴谋、背叛等罪恶丛生的社会。作家娴熟的叙事技巧、张弛有度的叙事节奏、扣人心弦的叙事情节，加之对阿根廷社会诸多黑暗面的深刻揭露以及对同性恋题材的挖掘，使这部作品成为一部兼具文学性、严肃性、娱乐性的黑色小说，获 1997 年阿根廷行星文学奖，随后搬

　　① Jitrik, Noé. "En las manos de Borges el corazón de Arlt. A propósito de *Nombre falso*, de Ricardo Piglia", en *Cambio*, núm. 3, 1976, p. 87.

　　② Corbatta, Jorgelina. *Narrativas de la Guerra Sucia en Argentina（Piglia, Saer, Valenzuela, Puig）*, 1999, p. 126.

上银幕的同名电影摘得西班牙戈雅奖。[①]

2010 年，皮格利亚发表第四部长篇小说《夜间目标》，体裁仍为侦探小说。故事发生在 20 世纪 70 年代初阿根廷一个闭塞的城镇。来自美国的波多黎各人托尼在宾馆遇害，警察局长克罗塞就此展开调查。但是在案情即将水落石出时，警察局长却被关进了疯人院。来自首都的记者伦西追踪调查，许多线索浮出水面，但谜团最终未能解开。这部侦探小说受到读者和评论家的喜爱和追捧，先后获 2010 年西班牙文学评论奖、2011 年罗慕洛·加列戈斯国际小说奖及 2012 年何塞·马里亚·阿盖达斯叙事文学奖。

2013 年，皮格利亚再次延续其侦探小说创作主线，推出长篇小说《艾达之路》。小说主人公伦西应聘到美国一所知名大学讲授阿根廷文学，并与邀请他的文哲系主任艾达坠入爱河。不久艾达意外丧生，伦西随后展开调查，但最后的真相出人意料。除艾达之外，还有多位知名学者离奇死于信件或邮包炸弹，美国联邦调查局追踪此案也多年未果。策划系列谋杀案的蒙克最终"露面"，提出只要刊登他的文章《工业社会及其未来》，他就停止这一疯狂行为。文章发表后，蒙克的兄弟在文中发现了线索，从而导致蒙克落网。而伦西在读英国作家约瑟夫·康拉德的长篇小说《间谍》时，意外发现艾达在书中所做的标记和划出的部分与蒙克的经历有诸多相似之处，于是伦西前往狱中拜访蒙克。这实际上是一部始于自传但终于侦探小说的作品，皮格利亚将他作为普林斯顿大学客座教授的经历与当年美国轰动一时的"大学炸弹客"[②] 事件熔于一炉，创作了这部作品。2014 年 5 月，在第四十届布宜诺斯艾利斯国际书展上，《艾达之路》在 20 部入围作品中脱颖而出，获"读者奖"（Premio del Lector）。

皮格利亚曾说道："归根结底，无非就两类作品，游记和侦探小说。或是讲述旅行或是讲述罪行，除此之外还有什么可写的呢?"[③] 文学评论

---

① 戈雅奖（Los Premios Goya），由西班牙电影艺术学院于 1987 年创办，以著名画家弗朗斯西科·戈雅的名字命名，被誉为西班牙的奥斯卡奖。

② "大学炸弹客"（Unabomber），指美国恐怖分子、数学家泰德·卡钦斯基（Ted Kaczynski）。卡钦斯基认为科技发展给人类社会带来种种弊端，应当摧毁现代工业体系，恢复工业社会前的原始状态。从 20 世纪 70 年代末至 90 年代末，他多次向高校、机场等机构邮寄邮包炸弹，造成多人伤亡，引发社会恐慌，他试图通过这一行为宣扬其极端理论。

③ Piglia, Ricardo. *Crítica y ficción*, 2001, p. 16.

家豪尔赫莉娜·科尔瓦塔指出："研究皮格利亚对侦探小说这一体裁的偏爱，是理解其文学观及文学创作的基础。"[1] 可见，侦探小说在皮格利亚文学世界中的地位不言而喻。

---

[1]　Corbatta，Jorgelina．"Ricardo Piglia：teoría literaria y práctica escritural"，en *Ricardo Piglia：la escritura y el arte nuevo de la sospecha*，Daniel Mesa Gancedo（coord.），2006，p. 69.

第二章

皮格利亚侦探小说创作特征

2012 年，皮格利亚在接受阿根廷作家协会最高荣誉奖时说道："获得作协的这个奖项我倍感荣幸，因为这是一个来自同行的褒奖……作家的创作历程和文学传统息息相关……作家的写作不是孤立的，他是在前辈的创作上写作。文学传统是一条我们每个人都遨游其中的大河。"① 毋庸置疑，文学创作是一个连绵延续的过程，作家的创新都是在继承传统基础上的开拓和创造。皮格利亚的侦探文学创作受到了两大传统的影响。一方面，皮格利亚深受阿根廷侦探文学传统的浸润和滋养，尤其是博尔赫斯侦探小说创作的影响。另一方面，在学习和继承阿根廷本土文学传统的同时，皮格利亚的侦探文学创作又借鉴吸收了美国黑色小说的手法与经验，逐渐形成自己独特的风格。

从某种意义上讲，当代阿根廷作家的创作都无法脱离博尔赫斯文学这一大背景，② 皮格利亚也不例外。从履历上看，他和博尔赫斯一样，身兼侦探小说的读者、作者、研究者以及侦探小说集的选编者等身份。在创作上，皮格利亚深受博尔赫斯的影响，"我们阿根廷作家总与博尔赫斯保持着某种联系……博尔赫斯的风格极具传染性，深深感染了他的模仿者……在阿根廷，所谓写得好，就是写得像博尔赫斯那样。"③

纵观皮格利亚的文学创作，承袭自博尔赫斯的文学理念和叙事技巧比比皆是，在侦探小说创作领域更是如此。在叙事技巧上，他师承博尔赫

---

① "Ricardo Piglia recibió el Gran Premio de Honor de la SADE", en *Telam*, 13 de diciembre de 2012. http：//www. telam. com. ar/notas/201212/1250 – ricardo – piglia – recibio – el – gran – premio – de – honor – de – la – sade. html.

② 参见 Prieto，Martín. *Breve historia de la literatura argentina*，2006，p. 413。

③ Piglia，Ricardo. *Cuentos con dos rostros*，1992，p. 98.

斯，借鉴互文、戏仿等后现代手法，赋予侦探小说更多的实验性。博尔赫斯营造的侦探小说世界充满对哲学、文学、宗教等问题的思索，皮格利亚仿效其做法，将诸多抽象问题融入创作，使作品既具有引人入胜的情节，又富含深刻的哲理。

皮格利亚的侦探小说创作还受到了黑色小说的影响。博尔赫斯的"谜"宫远离现实社会，力求玄而又玄，皮格利亚则强调侦探小说的现实性和批判精神，将暴力、犯罪、贪污腐败，甚至军政府独裁等社会问题置于侦探小说这一舞台，或作为背景，或作为谜团，进行剖析并加以深刻的思索。皮格利亚认为："侦探小说囊括了形式各异的问题……侦探小说是关于罪案的小说，与真相、律法、罪行、违犯、情报等密切相连，涉及诸多重要的社会问题。"①

鉴于皮格利亚对阿根廷黑色小说的发展做出的巨大贡献，其作品常被贴上"黑色小说"的标签。门波·希亚迪内利写道："毋庸置疑，皮格利亚是对黑色小说在拉普拉塔河地区的推广发展贡献最大的作家之一。他著有大量出色的侦探小说，与鲁道夫·瓦尔希和胡安·卡洛斯·马蒂尼一起，并称为阿根廷黑色小说的先行者。"②

不少评论家注意到了皮格利亚侦探小说创作的后现代特征，如文学评论家阿德丽安娜·罗德里盖斯·佩尔希科在分析《夜间目标》时指出：

> 皮格利亚依循侦探小说的创作套路，混合美国、英国以及阿根廷本土侦探小说的叙事手法，是侦探文学家族中的重要成员。……作家创作的这部小说表面上看似传统，实则陈仓暗度，打破了诸多传统侦探小说的创作准则。③

迭戈·特雷耶斯·帕斯在《拉丁美洲另类侦探小说（1960—2005）》（"Novela policial alternativa hispanoamericana（1960–2005）"）④ 一文中指

---

① Corbatta, Jorgelina. "Ricardo Piglia o la pasión de una idea", en *Nuevo Texto Crítico*, Vol. IX, núm. 18, julio-diciembre de 1996, p. 157.

② Giardinelli, Mempo. *El género negro: ensayos sobre literatura policial*, 1996, p. 268.

③ Rodríguez Pérsico, Adriana. "Las huellas del género. Sobre *Blanco nocturno* de Ricardo Piglia", 2011, p. 104.

④ "另类侦探小说"（Novela policial alternativa）是后现代侦探小说的另一种说法。

出，皮格利亚的短篇小说《假名》、墨西哥作家比森特·莱涅罗（Vicente Leñero，1933－2014）的长篇小说《泥瓦匠》（*Los albañiles*，1963）与墨西哥作家豪尔赫·伊瓦古恩戈伊蒂亚（Jorge Ibargüengoitia，1928－1983）的长篇小说《死者》（*Las muertas*，1977）"构成了拉丁美洲另类侦探小说的先声"。① 遗憾的是，两位评论家的文章都只分析了作家某部作品的后现代小说特征，并未将研究扩展到皮格利亚的其他作品。

我们认为，皮格利亚的侦探小说创作，传承了博尔赫斯之"玄"，吸收了美国黑色小说之"实"，糅合了作家对侦探小说体裁之"思"，又采用了后现代叙事手法之"新"，呈现了诸多后现代侦探小说的特征，主要表现为：谜团内容多为社会、政治、文学、历史等抽象问题；侦探多以知识分子为主，如记者、作家、教师等；作品多采用开放结构；真相常被隐藏在文本之中，需要读者像侦探一般去探寻谜底；罪犯常为警察、司法机关，甚至政府当局；侦探小说与其他文学体裁混杂，消解了彼此之间的界限；采用多种后现代文学表现手法，如戏仿、拼贴、互文等。

侦探小说追踪解谜的调查结构对皮格利亚的创作影响深远，皮格利亚提出的"两个故事"创作理念即是对这一结构的戏仿。他认为每部小说都包含两个故事，一个是"可见故事"，另一个是被巧妙隐藏的故事。在其创作的侦探小说中，"可见故事"多为讲述以知识分子为主的另类侦探追踪抽象谜团的故事，而作为小说核心的"隐藏故事"则需要读者的主动参与，期待读者像侦探那样去揣摩挖掘，探寻文本背后的秘密。"两个故事""文人型侦探"及"侦探型读者"构成了皮格利亚侦探小说创作最重要的特点。

第一节　"两个故事"

皮格利亚"两个故事"的创作理念受到了传统侦探小说创作理念的影响。茨维坦·托多罗夫在《侦探小说类型学》一文中指出，传统解谜小说中存在一种二重性，即"侦探小说不是包含一个故事，而是两个：

---

① Trelles Paz, Diego. "Novela policial alternativa hispanoamericana（1960－2005）", 2006, p. 90.

犯罪故事和侦查故事"。① "犯罪故事"指未在小说中"露面"的故事，却是实际发生的事件；"侦查故事"是呈现在小说中的情节，解释读者（或叙述者）如何获悉真相。托多罗夫认为，犯罪的故事实际上是一个隐藏的故事，它不能立即在书中露面。换言之，书中不能直接描述犯罪的经过，而是得借助另一个故事，即侦查的故事，转述所见所闻，从而还原犯罪的故事。因此在解谜小说中，侦查故事"本身毫无重要性可言，它只不过临时充当了读者与犯罪故事之间的媒介"。② 在厘清解谜小说中的"两个故事"后，托多罗夫又分析了侦探小说的另一类型黑色小说中蕴藏的"两个故事"，并指出，黑色小说"将犯罪故事和侦查故事熔于一炉，或者干脆摒弃前者，只保留后者。……对侦查过程的叙述取代了对犯罪故事的回溯"。③

博尔赫斯也提出了侦探小说中"两个故事"的看法。在为阿根廷作家玛丽娅·埃丝特·巴斯盖斯（María Esther Vázquez，1937 – 2017）的短篇小说集《死亡的名字》（*Los nombres de la muerte*，1964）所写的序言中，博尔赫斯指出，侦探小说包含了两个故事，分别为"虚假故事"和"真实故事"：

> 爱伦·坡认为，所有的故事都是为了最后一段或最后一行而创作的。这一要求或许有些夸张，但这的确是一个不争的事实。爱伦·坡想要表达的意思是，一个预先设定好的结局决定了如何编排复杂多变的情节。……一部小说应包含两个故事：一个是虚假故事，漫不经心地在书中呈现；另一个是真实故事，一直隐藏到最后一刻才呈现。④

博尔赫斯认为，"虚假故事"是小说主要讲述的故事，是可见的、"露面"的故事，而"真实故事"则是作者精心隐藏的故事，直到小说末尾才会现出庐山真面目。博尔赫斯的许多作品都采用了这样的情节设计，如《小径分岔的花园》，作者在序言中写道："读者将会看到一桩罪行的

① Todorov, Tzvetan. "Tipología del relato policial", en *El juego de los cautos. La literatura policial: De Poe al caso Giubileo*, Daniel Link（comp.），1992，p. 47.

② Ibid., p. 48.

③ Ibid., p. 49.

④ Borges, Jorge Luis. *Obras completas*, Vol. Ⅳ. Barcelona：Emecé，1996，p. 155.

实施过程及其全部准备工作。读者对作案动机或许有所觉察，但却不一定理解——至少在我看来是如此——直至最后一段读者才会明白。"① 的确如此，读者从一开始就知晓主人公余准是一名间谍，他必须向德国人发送一份情报。读者也知道余准在逃跑时拜访了艾伯特。但直至小说末尾，读者才知道情报的内容就是艾伯特，这既是汉学家的名字，也是德军要进攻的城市的名字。

与托多罗夫提出的侦探小说中"露面的侦查故事"和"未露面的犯罪故事"以及博尔赫斯提出的侦探小说中"呈现的虚假故事"和"一直被隐藏到最后的真实故事"一脉相承，皮格利亚在《浅议短篇小说》（"Tesis sobre el cuento"）一文中提出了他的"两个故事"。在文中，作家首先以短篇小说大师契诃夫的一则轶事为切入点，对短篇小说的二重性特征展开阐述：

> 契诃夫在他的笔记本上记录了这样一件事："一个男人，在蒙特卡洛，他去了赌场，赢了一百万，然后回到家中，自杀了。"……这个故事的情节，与人们预设及约定俗成的形式（赌博——输钱——自杀）背道而驰，展现的完全是一个悖论。其目的在于让赌博的故事与自杀的故事分离开来。这一割裂对定义故事形式的二重性具有重要意义。②

皮格利亚指出，一部短篇小说总是讲述两个故事：可见故事和隐藏故事。在以爱伦·坡和奥拉西奥·基罗加③等作家为代表的传统短篇小说中，常见的手法是在小说的第一层面讲述"故事一"（赌博的故事），与此同时，秘密地去构建"故事二"（自杀的故事）。短篇小说家的技巧在于如何巧妙地在"故事一"的间隙中秘密地穿插"故事二"，即在一个可见故事中，采用一种省略的、碎片的方式来叙述或隐藏那个秘密故事。

在概括了传统短篇小说中"两个故事"的特点后，皮格利亚进而分

---

① Borges, Jorge Luis. *Obras completas* Ⅰ (1923 - 1949), edición crítica, anotada por Rolando Costa Picazo e Irma Zangara, 2009, p. 829.

② Piglia, Ricardo. "Tesis sobre el cuento", en *Crítica y ficción*, 1993, p. 75.

③ 奥拉西奥·基罗加（Horacio Quiroga, 1878 - 1937），乌拉圭短篇小说家、诗人、剧作家。被誉为"拉丁美洲短篇小说之父"。

析了现代短篇小说中的"两个故事"的叙事结构。他指出，现代短篇小说"源自契诃夫、凯瑟琳·曼斯菲尔德①、舍伍德·安德森②，以及创作了《都柏林人》③ 的乔伊斯，摒弃了出乎意料的结局和封闭的结构，致力于营造两个故事间的紧张气氛"。④ 在现代短篇小说中，秘密故事的叙述方式越来越隐蔽。"爱伦·坡式的传统短篇小说叙述一个故事，同时告知另一个故事的存在；现代短篇小说则不同，它犹如只讲一个故事那样叙述两个故事。"⑤ 隐藏的秘密故事构成了现代短篇小说的核心所在。

　　皮格利亚认为："海明威的冰山理论是关于短篇小说这一转变的首次概括：最重要的部分绝不提及，通过避而不言、意会及影射等形式来讲述秘密故事。"⑥ 例如，在海明威的短篇小说《大双心河》（*Big Two-Hearted River*，1925）中，作家将"故事二"（主人公尼克·阿当斯的战争创伤）隐藏得如此之深，以至于整个短篇小说就像是对"故事一"（尼克·阿当斯的钓鱼活动）的一次平庸无奇的描述。皮格利亚认为："海明威将其所有技巧都用于对秘密故事的隐秘叙述上，他的省略手法运用得如此娴熟精纯，以至于暴露了另一个故事的'缺席'。"⑦ 皮格利亚进而对博尔赫斯短篇小说创作中的"两个故事"进行了剖析：

　　　　对博尔赫斯而言，"故事一"永远是某种文学体裁，"故事二"永远是同一个故事。他不得不借助不同体裁的多样叙事手法，以弱化或掩饰那个秘密故事一成不变的单调感。博尔赫斯笔下的短篇小说总是以这样的方式构思而成。……博尔赫斯为短篇小说故事的架构注入了一种新的形式，就是将"故事二"的加密过程转化为短篇小说的主题。⑧

---

　　① 凯瑟琳·曼斯菲尔德（Katherine Manthfield，1888－1923），新西兰作家、女性主义者。新西兰文学奠基人，20 世纪最杰出的短篇小说家之一。

　　② 舍伍德·安德森（Sherwood Anderson，1876－1941），美国小说家。美国现代文学先驱，被海明威称为"我们所有人的老师"。

　　③ 《都柏林人》（*Dubliners*，1914）是詹姆斯·乔伊斯久负盛名的短篇小说集。

　　④ Piglia, Ricardo. "Tesis sobre el cuento", en *Crítica y ficción*, 1993, p. 77.

　　⑤ Ibid. .

　　⑥ Ibid. .

　　⑦ Ibid. .

　　⑧ Ibid. , p. 78.

皮格利亚精辟地揭示了博尔赫斯短篇小说创作的内核，他将博尔赫斯提到的"虚假故事"和直至结尾才呈现的"真实故事"都纳入"故事一"中，并指出，博尔赫斯永恒不变的哲学思考才是小说中真正的秘密故事。综观博尔赫斯的短篇小说，大多体现为在"故事一"（侦探小说、幻想小说等小说体裁）中讲述"故事二"（博尔赫斯的哲学思索）。正如阿丰索·雷耶斯所言，博尔赫斯是"思想的魔法师，不论何种主题，他都信手拈来，赋之以哲学思考"。[①]上文分析的《小径分岔的花园》，在余准杀死艾伯特传递情报的"故事一"中，隐藏着的是作者关于时间和迷宫等问题的哲学思考。《死亡与指南针》的创作思路也如出一辙：伦洛特追踪嫌犯的过程是博尔赫斯的"虚假故事"，而沙拉赫设计引伦洛特落网则是隐藏到最后才呈现的"真实故事"，但这都属于"故事一"层面，"故事二"依旧是让博尔赫斯痴迷的哲学问题。

皮格利亚提出的"两个故事"是对侦探小说追踪解谜的调查结构的戏仿，通过这一设计，作家将作品打造成一个充满秘密、又具开放性的文本。需要强调的是，"两个故事"最初是皮格利亚基于短篇小说创作提出的概念，但这一创作理念亦被他广泛运用于其长篇小说创作中。

第二节　"文人型侦探"

朱利安·西蒙斯指出："公认的侦探小说必须满足两个条件，其一是要有谜团，其二是必须由一位业余侦探或职业侦探通过推理方法破解谜团。"[②]侦探是侦探小说人物设置的核心，一般来说，"由私家侦探、警察、律师、检察官或其他职业身份的业余侦探担任"。[③]自爱伦·坡虚构了第一位侦探杜宾以来，文学史上产生了众多经典的侦探形象。文学评论家马丁·塞雷索在《侦探小说中侦探形象的演变》一文中将传统侦探形象做了如下总结：侦探常出身名门，如杜宾、福尔摩斯等；一般来讲，尤

---

① Reyes, Alfonso. "El argentino Jorge Luis Borges", en *Obras completas*, tomo Ⅸ. México D. F. : Fondo de Cultura Económica, 1959, p. 309.

② 朱利安·西蒙斯：《血腥的谋杀——西方侦探小说史》，新星出版社2011年版，第2页。

③ 任翔：《文学的另一道风景——侦探小说史论》，中国青年出版社2000年版，第219页。

其是在侦探小说发展初期，侦探不能供职于警察系统或其他类似政府机构；侦探大多个性鲜明，爱好、品位等异于常人；侦探大多其貌不扬，有些还行动迟缓，甚至不愿走动，如杜宾、伊希德罗·帕罗迪等；侦探多为男性，以欧美人为主，随着侦探小说的发展，才逐渐出现黑人侦探、中国侦探等形象；侦探拥有超群的智力，包括过人的观察、分析、推理、归纳、类比及想象能力，他们的知识储备堪比百科全书，擅长心理分析，思维敏捷。①

在后现代侦探小说中，侦探形象发生了巨大转变，大多数情况下，侦探不过是一个象征意义上的调查者而已。美国文学评论家斯特法诺·塔尼指出，侦探由传统意义上的维护秩序、惩恶扬善的中心人物"沦落"为一个"去中心的、承认谜团混沌无解"的失败的调查者。② 迭戈·特雷耶斯·帕斯在《拉丁美洲另类侦探小说（1960—2005）》一文中指出，后现代侦探小说一个显著的特点就是侦探形象的弱化，"侦探不过是一个轻描淡写的人物，不再居于中心地位，有时甚至连姓名都不被提及"。③

在皮格利亚的侦探小说中，蕴藏于"可见故事"中的谜团有谋杀、失踪等罪案类型，但更多的是涉及历史、社会、文学等抽象意义上的谜团。皮格利亚曾写道："如果说我用侦探小说做了什么的话，那就是采用了与罪案无关的追踪调查模式，即将调查作为事件相互关联的一种形式，而这些事件本身并非一定是直接意义上的罪案。"④ 因此，在皮格利亚的侦探小说中，鲜见私家侦探，警察则多为负面形象，而肩负追踪解谜任务的往往是记者、教师等知识分子。我们将皮格利亚几部重要作品中的侦探及其追踪调查的谜团做了一个简要梳理：

---

① 参见 Martín Cerezo, Iván. "La evolución del detective en el género policíaco", en *Tonos, revista de estudios filológicos*, núm. 10, noviembre de 2005, pp. 366 – 367。

② Tani, Stefano. *The doomed detective: the contribution of the detective novel to postmodern American and Italian fiction*, 1984, p. 148.

③ Trelles Paz, Diego. "Novela policial alternativa hispanoamericana（1960 – 2005）", 2006, p. 89.

④ Piglia, Ricardo. *Conversación en Princeton*. Arcadio Díaz Quiñones y otros（eds.）, 1999, p. 10.

作品	侦探	谜团
《女疯子与犯罪故事》	记者伦西	杀害莱瑞的真凶
《假名》	作家皮格利亚	《露娃》是否为剽窃之作的真相
《缺席的城市》	记者朱尼尔	"小说机"中故事的真相
《烈焰焚币》	记者伦西	银行抢劫案的真相
《夜间目标》	记者伦西	托尼之死的真相
《艾达之路》	文学教授伦西	艾达之死的真相

表格清晰地表明，在皮格利亚的创作中，无论是调查谋杀、抢劫等罪案的真相，还是追踪抽象层面的谜团，最终承担起解谜任务的并非真正意义上的侦探，而是以知识分子为主的另类侦探，他们的追踪之旅也常以失败或无解告终，具有典型的后现代侦探小说侦探形象的特征。

国内侦探文学研究学者任翔教授将侦探形象分为三类：一类是"冷峻的超人"，如杜宾和福尔摩斯，他们才智过人，直觉敏锐，但往往性格孤僻，行为古怪；一类是"热情的凡人"，如切斯特顿笔下的布朗神父和乔治·西默农[①]笔下的马格雷探长，他们性情平和，言谈举止平民化，属于平凡而神奇的侦探；还有一类是"坚强的硬汉"，黑色小说中的侦探多属此类型，他们大多玩世不恭，混迹于三教九流，带有英雄主义气概。[②]皮格利亚笔下的侦探属于"热情的凡人"，但与此同时，又带有明显的知识分子特征，因此，我们姑且称之为文人型侦探。

一　皮格利亚侦探小说中的警察形象

在皮格利亚的侦探小说中，以调查罪案为情节主线的作品有四部：《女疯子与犯罪故事》中对谋杀妓女莱瑞的凶手的调查；《烈焰焚币》中对实施银行抢劫的匪徒的追踪；《夜间目标》中对托尼之死的调查和《艾达之路》中对艾达意外身亡事件的调查。在这些作品中，最先开始侦探调查的都是警察。

警察依法维持社会秩序，保护社会安全，防止一切危害国家和社会的

---

① 乔治·西默农（Georges Simenon，1903－1989），比利时侦探小说家，用法语创作，著有近百部以巴黎探长马格雷为主人公的系列侦探小说。

② 参见任翔《文学的另一道风景——侦探小说史论》，第220页。

行为发生，惩治一切违法犯罪分子。但在侦探小说中，警察却常常是被贬低的对象。他们或狂妄自信、蛮横无理，或愚昧无知、碌碌无为，经常遭到侦探的讥讽。如福尔摩斯，他总是在警方对案件一筹莫展的时候才出现，而且总以嘲讽、不屑的态度来对待警察，指出他们在破案过程中的种种错误和漏洞。在黑色小说中，警察更是成为社会黑暗面的代表。"不再想当然地认为警察就一定是诚实的，也不必确定他们从不会殴打嫌疑犯……将他们当成正义的化身这本身就是错误的。"①

在皮格利亚的小说中，字里行间无不透着对警察的嘲讽，如《烈焰焚币》中的警官席尔瓦："他脸色苍白，就像戴着张日本面具。手指纤细，像个娘们。"②《艾达之路》中介入调查艾达死亡案件的美国联邦调查局探员是这样出场的：

> 两名探员……都客客气气的（或者说是过于客气了，这种过度夸张的彬彬有礼往往隐藏着最为极端的残忍）。他俩像是一个模子刻出来的，只不过其中一个头发很短，另外一个则留着当时流行的发型（头发盖耳）。他们都穿着黑外套、白衬衣，系着红色领带，夹着领带夹。一个看似风度翩翩，另一个则穿得像是卖圣经的贩子。③

皮格利亚笔下的警察分为两类，一类是残暴蛮横，甚至充当犯罪分子保护伞，如《烈焰焚币》中的警官席尔瓦，其办案方式与公平公正背道而驰："他从来不调查，直接刑讯逼供。"④《女疯子与犯罪故事》中的警察，更是包庇罪犯、陷害无辜的典型代表。"当天上午，警察就逮捕了胡安·安图内斯，和陪酒女同居的那家伙。案子看来已经结了。"⑤ 安图内斯喊冤："不是我干的……是'胖子'阿尔马达干的，但上头有人护着他。"⑥ 记者伦西获得可以证明安图内斯清白的证据后，报社主编一语道破警察的真面目："我做这行已经三十年了，深知一个道理：绝不能和警

①　朱利安·西蒙斯：《血腥的谋杀——西方侦探小说史》，第 158 页。

②　Piglia, Ricardo. *Plata quemada*, 2011, p. 178.

③　Piglia, Ricardo. *El camino de Ida*, 2013, pp. 77 – 78.

④　Piglia, Ricardo. *Plata quemada*, 2011, p. 60.

⑤　Piglia, Ricardo. "La loca y el relato del crimen", en *Nombre falso*, 1994, p. 68.

⑥　Ibid. , p. 69.

察对着干。如果他们告诉你是圣母玛利亚杀了人，那你就老老实实写是圣母玛利亚杀了他。"①《夜间目标》中的一段文字，生动刻画了警察形象：

> 警察才是真正讨厌的家伙。他们年过四十，身体发福。没什么是他们没见识过的，每个人身上都背着好几条命案。他们阅历丰富，手握权力，混迹于地痞流氓和政客权贵之间。他们出没于舞厅和酒吧，夜夜笙歌。搞点毒品，捞点钱财，对他们来说易如反掌。不论是地下赌庄的人、小商小贩、犯罪团伙，还是街坊邻居，无不对他们溜须拍马，献媚讨好。他们成了新的英雄……脚蹬皮靴，趾高气扬，拉帮结派，见门就踹。他们是恶行劣迹的行家里手……专为那些品德高尚的首脑们做见不得人的肮脏事。他们行走于法律与罪行之间，黑道白道各占一半……警察穷凶极恶，但相比那些给他们下达命令的人，他们的残暴程度却是小巫见大巫。②

另一类则是无能的警察，如《艾达之路》中对面对一系列恐怖袭击一筹莫展的美国联邦调查局的描述："他们彻底没了方向，搞不清楚到底是系列袭击案，还是说这一切仅仅是巧合。一般来讲，遭到袭击的都是知名度相当高的学者，生物学或数理逻辑领域的科学家，而艾达并不在此列。但是谁知道呢，或许是疯子所为，又或许是随机挑选的受害者。"③

在皮格利亚的作品中，最先介入罪案调查的警察，往往与罪犯勾结，或能力有限，而调查真相的任务最终会落到文人型侦探身上。作家多次强调，从罪案的角度去讲述一个犯罪的社会，最好的选择就是找一个远离社会的人：

> 在侦探小说中，讲述者必须置身事外，去讲述一个不是发生在他身上的故事，去调查一桩罪案，去挖掘某个真相，他并不牵连其中，

---

① Piglia, Ricardo. "La loca y el relato del crimen", en *Nombre falso*, 1994, p. 72.
② Piglia, Ricardo. *Blanco nocturno*, 2010, pp. 139 – 140.
③ Piglia, Ricardo. *El camino de Ida*, 2013, p. 118.

却以一种神秘的方式与之保持联系。①

在《女疯子与犯罪故事》中，痴迷语言学的记者伦西意外成了真相的调查者："那天下午，报社接到莱瑞被杀的消息，负责报道犯罪新闻的家伙刚好病了。于是，老路纳决定派伦西前去核查情况。"② 在《烈焰焚币》中，伦西为探寻真相，对警官席尔瓦穷追不舍："我之所以不停地追问，是为了写一篇新闻稿，我要真实地报道发生的一切。"③ 在《艾达之路》中，文学教授伦西对美国联邦调查局十分失望，于是雇用私家侦探帕克帮助他调查艾达的死因。而帕克是皮格利亚作品中少有的私家侦探，但最后伦西对帕克也失去了信任："我突然意识到，帕克是一个非常典型的美国前警察。他冷酷残忍，恬不知耻。"④ 于是，伦西只能自己去完成追踪真相的任务。

《夜间目标》中的警察局长克罗塞是皮格利亚着墨最多的警察形象，他"身材高大，看不出真实年纪，面色红润，灰色的八字胡，灰色的头发"。⑤ 他的手下萨尔迪亚斯"把克罗塞视为阿根廷历史上最伟大的警察，他对警察局长言听计从。有时，克罗塞半开玩笑地直接叫他华生"。⑥ 克罗塞的确像福尔摩斯一般，侦查细致，一丝不苟。在记者伦西眼里："大部分警察都是道德败坏的暴徒，只想利用职权之便糟蹋女性（尤其是妓女），有什么好处都想捞一笔，不过克罗塞和他们不太一样。"⑦ 而克罗塞也将记者伦西视为知己，经常与他探讨案情：

> 警察局长在桌上涂涂画画，用图形将案情一一再现，这既画给自己看，也是画给伦西看的。他需要有那么一个人，可以和他说说话。很多想法充斥他的脑海，太多话语在他脑海萦绕，如音乐般久久不能散去。如果和人交谈，就可以对那些想法进行筛选，不用一股脑儿全

---

① Piglia，Ricardo. *Formas breves*，2000，p. 68.

② Piglia，Ricardo. "La loca y el relato del crimen"，en *Nombre falso*，1994，p. 68.

③ Piglia，Ricardo. *Plata quemada*，2011，p. 180.

④ Piglia，Ricardo. *El camino de Ida*，2013，p. 119.

⑤ Piglia，Ricardo. *Blanco nocturno*，2010，p. 15.

⑥ Ibid.，p. 20.

⑦ Ibid.，p. 138.

掏出来，就可以试图让对方和他一起去分析思考，然后让对方先于他
得出和他一样的结论。唯有如此，他才能确信自己的判断，因为还有
另外一个人与他一起思考。在这点上，所有才智过人的侦探的做法都
如出一辙——奥古斯特·杜宾、夏洛克·福尔摩斯——他们需要一个
助手，和他一起思考，但又不会卷入罪案。①

伦西不仅认真聆听克罗塞的分析，之后还跟随他一起办案，成了警察
局长的得力助手。但是，克罗塞的正直使他成了警察中的"异类"和
"绊脚石"，最后被当成疯子送入精神病院。面对已被腐蚀的机构，克罗
塞没有能力抗争；面对即将揭晓的真相，克罗塞亦没有能力继续追踪。因
此，在警察局长被强行送入精神病院后，伦西不惧警方的威胁和报社的压
力，继续调查未解的谜团。

二　以埃米利奥·伦西为代表的文人型侦探形象

皮格利亚笔下的文人型侦探主要从事记者、作家、文学评论家、大学
教师等职业。埃米利奥·伦西是最为重要的一个人物，是文人型侦探的典
型代表。

发表于 1967 年的短篇小说《狱中》（*En el calabozo*）（后改名为《入
侵》）这样开篇："门闩一落，这才隐约看见他们，就在那儿，在牢房的
角落里。"② 这个刚刚入狱的人自我介绍道："我叫伦西。"③ 这是埃米利
奥·伦西第一次出场，此后，他的身影几乎出现在皮格利亚所有的作
品中。

这种手法被称为"人物再现法"，由巴尔扎克首创，指作家让同一人
物在不同作品中连续出现，多角度、多层次地再现人物经历和性格成长，
使同一人物形象在不同作品中逐渐饱满。④ 许多作家都借鉴了这一手法，

---

①　Piglia, Ricardo. *Blanco nocturno*, 2010, p. 141.

②　Piglia, Ricardo. "En el calabozo", en *La invasión*, 2006, p. 95.

③　Ibid., p. 96.

④　巴尔扎克（Honoré de Balzac, 1799－1850）在《人间喜剧》（*La Comédie humaine*）中塑
造了多位这样的人物，如拉斯蒂涅，在《高老头》（*Le père Goriot*, 1835）中初次出现后，又出现
在《纽沁根银行》（*Histoire de la grandeur et de la décadence de César Birotteau*, 1837）、《贝姨》（*La
cousine Bette*, 1846）等多部作品中。

如巴尔加斯·略萨[①]塑造的人物利图马，出现在《绿房子》（*La casa verde*，1966）、《狂人玛伊塔》（*Historia de Mayta*，1984）、《利图马在安第斯山》（*Lituma en los Andes*，1993）和《卑微的英雄》（*El héroe discreto*，2013）等多部作品中，时间跨度长达近 50 年。

埃米利奥·伦西在皮格利亚的文学世界中占有无可比拟的地位。他不仅是一位频繁出现的人物，更是皮格利亚在作品中的"alter ego"。这个词源自拉丁语，意为"另一个自我"，[②] 作为文学评论术语时指作家在作品中的化身。美国著名文学理论家韦恩·布斯认为："尽管作家努力做到诚实，他的不同作品会隐含着不同的化身，不同观念的理论组合。在一个人的私人信件中，因为与每个通信者的关系不同，每一封信的目的不同，就隐含着自己的不同化身，与此相同，因为每一部作品的需要不同，所以作家在每一部作品中的化身也不同。"[③] 但在皮格利亚的作品中，作家选择的化身几乎都是伦西。阿根廷思想家、文化理论家、文学评论家贝亚特丽兹·萨洛（Beatriz Sarlo，1942 – ）称伦西为皮格利亚的"代言人"。[④]

皮格利亚全名里卡多·埃米利奥·皮格利亚·伦西（Ricardo Emilio Piglia Renzi），作家从其复名中摘出一个名字和其母姓，创造了他的化身埃米利奥·伦西：

> 早在收录于《入侵》的那些短篇小说中，伦西就已登场，此后他出现在我写的每一本书里。首先，这是一种风格，一种基调，或者说是一种叙事方式。与此同时，伦西身上带有很多我的个人色彩。……我是以讽刺的眼光来看待这一人物的。实际上，文学是伦西唯一感兴趣的东西，文学构成他生活的重心，是他看待一切的出发点。从这个意义上讲，这也是我对自己的嘲讽。正如卡夫卡所言，我

---

① 马里奥·巴尔加斯·略萨（Mario Vargas Llosa，1936 – ），秘鲁、西班牙双国籍小说家、剧作家、散文家及文学评论家。2010 年获诺贝尔文学奖。

② 参见 *Diccionario de la Lengua Española*（*a/g*），Real Academia Española，vigésima segunda edición，Madrid：Espasa，2001，p. 124。

③ 韦恩·布斯：《小说修辞学》，付礼军译，广西人民出版社 1987 年版，第 78 页。

④ Sarlo，Beatriz. "Ficciones del saber"，en *El nuevo periodista*，núm. 194，10 al 16 de junio de 1988，p. 51。

讨厌一切与文学无关的事情。伦西像是一个四处漂泊的斯蒂芬·迪德勒斯①，一个住在阿尔马格罗旅馆②的昆丁·康普生③。换言之，伦西就是那个青年艺术家，就是那个藐视世界的唯美主义者。④

皮格利亚在一次访谈中坦言：“伦西的诞生与我一直痴迷的侦探小说有很大关系：侦探小说家在一部部作品中重复塑造着同一位侦探的形象，这位侦探见证了发生在其他人身上的种种故事，并试图去探寻这些故事。”⑤ 在皮格利亚眼里，其作品中的伦西“就像一个爵士乐手，他的确需要即兴创作，但曲风节奏是固定的”。⑥ 这种“固定的曲风节奏”之一就是承担起另类侦探的角色。

在皮格利亚创作的侦探小说中，除《假名》中的人物皮格利亚和《缺席的城市》中的记者朱尼尔外，文人型侦探无一例外均由埃米利奥·伦西承担。评论家苏珊娜·依内丝·贡萨雷斯甚至认为，朱尼尔是伦西的“变体”，应将他和伦西视为同一人物。⑦ 因此，梳理和研究伦西这一人物形象有助于我们更好地了解皮格利亚笔下的文人型侦探。皮格利亚多次提到：“许多人物身上都带有我的个人痕迹，但唯有伦西是我精心设计的，只要我稍有疏忽，我就会成为伦西，我的人生就会成为他那样的人生。”⑧ “伦西就是我的自传……同时，伦西也是一个人物，一个不断被塑造、逐

---

① 斯蒂芬·迪德勒斯是爱尔兰作家詹姆斯·乔伊斯的半自传体小说《一个青年艺术家的肖像》（*A Portrait of the Artist as a Young Man*，1916）中的主人公，也是其长篇小说《尤利西斯》（*Ulysses*，1922）中的人物。

② 阿尔马格罗旅馆是一家经常出现在皮格利亚作品中的旅馆。

③ 昆丁·康普生是美国作家威廉·福克纳的长篇小说《喧哗与骚动》（*The Sound and the Fury*，1929）中的主人公。

④ Piglia，Ricardo. *Crítica y ficción*，2001，p. 93.

⑤ Gilio，María Esther. "Del autor al lector"，entrevista con Ricardo Piglia，en *Página 12*，*Suplemento Radar*，15 de octubre de 2006.

⑥ Bermeo Ocaña，Óscar. "Hoy viajan los escritores，pero no los libros"，entrevista con Ricardo Piglia，en *El Comercio*，19 de mayo de 2014.

⑦ 参见 González，Susana Inés. "Piglia y Renzi：el autor y un personaje de ficción"，en *Proceedings of the 2° Congresso Brasileiro de Hispanistas*，São Paulo，2002。

⑧ Campos，Marco Antonio. "Entrevista con Ricardo Piglia"，en *Cuentos con dos rostros*，Ricardo Piglia，1992，p. 110.

渐丰满的人物。"① "伦西所经历的一切都是我曾经想做，但又未能实现的事情。"② 因此，伦西就是小说世界里的皮格利亚，因此也使作品带有强烈的自传色彩和文人气质。

伦西和皮格利亚外貌相似，都是个子不高，一头卷发，戴着眼镜，如《人工呼吸》中的伦西"个子不高，卷发，戴眼镜"（90）；③ 在《烈焰焚币》中，伦西"戴着眼镜，一头卷发"；④ 《夜间目标》中的伦西也是"一头卷发，戴着圆框眼镜"。⑤ 他们不仅长相酷似，人生轨迹也十分接近。由于小说年代背景的不同，伦西的年龄也不断增长，其职业也随之不断变换。

《狱中》的故事背景为 20 世纪 60 年代，初次登场的伦西并未透露太多个人信息，只是简单提及："我是一名学生。"⑥ 在同样以 20 世纪 60 年代为小说背景的《烈焰焚币》中，伦西的身份有了更为清晰的交代："我是学生，靠当记者谋生。"⑦ 到了 20 世纪 70 年代，伦西不再是学生，而是阿根廷《世界报》的专职记者。发表于 1975 年的《女疯子与犯罪故事》中提到：

> 伦西对语言学非常感兴趣，却在《世界报》靠写介绍书籍的"豆腐块"讨生活。他在大学里花了五年时间主修特鲁别兹柯依的音位学，最后却落得这么一份差事：写关于惨淡的阿根廷文学现状的书评，每篇不过半页纸。怪不得他神情忧郁，寡言少语，常陷沉思，就像罗伯特·阿尔特笔下的人物一般。⑧

短篇小说《旅行的终点》（*El fin del viaje*）也创作于 20 世纪 70 年代，

---

① Piglia, Ricardo. *Crítica y ficción*, 2001, p. 110.

② Gilio, María Esther. "Del autor al lector", entrevista con Ricardo Piglia, en *Página 12*, *Suplemento Radar*, 15 de octubre de 2006.

③ Piglia, Ricardo. *Respiración artificial*. Barcelona：Editorial Anagrama, 2001. 本书所用的《人工呼吸》一书中的引言，全部出自该版本，为笔者自译，引言后加原著页码，下同。

④ Piglia, Ricardo. *Plata quemada*, 2011, p. 178.

⑤ Piglia, Ricardo. *Blanco nocturno*, 2010, p. 110.

⑥ Piglia, Ricardo. "En el calabozo", en *La invasión*, 2006, p. 98.

⑦ Piglia, Ricardo. *Plata quemada*, 2011, p. 180.

⑧ Piglia, Ricardo. "La loca y el relato del crimen", en *Nombre falso*, 1994, p. 68.

书中伦西与一个萍水相逢的女子谈到了他的职业：

> ——我是记者。
> ——记者？太棒了。您不会是专门写犯罪新闻的记者吧？
> ——不是……很遗憾，我只负责写书评。
> ——那太可惜了！……如果您现在去马德普拉塔是为了报道什么犯罪事件那该多刺激啊！对了，书评要怎么写？
> ——无聊透顶……①

可见在这一时期，伦西对其撰写书评的工作并不满意，内心充满了厌倦。《夜间目标》中的故事也发生于 20 世纪 70 年代。书中的伦西仍是《世界报》的记者，他之所以去写关于托尼被杀案的报道，是因为"我刚好在马德普拉塔，他们派我来是因为我离这儿最近"。② 身处荒凉偏僻的异乡，伦西不禁感慨万千：

> 伦西想着，或许他可以辞去工作，住到乡下来，专心写作。每天在镇上散散步……等着火车于下午抵达，捎来每日的报纸。他想把这碌碌无为的人生统统抛诸脑后，一切重新开始。他在等待着，他感到人生即将有所变化。不用回到布宜诺斯艾利斯继续那一成不变的日子，不用去想那部他多年前就开始撰写，却至今毫无进展的小说，不用继续在《世界报》做写书评、还得时不时回到现实去写什么罪案专稿的扯淡的工作。但这一切或许只是他的一厢情愿和痴心妄想而已。③

《人工呼吸》讲述的故事发生在 20 世纪 70 年代末，书中的伦西年近四十，已告别记者生涯，成为一名作家："1976 年 4 月，我的第一本书刚出版不久。"（13）在《艾达之路》中，也就是 20 世纪 90 年代，伦西的

---

① Piglia, Ricardo. "El fin del viaje", en *Nombre falso*, 1994, p. 20.

② Piglia, Ricardo. *Blanco nocturno*, 2010, p. 111.

③ Ibid., pp. 185 - 186.

年龄也有了变化："我五十有余，日渐老去。"① 他的人生阅历更为丰富，同时也有了新的困惑：

> 我写了不少剧本，但无一拍成电影。我翻译了多部侦探小说，但读起来好像永远都是同一本书。我写了一些枯燥无聊的书，关于哲学（或曰精神分析），但署的都是别人的名字。我怅然若失，踽踽独行，直到后来——偶然地、突然地、意外地——我来到了美国，开始教书。②

通过以上分析，我们可以清晰地勾勒出伦西的人生轨迹。他出生于20世纪40年代初，最初是报社记者，后来成为作家，20世纪90年代受邀赴美讲学。与皮格利亚的人生经历相比，有着惊人的相似。

除自传性和文人特质外，伦西这一人物还具有"去中心化"的特征。如前所述，后现代侦探小说中的侦探已不再占据中心地位。因此，虽然伦西出现在皮格利亚几乎所有的作品中，但大多数情况下，他也只是诸多人物中的一个，有时甚至只是作品中一笔带过的名字。③ 伦西虽然是谜团的追踪者、真相的调查者，但承担的多为观察者、见证者的角色，对真相的追踪也常以无解或失败告终，皮格利亚笔下的其他文人型侦探的命运亦是如此。

第三节　"侦探型读者"

皮格利亚认为，读者应该像侦探一样去研读文本，挖掘小说中的"隐藏故事"，从而真正地"完成"文本。这一创作理念秉承了马塞多尼奥·费尔南德斯、博尔赫斯及科塔萨尔等阿根廷作家的读者观与创作观，又融合了作者本人对文学创作的思索，突出体现了后现代文学中作家、读

---

① Piglia, Ricardo. *El camino de Ida*, 2013, p. 29.

② Ibid., p. 13.

③ 如在《假名》中，伦西的名字只在脚注中出现过一次："编号为 12、14、15、16、21、27、43、39、40、41、45 的信件，均收录于：罗伯特·阿尔特：《书札》，埃米利奥·伦西（选编、作序及注释），布宜诺斯艾利斯，当代出版社 1973 年版。"参见 Piglia, Ricardo. "Nombre falso", en *Nombre falso*, 2002, p. 100.

者与文本之间的关系。在本小节中，我们将引入翁贝托·埃科的"封闭的文本"和"开放的文本"理论展开阐述。

一　"封闭的文本"和"开放的文本"

20 世纪 50 年代，翁贝托·埃科提出了"开放的作品"这一概念。埃科通过考察几部器乐作品，指出它们的一个共同特点，即"演奏者在演奏时拥有特殊的自主权，他不仅可以根据自己的感受去理解作曲者的创作意图……而且必须对作品的艺术表现形式进行真正的干预，演奏者常常需要即兴表演"①。埃科将重点放在作品的交流接受上，指出："一件艺术品，就其完美精准的组织构成而言，其形式是完成了的，是封闭的；但与此同时，它又是*开放的*，因为可以用数以千计的不同方式去诠释它……因此，对作品的每一次欣赏都是一次诠释，都是一次演绎。而作品，每被欣赏一次，它就在不同的独特视角中重生一次。"② 埃科将"开放的作品"这一概念扩展到文学领域，提出了"开放的文本"和"封闭的文本"这样两个概念。这两种文本代表了两种截然不同的叙事结构，作者和读者之间的关系也不尽相同。埃科用下图展示了两者的不同：

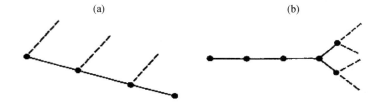

图（a）展示的是"封闭的文本"，埃科将之喻为"象棋指南式"的结构。在这类文本中，作家给读者预留了多种猜测的空间。随着情节的展开，读者可以在多个节点上预测故事发展的可能性。但在小说的结尾，之前的预测被一一排除，等待读者的是唯一的答案，"绝不允许出现第二种选择，天马行空的各种猜测戛然而止"。③ 图（b）展示的则是"开

①　Eco，Umberto. *Obra abierta*，traducción de Roser Berdagué，1992，p. 1.

②　Ibid.，p. 2.

③　Eco，Umberto. *Lector in fabula. La cooperación interpretativa en el texto narrativo*，traducción de Ricardo Pochtar，1993，p. 170.

放的文本"结构。在这类文本中，作者引导读者"一步步地走向多种可能性……文本的结尾不是其最终阶段，因为读者被邀请做出自由的选择，读者可以依据他最后确定的观点重新评价整个文本"。① 因此，"开放的文本"所传递的信息不是封闭的，而是开放的、不确定的，是有待读者在阅读欣赏的同时去完成的作品。

二　阿根廷文学传统中的主动型读者

阿根廷文学中不乏强调读者积极参与文本解读的创作传统，最早进行此类尝试的当属马塞多尼奥·费尔南德斯。他于 1929 年发表的中篇小说《新来者的手稿》（*Papeles de Recienvenido*）是一部名副其实的"奇作"。短短四十多页的篇幅，没有贯穿始终的叙述者，没有清晰的情节，只有一堆与"新来者"有关或无甚关联的材料。自传、演讲稿、报刊文章、写给主编的信件，甚至祝酒词等形式各异的篇章汇集在一起，"拼凑"成了这部小说。书中多次提到类似"该文到此为止，预知后事如何，全靠读者分解"的话，充分强调了这是一部需要读者去诠释、去完成的开放型作品。皮格利亚对这一手法青睐有加，之后发表的《一部刚开篇的小说》（*Una novella que comienza*，1940）和《永恒小说博物馆》（*Museo de la novela de la eternal*，1967）就延续了开放体的创作。

马塞多尼奥·费尔南德斯被誉为"拉普拉塔河地区先锋派文学的灯塔"，② 其新颖独特的创作观念启发了许多作家。博尔赫斯便是马塞多尼奥的追随者之一，他认为："书是一套死板符号的组合，一直要等到正确的人来阅读，书中的文字——或者是文字背后的诗意，因为本身也只不过是符号而已——这才会获得新生，而文字就在此刻获得了再生。"③ 在《浅评萧伯纳》（"Nota sobre（hacia）Bernard Shaw"）一文中，博尔赫斯

---

① Eco，Umberto. *Lector in fabula. La cooperación interpretativa en el texto narrativo*，traducción de Ricardo Pochtar，1993，p. 171.

② Camblong，Ana María．"El paisaje del pensar. Macedonio en Misiones"，en *Territorio Digital*，18 de abril de 2000.

③ 豪尔赫·路易斯·博尔赫斯：《博尔赫斯谈诗论艺》，陈重仁译，上海译文出版社 2008 年版，第 3—4 页。

指出："一本书就是一场作者与读者之间的对话……这场对话是无穷尽的",[1] 并强调："书不是一个封闭的个体,它是一种关系,是一个连接着难以计数的关系的轴心。一种文学区别于另一种文学……主要不是因为其内容,而是因为它被阅读的方式。"[2]

博尔赫斯一直强调读者对文学创作的参与。他认为侦探小说制造了一种特殊的读者,"人们在评价爱伦·坡的作品时往往忽略这一点,如果说爱伦·坡创造了侦探小说的话,那么他也随之创造了一种侦探小说的读者类型"。[3] 这种读者正是作家心目中的理想读者,他们目光敏锐,是"酷爱哲学、精通文学的知识型读者",[4] 能发现隐藏在文本中的秘密。在给英国作家李察·赫尔(Richard Hull,1896 – 1973)的侦探小说《良好意图》(*Excellent Intentions*,1938)撰写的书评中,博尔赫斯形象地描绘了他对作者、文本及读者三者之间关系的看法。之后,在短篇小说《赫伯特·奎因作品解析》("Examen de la obra de Herbert Quain",1941)中,他再次提及这一观点:

> 小说开始是一桩谜团重重的谋杀案,中间是冗长的讨论,最后是水落石出。案件真相大白后,有一大段倒叙,其中有这么一句话:大家都以为那两位棋手的相逢纯属偶然。这句话使人觉察到原来的答案是错误的。于是,不安的读者就开始重新查阅有关章节,然后发现了另一个答案,那个真正的答案。该书读者的眼光比侦探还要犀利。[5]

博尔赫斯喜欢将作品设计成"虚假故事"和"真实故事"这两种模式,擅长在文本某处留下线索,期待像侦探一般的读者,在反复阅读中找出真实故事。

① Borges, Jorge Luis. "Nota sobre (hacia) Bernard Shaw", en *Obras completas* Ⅱ (*1952 – 1972*), edición crítica, anotada por Rolando Costa Picazo, 2010, p. 112.

② Ibid. .

③ Borges, Jorge Luis. "El cuento policial", en *Borges oral*. Madrid: Alianza, 2000, p. 65.

④ Jorge Luis Borges, Silvina Ocampo y Adolfo Bioy Casares. *Antología de la literatura fantástica*. Buenos Aires: Editorial Sudamericana, S. A., 1977, p. 7.

⑤ Borges, Jorge Luis. "Examen de la obra de Herbert Quain", en *Obras completas* Ⅰ (*1923 – 1949*), edición crítica, anotada por Rolando Costa Picazo e Irma Zangara, 2009, pp. 857 – 858.

　　科塔萨尔的长篇小说《跳房子》无疑也受到了马塞多尼奥·费尔南德斯的影响。2013 年，在纪念小说出版五十周年之际，评论家胡安·门多萨写道："对阿根廷读者而言，小说带有马塞多尼奥·费尔南德斯式的先锋色彩。"① 科塔萨尔在书中提供了一个奇特的"导读指南"，开门见山地告诉读者小说至少有两种读法，一种是按顺序阅读的普通方式，另一种则是按导读指南提供的跳跃式阅读，一种新奇的"跳房子"式的阅读方式。在小说第三部分"在别处（可放弃阅读的章节）"中，作家借人物莫莱里之口，道出了他的创作意图："一般的小说似乎总把读者限制在自己的范围内"，要打破成规，"要努力使得文本不要去抓住读者"，"要敢于写出一种不完整的、松散的、不连贯的文本"。② 要坚决反对小说的封闭秩序，"要在这里寻求开放"，"每次写作时，都要注意使作者和读者都进行写作"。③ 由此，科塔萨尔提出了他心目中的"理想读者"的标准：

　　　　那就是造就一个合谋者，一个同路人，使之与自己同步，⋯⋯这样读者最终就会在作家的经历中，在同一时刻，以同一方式，与作家同甘共苦⋯⋯最好只给读者一个门面，门窗后面正在发生的神秘事件，合谋的读者应该自己去寻找⋯⋯至于雌性读者，她们只能留在门面之外。④

　　在此，科塔萨尔区分了两类读者，一类是积极参与阅读、主动与作者合作的"同谋读者"（Lector cómplice）；另一类则是喜欢不费脑力、被动阅读的"雌性读者"（Lector-hembra）。⑤ 科塔萨尔的文学创作，渴求的正是主动型的同谋读者。

---

　　①　Mendoza, Juan. "Cumple 50 años *Rayuela*, el libro de cinco generaciones de jóvenes", en *Clarín*, 24 de marzo de 2013.

　　②　胡利奥·科塔萨尔：《跳房子》，孙家孟译，重庆出版社 2007 年版，第 413 页。

　　③　胡利奥·科塔萨尔：《跳房子》，孙家孟译，第 414 页。

　　④　同上书，第 415 页。

　　⑤　"雌性读者"这一提法有歧视女性之嫌，科塔萨尔之后为此公开道歉："我本应使用'被动的读者'（Lector pasivo）而非'雌性读者'的说法。"参见 Picón Garfield, Evelyn. "Entrevista a Cortázar", en *Rayuela*, edición crítica, Julio Ortega y Saúl Yurkiévich（coord.），Colección Archivos de La UNESCO, segunda edición, Nanterre：ALLCA XX，1996，p. 788。

三　侦探小说的读者

朱利安·西蒙斯指出："侦探小说与其他所有小说的区别在于它能为读者提供智力上的满足。"[①] 的确，作为一种特殊类型的小说，侦探小说比其他小说体裁更强调读者的参与，常被视为作者和读者之间的一场智力博弈游戏。法国侦探小说家托马斯·纳斯雅克更是将作者与读者的关系喻为硬币的两面，认为只有通过读者的积极参与，一部侦探小说才能变得完整。[②]

范·达因在"侦探小说写作 20 条法则"中多处提到侦探小说读者的地位，强调读者和侦探必须拥有平等的解谜机会。他指出，谜团的关键点必须自始至终清晰明了，以便让具有洞察力的读者抓住重点。真相大白后，读者若重读小说，便会清楚发现，破案的关键其实从一开始就摆在他眼前。如果读者和侦探一样聪明的话，不必读到最后一章就可以自己破案。敏锐的读者可以和书中的侦探一样，经由分析、推理和消去法将嫌犯指认出来，而这正是这场游戏的趣味所在。[③]

侦探小说之作者和读者的关系，是设谜和解谜的关系。一方面，作者必须在作品中公开呈现所有线索，以便读者悉数掌握。与此同时，作者又须借用各种手法去迷惑、误导、欺骗读者，不让读者轻易发现真相。如果最终作者可以欺骗所有的读者，那无疑是作品的巨大成功。但如果读者提前推测出了真相，那就意味着作者的失败。优秀的侦探小说往往具有严谨的逻辑结构，以便向读者发起挑战。如埃勒里·奎因的作品，"每每在谜底揭晓之前，都会有名叫'挑战读者'的一个章节出现。骄傲的奎因会自信地对读者说：'一切线索都已经摆在了您的面前。谁是真凶？有劳您费一下脑筋吧！祝君狩猎愉快！'"[④]

由此可见，在传统侦探小说中，读者面临的任务是与作者"斗智"，

---

① Symons, Julian. *Bloody murder: from the detective story to the crime novel: a history*, 1993, p. 1.

② 参见 Narcejac, Thomas. *Una máquina de leer: la novela policiaca*, traducción de Jorge Ferreiro, 1986, p. 79。

③ 参见 Van Dine, S. S. "Las 20 reglas de la novela policial", en *Una máquina de leer: la novela policíaca*, Thomas Narcejac, traducción de Jorge Ferreiro, 1986, pp. 98 – 102。

④ 褚盟：《谋杀的魅影：世界推理小说简史》，第 55 页。

即读者能否在作者揭晓真相前就发现端倪，找出真凶，如布莱希特所言：
"侦探小说强调逻辑思维，对读者的逻辑思维能力也有要求，这与填字游
戏有些类似。"① 但是，读者是在作者的引导下被动地阅读，是在作者提
供的信息中进行解谜游戏，而且不论读者是否像侦探般敏锐，谜团总会在
小说结尾处揭晓。因此，传统侦探小说中的读者是处于"封闭的文本"
中的读者，其阅读期待随着小说的结束而得到满足。正是基于这一特点，
翁贝托·埃科将传统侦探小说视为"封闭的文本"的典型代表。②

在本书第一章中，我们曾指出后现代侦探小说的一大特点就是颠覆了
传统侦探小说的封闭式结构，小说的结尾不再是解开谜团，而是留给读者
无限的阐释空间。因此，后现代侦探小说可被视为典型的"开放的文
本"。翁贝托·埃科既是文学理论家，又是小说家，其长篇小说《玫瑰之
名》被誉为后现代侦探小说的经典。他坦言，在创作小说时他不喜欢将
自己的结论强加于作品：

> 我不提出结论并不意味着没有结论；相反，有许多可能的结论
> （通常，每一结论在一个或更多的人物身上表现出来）。我之所以控
> 制着自己不在这些不同的结论中作出选择并不是因为我不想选择，而
> 是因为一个创造性本文③的任务在于充分展示出其结论的多元性及复
> 杂性，从而给予读者自由选择的空间——或者让读者自己去判断有没
> 有可能的结论。在这种意义上说，一个创造性的本文总是一个开放的
> 作品。④

通过对侦探小说的文本结构及读者参与的分析，我们仿照埃科关于
"开放的文本"和"封闭的文本"的图示，将后现代侦探小说的叙事结构

---

① 　Brecht，Bertolt．"Consumo，placer，lectura"，en *El juego de los cautos. La literatura policial*：
De Poe al caso Giubileo，Daniel Link（comp.），1992，p.31.

② 　Eco，Umberto．*Lector in fabula. La cooperación interpretativa en el texto narrativo*，traducción de
Ricardo Pochtar，1993，p.171.

③ 　文学术语"text"一词常译为"文本"或"本文"，我们在论述中采用"文本"这一译
法，此处引文中的"本文"即"文本"。

④ 　艾柯：《应答》，载艾柯等著，王宇根译《诠释与过度诠释》，生活·读书·新知三联书
店1997年版，第172页。（关于 Umberto Eco 的中文译名，国内有多个版本，本文在撰写时统一
采用"翁贝托·埃科"这一译法。）

图示如下：

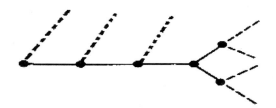

　　如图所示，后现代侦探小说作家给读者提供的是一个完全开放的文本。一方面，在叙事过程中，编织谜团，提供给读者多种猜测的可能性；另一方面，在叙事的结尾，又不给出谜底，而是邀请读者去寻找多重答案，凸显了读者的重要性。这与后现代文学中作者、文本及读者的新型关系相契合。美国文论家杰拉德·普林斯指出，现代叙事文学研究经历了从关注作者或文本向关注读者的转变。① 在后现代语境下，作者中心论和文本中心论已经逐渐被消解，读者由边缘进入中心，即所谓的"读者中心论"。20世纪60年代，接受美学②在德国悄然兴起，它反对传统文学批评理论专注于作者与作品的研究格局，从本体论角度提出了历来被人们忽视的读者与阅读接受的问题，强调读者的重要性及其突出地位。理论家姚斯③指出，在作者、作品与读者的三角关系中，读者绝不仅仅是被动的部分，或者仅仅做出一种反应，而是一个能动的构成。一部文学作品的历史生命如果没有接受者的积极参与是不可思议的，因为只有通过读者的传递过程，作品才进入一种连续性变化的经验视野之中。④

四　皮格利亚的理想读者：侦探型读者
　　皮格利亚心目中的理想读者是才智过人、学识渊博的侦探型读者：

---

　　① 杰拉德·普林斯：《叙事学：叙事的形式与功能》，徐强译，中国人民大学出版社2013年版，第102页。

　　② 接受美学，亦称"接受理论""接受与效果研究"等，亦译作"接收美学"。参见金元浦《接受反应文论》，山东教育出版社1998年版，第8页。

　　③ 汉斯·罗伯特·姚斯（Hans Robert Jauss, 1921 - ），德国文艺理论家、美学家，接受美学的主要创立者。

　　④ 参见汉斯·罗伯特·姚斯《走向接受美学》，载H. R. 姚斯、R. C. 霍拉勃著，周宁、金元浦译《接受美学与接受理论》，辽宁人民出版社1987年版，第24页。

"那个将要阅读我的书的人……比我要聪明，他思维更加活跃，更有文化素养，具备那种能将我正在谈的东西与另外一些东西联系到一起的能力。"① 作家在早期的文论及近几年发表的《何为读者》（"¿Qué es un lector?"）、《假想的读者》（"Lectores imaginarios"）等文中，多次阐述了读者与侦探之间的关系。

　　一方面，皮格利亚指出，阅读在塑造侦探形象及侦探破解谜团的过程中具有重要作用。"侦探小说中的私家侦探是最具代表性的当代读者形象之一……即像侦探那样破解写在纸上的各种符码。"② 侦探小说自创始之初，就与文本有着密切的关系。文学史上第一位侦探杜宾在《莫格街凶杀案》的首次登场就与书本有关：他在巴黎的一家书店寻找一本奇书③，他是以读者身份示人。随着小说的展开，读者惊喜地发现："那是一个关于智力、思考和调查追踪的故事，是一个关于理性的胜利的故事，是从骇人的哥特式小说④的阴暗世界迈向侦探小说的纯理性及智力世界的一大步。……而这一转变，又一次与阅读行为以及解密书面文字有关。"⑤杜宾是最早的业余侦探，也是最早通过阅读报纸上关于案件的报道推断出凶手的侦探。

　　侦探小说与阅读的关系的确不可小觑。托马斯·纳斯雅克就曾将侦探小说喻为一个"阅读机器"，并援引美国数学家、控制论创始人诺伯特·维纳的言论佐证："在英语里，'谜'是'riddle'，源自动词'to rede'，意为'解析'，从该动词也派生出另一个词'to read'，即'阅读'。"⑥古书、信件、日记、地图、新闻报道、伪造的文件等形式各异的文本，或

---

① Roffé，Reina. "Entrevista a Ricardo Piglia"，p. 110.

② Piglia，Ricardo. "El lector imaginario"，en *El último lector*，2005，p. 77.

③ 爱伦·坡在小说中这样描写杜宾的出场："看书是他（杜宾）唯一的享受，何况在巴黎，要看书是再方便也没有了。我们初次见面是在蒙马特尔街一家冷僻的图书馆里。两人凑巧都在找寻同一部珍贵的奇书。"参见爱伦·坡《外国中短篇小说藏本：爱伦·坡》，陈良廷等译，人民文学出版社 2010 年版，第 47—48 页。

④ 哥特式小说（Gothic Novel）是一种盛行于 19 世纪的小说类型。这类小说大量运用鬼魂幽灵、神出鬼没等恐怖离奇的情节，以渲染一种阴森恐怖的气氛，取得令人震惊、害怕的叙事效果。参见 M. H. 艾布拉姆斯《文学术语词典》，吴松江等编译，北京大学出版社 2009 年版，第 223—225 页。

⑤ Piglia，Ricardo. "El lector imaginario"，en *El último lector*，2005，pp. 78–79.

⑥ Narcejac，Thomas. *Una máquina de leer：la novela policiaca*，traducción de Jorge Ferreiro，1986，p. 227.

构成追踪调查的起源，或作为解开谜团的重要线索，总是频频出现在侦探小说中。侦探文学史上，通过阅读展开追踪调查的侦探形象也不胜枚举，如福尔摩斯、伊希德罗·帕罗迪等。

另一方面，皮格利亚指出，在阅读过程中，读者应当像侦探一样去挖掘隐藏于文本之后的信息，从而赋予文本以深层意义。在《假名》中，作者通过对文学评论家这种特殊读者的描述，借人物之口指出文学评论家就像一个侦探："在文本的表层展开调查，寻觅蛛丝马迹，不放过任何线索，以解开那个谜团。"① 皮格利亚强调，文学评论是"侦探小说的一种变体，而评论家就像是一个试图揭开谜团的侦探，即使没有疑团亦是如此。出色的文学评论家就像一个冒险家，游走于文本之间，寻找着某个或存在或不存在的秘密"。② 之后，作家多次重申这一观点，逐步完善"侦探型读者"的看法。

皮格利亚认为："理想的读者是由每部他阅读的作品产生的。写作也能创造读者……所谓伟大的作品就是那些能够改变人们阅读方式的作品。"③ 皮格利亚既是一位痴迷阅读的读者，又是一位试图通过文学作品去传授一种阅读方式的教师："我很早就开始从事教学工作，我教的是什么呢？是如何阅读。"④ 作家在作品中塑造了一系列侦探型读者的人物形象，正是为了指导读者如何去阅读，如何去寻找及破译文本中的秘密。

在《女疯子与犯罪故事》中，伦西从女乞丐的疯言疯语中"读出"了隐藏的信息："正因为她一直重复着相同的内容，所以才能被人听懂。语言学中有一系列规则，有一套专门用来研究精神病患者语言的规则。"⑤ 在女疯子重复的话语中，"有一些句子和单词无法进行归类，脱离于其语言结构之外"。⑥ 通过分离、整理这些零散的词句，伦西最终得出这样一个句子："胖子在门厅等她，他没看到我，他和她说起钱的事儿，他那只

---

①　Piglia，Ricardo."Nombre falso"，en *Nombre falso*，2002，p. 145.

②　Piglia，Ricardo. *Crítica y ficción*，2001，p. 15.

③　Ibid.，p. 55.

④　Piglia，Ricardo."La lectura de los escritores es siempre una toma de posición"，en *Conversaciones：entrevistas a César Aira，Guillermo Cabrera Infante，Roger Chartier，Antonio Muñoz Molina，Ricardo Piglia，y Fernando Savater*，Carlos Alfieri，2008，p. 71.

⑤　Piglia，Ricardo."La loca y el relato del crimen"，en *Nombre falso*，1994，p. 71.

⑥　Ibid..

手一闪，把她弄死了。"① 在《缺席的城市》中，记者朱尼尔试图从"小说机"制造的故事中找出真相。他选择的方式也是像侦探般地阅读："整整两天，他闭户不出，把系列故事又整个看了一遍。有那么一个隐秘的信息把这些故事关联在一起，一个重复出现的信息。"②

在《艾达之路》中，恐怖袭击案的策划者蒙克的文章《工业社会及其未来》发表后，美国联邦调查局向多位文学专家求助，希望他们能从文中发现文章作者的语言风格，借此确认其真实身份。有的专家"试图通过分析文章中使用的比喻手法、副词形式、重复和同族词等语言现象，去解读文章作者的心理特征"；有的专家则"试图通过分析文章中的行话俚语，看是否具有美国某城市或某地区的语言特征，以确定搜查范围"。③但最终发现重要线索的是蒙克的弟弟彼特："他读着那篇文章，突然一句俗语引起了他的注意，那句（你不能既把蛋糕吃掉又完整地保留它④）重复了两遍，这是他哥哥经常使用的一句过时的俗语。"⑤

皮格利亚笔下最极端的"侦探型读者"当属《人工呼吸》中的人物阿罗塞纳。他像个失控的符号学家，整日关在堆积如山的信件中，在文字的迷宫里徜徉思索。他把一封信分成几个部分，又把每部分细分成句子，甚至把句子再分成单词，最后连字母也一个个剥离出来。他执着地认为秘密信息应该就隐藏在信件之中，一切都有可能成为解码的线索：

> 总是要很努力地去避开内容，避开文字表面的意思，去寻找隐藏在文字之下的秘密信息，这种秘密深藏在字母与字母之间，就像一段只能听到些只言片语的演讲，断断续续的句子，零零散散的词语，来自一种晦涩难懂的语言，应该通过这一切去重构意义。一个人应该具备（他想）发现秘密信息的能力，甚至在并未加密的信息中也能发现秘密。（97）

---

① Piglia, Ricardo. "La loca y el relato del crimen", en *Nombre falso*, 1994, p. 71.

② Piglia, Ricardo. *La ciudad ausente*, 2003, p. 97.

③ Piglia, Ricardo. *El camino de Ida*, 2013, p. 165.

④ 小说原文为英语"You can't eat your cake and have it too"，直译为"你不能既把蛋糕吃掉又完整地保留它"，意思类似"鱼和熊掌不可兼得""两者不可兼得"。

⑤ Piglia, Ricardo. *El camino de Ida*, 2013, p. 209.

阿罗塞纳是一个极端例子，是一个病态的读者。在上文中我们曾提到皮格利亚的"妄想症小说"理论，其中一大元素就是"阐释狂"，即认为所有表象之下都隐藏着一个有待阐释的谜团。侦探型读者就像是文本的"阐释狂"，对阐释的痴狂和对解谜的渴求势必可以挖掘出更多的线索，但过度的阐释又会导致与真相南辕北辙。阿罗塞纳就是"妄想症读者"，或称"过度阐释读者"的典型代表。翁贝托·埃科将这种阅读方式称为"妄想狂式的诠释"，他指出"妄想狂式的诠释者"是"胡思乱想的人，他们极力想……窥见一个秘密，并且认为这个秘密是我有意向听众暗示出来的"。[①]

皮格利亚曾坦言："实际上，我的小说讲述的永远都是同一样东西。……此处涉及的并非一个关于创作主题的问题，而是创作手法的问题。一直以来，我都试图从'未言之事'、从文本中的某种沉默出发去构建我的小说，以此保持情节的张力。"[②] 他提到的"未言之事"和"文本中的某种沉默"指的就是小说中隐藏的故事。不论是早期的短篇小说，还是后期的长篇小说，皮格利亚在创作中多次实践了"两个故事""文人型侦探"和"侦探型读者"等创作理念。

① 艾柯：《过度诠释文本》，载艾柯等著，王宇根译《诠释与过度诠释》，第 57 页。
② Piglia, Ricardo. "El laboratorio de la escritura", en *Crítica y ficción*, 2001, p. 54.

第 三 章

探寻抽象的谜团：《人工呼吸》中的文人型侦探

在《猛兽——阿根廷侦探小说选》一书的序言中，皮格利亚写道："侦探小说的演变基于侦探形象的变迁……从福克纳的《圣殿》开始，侦探小说最重大的革新之一就在于创作一部没有侦探的侦探小说。"①《人工呼吸》正是这样一部另类的侦探小说，它既没有严格意义上的罪案，也没有传统意义上的侦探形象，只有追踪抽象谜团的文人型侦探。

本章将聚焦《人工呼吸》的"可见故事"，分析埃米利奥·伦西、马塞洛·马基、恩里克·奥索里奥等文人型侦探对个人历史、国家历史、文学与历史等抽象谜团的追踪，进而阐释皮格利亚本人对文学创作、文学与历史的关系等问题的思索。

为便于对作品的分析，在此对《人工呼吸》的故事情节做一个概述。小说分为两部分，第一部分题目为"假如我就是这阴郁的冬天"，由第一、二、三章构成；第二部分"笛卡尔"仅含第四章。小说以青年作家埃米利奥·伦西的第一人称展开叙述："这里有故事吗？如果有，故事始于三年前。那是 1976 年 4 月，我的第一本书刚出版不久，他给我寄来一封信。"（13）伦西收到的是来自舅舅马塞洛·马基的信。马基是个神秘人物，大家提到他就三缄其口、讳莫如深，关于他的情况只有各种闪烁其词的传闻：他与埃斯佩兰西塔婚后仅六个月，就把妻子的巨额财产席卷一空，与舞女柯卡私奔了。埃斯佩兰西塔报了案，并动用一切关系找到了马基，马基因此锒铛入狱。他出狱后四海为家，从此杳无音信。埃斯佩兰西

① Piglia, Ricardo. "Prólogo", en *Las fieras. Antología del género policial en la Argentina*, 1993, pp. 10 – 11.

塔死后,人们发现了一封她写给马基的信,里面提到失窃一事纯属子虚乌有,是她胡编乱造的。

伦西幼时曾发现一个隐秘的抽屉,里面放着关于舅舅那件轰动事件的剪报。从那时起,他就对马基的故事充满好奇,其发表的第一部小说《令人厌倦的现实》就是以舅舅的故事为蓝本创作的,正因如此,才引来马基"现身"。马基在信中指出小说中有很多内容与他的真实经历不符。这封信唤起了伦西的好奇,他渴望了解一个真实的马基,渴望解开这个在心里埋藏多年的谜团:"让我们一起来构建家族历史吧。我们把所有故事再讲一遍如何?"(20)通过信件交流,马基向伦西澄清了诸多关于他从前经历的疑问,并告诉伦西他现在在康可迪亚的一所学校教授阿根廷历史。

此后,伦西和舅舅开始频繁的信件往来。马基在信中讲述了岳父卢西亚诺·奥索里奥的故事:1931年,他在一次庆典做演讲时被人用枪击中,导致瘫痪。马基告诉伦西,岳父卢西亚诺的祖父恩里克·奥索里奥的人生经历更具传奇色彩:恩里克·奥索里奥是独裁者罗萨斯的私人幕僚,是其最信任的人之一。1838年起,恩里克与反罗萨斯组织建立联系,向他们透露了很多情报。反罗萨斯的活动失败后,尽管恩里克的间谍身份并未暴露,但他还是选择了流亡。1848年,受"淘金热"影响,恩里克前往加利福尼亚,后在纽约着手写作一部"乌托邦小说"。在此期间,他开始出现各种神志不清的症状,最终导致精神失常。继而因酒后滋事被驱逐出境,前往智利。在那里,恩里克·奥索里奥独自一人,忍受失眠与各种幻觉的折磨,最终饮弹自尽。

两人的通信除探讨家族历史外,还经常讨论文学话题。马基告诉伦西,他一直在撰写一部关于恩里克·奥索里奥的传记。伦西则向舅舅坦言他的梦想之一是写一部全由信件构成的小说;此外,伦西还向舅舅允诺去拜访卢西亚诺·奥索里奥。

小说第二章讲述伦西和卢西亚诺的会面,后者开门见山地说道:"你可以叫我参议员",(43)因为他曾在1912—1916年任参议员。卢西亚诺告诉伦西,他从前常与马基在一起谈论历史,研读恩里克·奥索里奥留下的历史档案。参议员说,他现在深居简出,拒绝会客。他为数不多的消遣就是坐在轮椅上,从房间这头走到那头。周围寂静一片,唯一的声音是轮椅滚动时发出的金属声响。他说他生活在冰冷的孤独中,但他情愿这样,放弃一切，蜷缩在洞穴般的深宅里，唯有如此才能保证他可以自由地思考。

卢西亚诺·奥索里奥也在试图重建祖父恩里克·奥索里奥的历史，并认为他和祖父都是背井离乡之人，但流亡可以帮助人们看清历史的真相，通过历史，又可以帮助人们认识今天。最后，参议员说，他的身体已经瘫痪，但还能说话。不过，在当前这种形势下，沉默是最好的处事方式。此外，他让伦西转告马基，要他须小心谨慎，说阿罗塞纳拦截了他们的通信。

小说第三章改为第三人称叙述，内容包括恩里克·奥索里奥1850年写于纽约的日记和信件及阿罗塞纳拦截的八封信件。恩里克在日记中提到，他在撰写一部乌托邦小说。这部名为《1979》的小说采用书信体形式，讲述了一位生活在19世纪的历史学家收到来自遥远的1979年的信件，他通过阅读这些未来的人写给他人的信件，构建了一个属于未来的历史。恩里克还在日记中写下"我的自传"，记录祖父、父亲、母亲和自己的故事。他写道："至于我，恩里克·奥索里奥，我曾是一个叛徒，一个奸细，一个不忠的朋友，我将受到历史的审判，正如现在受到同时代的人的审判一样。"（75）

被阿罗塞纳拦截的信件中除马基写给卢西亚诺和伦西写给马基的信外，还包括其他六封信。阿罗塞纳反复阅读这些信件，逐字逐句地推敲，试图从中解读出一些深藏在文本之后的隐语暗号，并逐一记录下来。第三章以恩里克的日记结尾："1850年7月30日　我写下第一封来自未来的信。"（102）

小说第二部分"笛卡尔"由第四章构成。伦西按事先和马基的约定，来到康可迪亚，但他却未如期见到马基，等待他的是舅舅之前在信中多次提及的波兰朋友塔德维斯基。二人先是在酒吧，后来又去了塔德维斯基家中，一边畅谈人生、文学、哲学、流亡等话题，一边等待马基的到来。最后，塔德维斯基对伦西说，马基不会来了，而且可能会在一段时间内都见不到他了。塔德维斯基把马基交给他的材料转交给伦西，并且告诉他："我想，在这些材料里有你想知道的关于他的一切，所有我无法告诉你的一切。我确信，你会在这里找到他离去的原因……如果说有什么秘密的话，秘密就在这些材料里。"（218）伦西打开其中一个文件夹，里面存放的是恩里克·奥索里奥自杀前写下的文字："致发现我尸体的人。"（218）

第一节　追踪个人历史及国家历史
谜团的文人型侦探

　　《人工呼吸》是一部充满人文气息的作品，书中主要人物均为知识分子：恩里克·奥索里奥是一名政治家、思想家，又是一名创作诗歌和小说的作家；马塞洛·马基是律师、历史教师，同时他还在撰写一部关于恩里克·奥索里奥的传记；埃米利奥·伦西是一位青年作家，已有一部小说出版；塔德维斯基曾是师从维特根斯坦的学者；卢西亚诺·奥索里奥是一位对历史和文学极感兴趣的政治家。小说中一些次要人物也与文学有关，如伦西和塔德维斯基在酒吧遇到的作家马科尼等。此外，小说的主要内容都架构在史料及文本之上，包括书信、日记、传记及历史文档等；人物谈论和交流的内容也都以文学、历史、哲学等人文知识为主。

　　《人工呼吸》以一个问句开篇："这里有故事吗?"（13）在西班牙语中，"historia"一词既有"故事、经历"的意思，也有"历史、史学"的意思。因此，这个问句是个双关语，耐人寻味："这里有故事/历史吗?"小说的"可见故事"讲述的正是文人型侦探追踪个人历史和国家历史的抽象谜团的旅程。

　　《人工呼吸》至少包含了两段文人型侦探对个人历史之谜的追踪之旅。一段追踪是伦西对舅舅马塞洛·马基个人故事的探寻：自童年时发现关于舅舅入狱的剪报开始，马基的经历就成了伦西心中的一个谜。后来通过信件交流，伦西逐渐了解到舅舅的一些真实经历。但马基对他而言仍是一个深不可测的谜："总觉得在你的生活背后还隐藏着些什么，你用心呵护你的秘密，就像别人精心培育花园里的花朵一般。"（90）一年后，伦西前往康可迪亚，期待与舅舅见面，但等待他的却是马基托塔德维斯基转交给他的沉甸甸的材料。康可迪亚本应成为伦西对马基个人历史之谜追寻的终点，却出乎意料地变成新的起点。伦西最终没有见到舅舅，从一开始的剪报，到后来的通信，再到马基留下的材料，他对舅舅经历之谜的追寻始终处于文本世界中，最终成为无尽的探寻之旅。

　　另一场追踪则是对恩里克·奥索里奥人生经历的探寻，而最先开始这场追踪的则是恩里克·奥索里奥的表妹安帕萝。恩里克刚开始流亡时曾躲在安帕萝家中数月，最后安帕萝怀上了他的孩子，即卢西亚诺的父亲。恩里克死后，安帕萝继承了他的财产以及那些手稿："相比他留下的加利福尼亚的黄金，她对他留下的文稿更感兴趣。她如饥似渴地阅读那些文字，仿佛能从中读懂他那凄凉悲壮的一生。"（30）之后，卢西亚诺的父亲成了黄金和手稿的继承人，但他对父亲恩里克的手稿并不感兴趣，"如果不是他母亲安帕萝阻止的话，他早就把那些文稿付之一炬了"。（30）恩里克写下的文字后来又转到卢西亚诺手中，后者试图重建祖父的个人历史，但他最后还是将这一任务交给了女婿马基。

马基被恩里克·奥索里奥的传奇经历深深吸引，开始撰写一部关于他的传记，这既是马基的兴趣所在，也是在履行对岳父的承诺："有时我想，堂卢西亚诺之所以还健在，那是因为他在等我完成这个任务，那是因为他对此仍心怀期冀。"（23）但是马基的处境日渐艰难，危机四伏，似乎很难继续这场持续多年的追踪。在给卢西亚诺·奥索里奥的信中，他透露了想把写传记的任务移交他人的想法：

> 最好把这些文档（恩里克的那些材料、我的笔记以及到目前为止我已完稿的章节）交给一个我绝对信任的人。必要的时候，这个人能够继续推进这项工作，写完传记，润色修改，最后出版，等等。（72）

身处险境的马基在预见到自己的命运后，通过塔德维斯基把材料转给了伦西。恩里克·奥索里奥的手稿经过一百多年，几经辗转，得以幸存，最终到了伦西手里。而伦西原本只是对马基的个人历史感兴趣，却未料到对马基个人历史的追踪会将他带入对恩里克个人历史的追踪。这场持续了几代人的漫漫追寻将由伦西继续下去。

《人工呼吸》中还包含两场文人型侦探对国家历史之谜的追踪。一场是恩里克·奥索里奥对未来的阿根廷历史的追踪：恩里克的一生是流亡的一生，亦是追寻的一生。不论他漂泊到哪个国家或城市，他都会在文学世界中寻找心灵的慰藉。在纽约期间，他深居纽约东河一隅，通宵达旦，创作了大量作品，其中就包括一部乌托邦小说："一直以来，我都在构思一部乌托邦作品：我要把我对国家未来的展望与想象记录下来。"（70）恩里克构思的小说《1979》讲述了这样一个故事：1837年，一位历史学家得到了一些信件,这些信都写于 1979 年的阿根廷,而且收件人都不是历史学家本人。历史学家通过阅读信件,试图"重构(想象)那个未来时代的模样"。(84)

另一场则是马基对 19 世纪阿根廷历史的追踪:通过研究恩里克·奥索里奥留下的手稿和历史文档,马基意识到历史人物的个人命运与其所处的时代命运密切相关,有些人的人生甚至可以成为一个时代的缩影。因此,马基感兴趣的除恩里克·奥索里奥的个人命运外,还有"那个年代所有的真相"。(27)因此,对马基而言,"并不是撰写一部传统意义上的传记,而是在试图通过奥索里奥的传奇人生去展示一个时代的历史变迁。"(30—31)

这是两场逆向的追寻:恩里克·奥索里奥身处 19 世纪,他追寻的是一百多年之后的 20 世纪 70 年代末的阿根廷,这时的阿根廷恰恰处于"肮脏战争"这个充满暴力与灾难的时期;马基身处 20 世纪,但他追寻的却是一百多年前恩里克·奥索里奥生活的时代,而那个时期的阿根廷则正处于罗萨斯的暴政统治之下。通过这两场追寻,小说试图构建起阿根廷历史上两段重要历史时期的对话。

小说中提到,恩里克·奥索里奥是"'学者沙龙'的创办者之一,早年学习法律,与阿尔贝迪、维森特·F. 洛佩斯、弗里亚斯及卡洛斯·特赫多一起攻读博士学位"。(27)此处提及的恩里克的"同学"均为历史上确实存在的人物,阿尔贝迪即阿根廷政治家、经济学家、外交家、作家、律师及音乐家胡安·巴蒂斯塔·阿尔贝迪(Juan Bautista Alberdi,1810 – 1884),维森特·F. 洛佩斯即阿根廷历史学家、律师及政治家维森特·菲德尔·洛佩斯(Vicente Fidel López,1815 – 1903),弗里亚斯为阿根廷政治家、记者费利克斯·弗里亚斯(Félix Frías,1816 – 1881),卡洛斯·特赫多(Carlos Tejedor,1817 – 1903)则是阿根廷法学家、政治家、作家。而恩里克·奥索里奥本人则是皮格利亚以阿根廷 19 世纪思想家、政治家、"学者沙龙"(Salón Literario)的创办者之一的恩里克·拉弗恩特(Enrique Lafuente)为原型创作的人物。与此同时,皮格利亚又将胡安·巴蒂斯塔·阿尔贝迪的大量经历与思想融入恩里克·奥索里奥这一人物。文学评论家阿莱杭德拉·亚利指出:"恩里克·拉弗恩特不过是阿尔贝迪的替身,阿尔贝迪才是皮格利亚真正想写的历史人物。"①

19 世纪 30 年代的布宜诺斯艾利斯正处于罗萨斯的统治之下。罗萨斯是阿根廷近代史上著名的独裁统治者，在 1829—1852 年两度担任布宜诺斯艾利斯省省长。罗萨斯在辖区内推行独裁统治，组建名为"马索卡"的秘密武装力量，实施恐怖主义，打击对其统治造成威胁的异己分子。"马索卡"（Mazorca）在西班牙语中意为"玉米穗"，喻示马索卡成员像玉米粒一样紧密团结，捍卫罗萨斯的统治。阿根廷人民则将"马索卡"称为"马锁枷"，因为"马索卡"一词音近"Más horca"（更多枷锁、更多绞刑架），这一文字游戏形象地概括了当时的白色恐怖。

19 世纪 30 年代中期，布宜诺斯艾利斯云集了一批知识分子，包括埃斯特万·埃切维里亚、胡安·巴蒂斯塔·阿尔贝迪、马科斯·萨斯特雷②、多明戈·法乌斯蒂诺·萨米恩托③及何塞·马莫尔④等人。这批青年知识分子深受欧洲思想的影响，自视为"五月革命"⑤ 之子，认为"应该以一个崇尚知识、理性和人文的时代取代混乱无序、满目疮痍、战乱纷争的年代，尤其应该引进欧洲思想解决拉丁美洲面临的诸多问题"。⑥ 1837年，埃切维里亚等人创立了"学者沙龙"，他们经常在此聚会，交流思想，探讨文学、哲学、社会变革等问题，史称"37 年一代"（La generación del 37）。之后，随着罗萨斯专制统治的加剧，"学者沙龙"被迫解散，埃切维里亚、阿尔贝迪、萨米恩托及马莫尔等"37 年一代"成员不得不流亡他乡。

小说中提到的另一段历史时期是马塞洛·马基和伦西等人生活的 20

---

① Alí, Alejandra. "Ricardo Piglia: la trama de la historia", en *Cuadernos Hispanoamericanos*, núm. 607, 2001, p. 114.

② 马科斯·萨斯特雷（Marcos Sastre, 1808 – 1887），出身于乌拉圭的阿根廷作家、教育家。

③ 多明戈·法乌斯蒂诺·萨米恩托（Domingo Faustino Sarmiento, 1811 – 1888），阿根廷政治家、教育家、作家。于 1868—1874 任阿根廷总统。

④ 何塞·马莫尔（José Mármol, 1817 – 1871），阿根廷作家、记者、政治家。阿根廷浪漫主义代表作家。著有长篇小说《阿玛莉娅》（*Amalia*, 1851）等。

⑤ "五月革命"（Revolución de Mayo），指 1810 年 5 月在拉普拉塔总督辖区爆发的反抗西班牙殖民统治的独立斗争运动。

⑥ Campero, María Belén. *Identidad y nación en el pensamiento de la Generación del 37: una mirada hacia una nueva forma de democracia*, 2011, p. 4.

世纪 70 年代末，此时的阿根廷处于另一个独裁时期，即充斥专制、酷刑、死亡和流亡的"肮脏战争"。值得指出的是，这是一个在《人工呼吸》中从未提及的、"缺席"的时代。虽然 19 世纪的恩里克·奥索里奥曾写下名为《1979》的小说，但这部描绘未来阿根廷的作品除书名、题记以及恩里克日记中提到的创作构思外，《人工呼吸》中并未做出更多展示，而马基等人也未对他们所处的年代做出描述。呈现在《人工呼吸》"可见故事"中的，只有 19 世纪的阿根廷，这两个时代之间的"对话"是不对等的。

恩里克·奥索里奥创作的《1979》和马基撰写的传记实际上是两部"缺席"的作品，因此，恩里克和马基对阿根廷国家历史之谜的追踪也以无解告终。对于《人工呼吸》的文人型侦探而言，不论是对个人历史之谜的追踪还是对国家历史之谜的探寻，他们的解谜之旅都没有结果、没有终点。

第二节　从边缘视角审视国家历史的文人型侦探

皮格利亚曾多次强调通过一个相对边缘的位置去审视事物的重要性，"有时处于边缘地位反而会获得某种优势"。[①] 对恩里克·奥索里奥个人历史的追寻无疑是小说最重要的追踪之一，但这一解密任务并非由位于家族最中心的亲人来完成，而是由家族体系中的边缘亲属实现的。恩里克文档的传承始于安帕萝，一般情况下，应该由他们的儿子承担起继续追寻的任务，但文档却隔代传承，他们的孙子卢西亚诺·奥索里奥成为传承链上的第二人。卢西亚诺子嗣众多，但他却选择了非家族中心体系的女婿马基作为破解文档的接班人。最后，马基又将这一任务移交给了外甥伦西。甚至连恩里克·奥索里奥本人，也希望与家族决裂，将自己边缘化："我出生时名叫恩里克·德·奥索里奥，但我把那个表示所属的前置词'德'（de）去掉了。"（75）

《人工呼吸》中追踪国家历史谜团的文人型侦探也是从边缘视角出发去审视历史、思考历史。小说中的知识分子也大多因政治原因或国家动荡

---

① Piglia, Ricardo. *Tres propuestas para el próximo milenio（y cinco dificultades）*, 2001, p. 13.

而成为漂泊的流亡者，在空间上处于边缘的位置。恩里克·奥索里奥和塔德维斯基都流亡国外；马基四处流浪，处于远离阿根廷首都布宜诺斯艾利斯的边境城市；卢西亚诺·奥索里奥深居简出，与世隔绝，就像生活在社会的孤岛，属于"自我流亡者"。塔德维斯基写道："他（马基）和我一样，都是路过的候鸟……我们都是无根之人，与时代格格不入，我们是涣散一代的最后幸存者。"（114）小说中这些与时代格格不入的"无根之人"因此获得了一种审视历史的边缘的但是独特的视角："因为流亡，我们才能在历史的残骸和废墟中看到历史的另一面，那才是迫使我们走上流亡之路的历史的真面目。"（60）

　　从时间上看，《人工呼吸》中的人物也大多处于边缘地位，即他们从身处所研究的历史时段之外去审视历史。如处于 19 世纪的恩里克·奥索里奥在想象中构建 20 世纪 70 年代的阿根廷的未来历史，而处于 20 世纪的马基、卢西亚诺等人，则是通过追溯 19 世纪的历史以反思阿根廷今天的现状。

一　处于边缘身份的文人型侦探

　　《人工呼吸》中的知识分子多为叛徒、失败者、疯子、移民等边缘化身份。例如，马基原本是一个前程似锦的律师，最后却成了婚姻和家庭的背叛者，还因为政治问题入狱；伦西曾经发表了一部小说，但反响平平，连他本人都不甚满意："时至今日，在科连特斯大街几家书店的特价处理区，还摆着那么几本我的小说。回头再看，除书名（《令人厌倦的现实》）以及给那个人（小说即是献给他的）造成的影响外，这本书简直一无是处。"（16）卢西亚诺·奥索里奥本是身居要职的参议员，却不幸中枪导致瘫痪，政治生涯自此戛然而止，生活处境十分凄凉；塔德维斯基是旅居阿根廷的波兰人，也是一个失败者，面临复杂的政治环境，他选择放弃自己的事业，做一名失败者："与其做一个共犯，不如做一个失败者。"（195）并且他以之为荣："我就是一个失败者……这正是我梦寐以求的……我迷恋那些失败者，尤其是知识分子圈里的失败者。"（154—155）

　　恩里克·奥索里奥集多种边缘身份于一身。首先，他是一个政治上的叛徒和失败者，其政治立场非常模糊，尤其在流亡国外时期，"他开始与罗萨斯、德安赫利斯、萨米恩托、阿尔贝迪及乌尔基萨频繁通信，希望可以促成未来的民族团结"。(29) 这些人中，佩德罗·德安赫利斯①是罗萨斯的支持者，萨米恩托和阿尔贝迪是反罗萨斯的流亡人士，而乌尔基萨②则是罗萨斯的"死敌"。恩里克双重叛徒的身份使他在政治上很难有所作为，他流亡异乡以追求自由的努力也以失败告终：

> 我就是恩里克·奥索里奥，那个为自由奋斗了一生的人……有时，我会在下午去哈林街区，去一个叫"蕾娃小姐"的妓院。那儿有个妓女，年华正茂。……我和她说起前路茫茫，命运多舛，她仰着那张甜美的小猫似的脸，连连称是……"小野猫"最初是被当作奴隶买过来的，干这行得干满十年（她今年 17 岁）才能换得自由身。这些年来，我所作的不就是一码事吗？为了获得自由，我低声下气，卑躬屈膝，祖国历史上再也找不出比我还没骨气的人了。但是，我自由了吗？我，一个叛徒，我得到自由了吗？(69)

恩里克·奥索里奥的乌托邦追寻之旅将他引向了精神失常的疯癫状态，他从一个叛徒、失败者的边缘化身份迈向了另一个更为边缘化的身份，即疯子。疯子形象在《人工呼吸》中占有非常重要的地位，除恩里克外，书中其他知识分子也大多被视为"疯子"。马基写道："在大家眼里，老头（指卢西亚诺）就是个疯子。当然，恩里克·奥索里奥在大家眼里也是个疯子，还有我，也是个疯子。"(23)

综观中外文学，疯子是备受作家青睐的人物形象之一。苏联著名文学理论家、评论家巴赫金指出，疯子、小丑、傻瓜、骗子这些人物具有一个共性，那就是"可以使人用另外的眼光，用没有被'正常的'，即众所公认的观念和评价所遮蔽的眼光看世界"。③ 很多时候，疯癫提供了一种摆脱各种束缚、向社会秩序发起挑战的可能，赋予人物直抒胸臆、彰显自我的机会。因此，许多文学作品通过塑造疯癫、佯狂的人物形象来道出真相

---

①　佩德罗·德安赫利斯（Pedro de Angelis, 1784–1859），出生于意大利，后移居阿根廷，是阿根廷最早的历史学家之一，也是阿根廷最重要的历史学家及社会学家之一。

②　胡斯托·何塞·乌尔基萨（Justo José de Urquiza, 1801–1870），阿根廷军人、政治家。1852 年 2 月，在卡塞罗斯战役中推翻布宜诺斯艾利斯省省长罗萨斯。于 1854—1860 年任阿根廷总统。

③　《巴赫金全集》第 6 卷，李兆林、夏忠宪等译，河北教育出版社 1998 年版，第 46 页。

或展开思索，正如莎士比亚《哈姆雷特》中的台词所言："疯狂的人往往能够说出理智清明的人所说不出来的话。"

恩里克·奥索里奥神志不清，却清醒地认识到，只有叛徒、失败者及疯子这些边缘化的人才能更好地审视一切："处于糟糕境遇的最大好处就是可以让我们总是处于一种特殊的遥远的位置。"（60）在他眼里，背信弃义者并非无耻之徒，而是取代了乌托邦英雄的传统地位："背叛者不属于任何地方，他苟且于两种不同的忠诚，信奉两种不同的价值观，戴着假面惶惶度日。"（79）

皮格利亚在小说中塑造的这些知识分子都是历经坎坷，饱经风霜。特殊的生命体验使他们成为主流社会或主流文化的游离者，但是，正是地域空间或精神领域的边缘处境，赋予了他们一种独特的边缘视角。

二　以边缘视角审视历史的文人型侦探

在后现代语境中，历史的真实性受到了怀疑。历史编纂变成基于历史素材选择、整理的创造性书写，历史也成了一种虚构。历史和小说都被视为是话语、建构行为和符号系统，历史具有了虚构的属性，而小说也可以通过诗化的手段达于历史。[1] 对此，历史专业出身的皮格利亚也有相似的看法，他认为历史与虚构之间的界限是模糊的。历史中存在着大量的虚构元素，而作家则是历史的倾听者和记录者：

> 历史学家是与小说家最为相近的一种职业。历史学家研究的是历史的低声私语，研究材料是由虚构、个人历史、犯罪故事、统计数据构成的，还有捷报、遗嘱、密报、密函、声明以及真伪可疑的材料等。历史总是让作家痴迷，不仅因为那些轶闻趣事，流传广泛的故事，或是为还原呈现历史所作的努力，还因为在历史中蕴藏着大量的叙事形式和叙事方法。[2]
>
> 作家是一个懂得聆听的人，是时时关注那些社会故事的人，同时也是想象那些故事并记录故事的人。[3]

---

① 参见王建平《美国后现代小说与历史话语》，中国人民大学出版社 2012 年版，第 5 页。

② Piglia，Ricardo. *Crítica y ficción*，2001，p. 90.

③ Piglia，Ricardo. *Tres propuestas para el próximo milenio（y cinco dificultades）*，2001，p. 25.

《人工呼吸》中，恩里克·奥索里奥的手稿和历史档案通过几代人的传递，最后到了伦西手里，而这条时间链的形成并非偶然。正如卢西亚诺·奥索里奥所言："这就像一条时间线，把两端连接在一起，一端是源自殖民时期的声音，一端是聆听这种声音的人。唯有听到这种声音并能解密这种声音的人，才能将这混乱的一切变成半透明的晶体。"（46）在小说中，面对个人历史和国家历史的谜团，以作家为主的文人型侦探就是"听到这种声音并能解密这种声音的人"，他们通过文学创作这一边缘的视角，去倾听历史、记录历史、解密历史，并且试图"将这混乱的一切变成半透明的晶体"。

（一）以未来为镜以观当下：恩里克·奥索里奥与乌托邦小说

乌托邦一词源自文艺复兴时期的人文主义者托马斯·莫尔爵士（Sir Thomas More，1478－1535）用拉丁语创作的《乌托邦》（*Utopia*，1516）一书。书名由"eutopia"（极乐之地）和"outopia"（乌有之乡）两个希腊语单词混合而成。"作者在书里描写了他所想象的实行公有制的理想社会，并把这种社会叫作乌托邦，意即没有的地方。"① 乌托邦具有多重引申义，如地理上遥远的国度、时间上遥远的未来、想象的理想社会，泛指无法实现或几乎无法实现的美好愿望、计划等。

乌托邦作品是指表现了一种理想的，但并不存在的政治及社会生活方式的虚构作品。柏拉图于公元前4世纪创作的《理想国》（*Republic*）被视为乌托邦文学类型的第一个也是最伟大的范例。大多数乌托邦作品都是虚构一位具有冒险精神的旅行者到达某一遥远国度的故事，以此来表现作家的理想之国。②

《人工呼吸》中的恩里克·奥索里奥对自由充满向往，他渴望行动的自由、思考的自由以及创作的自由，而这种自由，或许只有在流亡中才能获得。流亡中的恩里克"正处于一个极佳的位置：无牵无挂，与时代脱节，远离祖国，流亡异乡"。（70）这一边缘位置赋予恩里克·奥索里奥审视他所处的时代以及阿根廷历史的自由，而他的这场思索之旅与探寻乌托邦之旅紧密地交织在一起。

---

① 中国社会科学院语言研究所词典编辑室编：《现代汉语词典》，商务印书馆2005年版，第1435页。

② 参见 M. H. 艾布拉姆斯《文学术语词典》，吴松江等编译，第656—657页。

在日记中，恩里克・奥索里奥记录了他关于乌托邦的思考。对于他来说，乌托邦意味着流亡：

> 何为乌托邦？是完美之地吗？不，乌托邦并非完美之地。对我来说，首先，流亡是乌托邦。流亡是一个不存在的地方。背井离乡，远离故土，流亡是一个在时间中凝滞的地方，悬停于两段时间之间，一段是我们拥有的对故国家园的记忆，一段是当我们回归故里时，对未来祖国模样的想象。而那段静止不动的时间，介于过去与未来之间的时间，对我来说，才是乌托邦。因此，流亡是乌托邦。（78）

恩里克・奥索里奥一遍又一遍地翻看他从前写下的日记、信件，只是"为了书写那部关于未来的小说……在过往与未来之间，空无一物：此时此刻（这片空白，这片神秘之地）亦是乌托邦"。（80）恩里克・奥索里奥通过撰写《1979》这部乌托邦小说，以未来为镜以观当下，开启了一场在文字中寻找乌托邦、思索历史的漫漫旅途：

> 我不愿回忆过往，我要书写未来。人们常说：回头再看，一切都是如此显而易见，可我当初为什么就是没察觉呢？我要怎样才能于现在就发现那些预示着未来发展方向的征兆呢？只有在这些时候，人们才会去思考将来会发生些什么。（70）

在日记中，恩里克・奥索里奥记录了他对这部乌托邦作品的构思：

> 作为一个现代梦想家笔下的乌托邦，必须在本质上与此类文学作品的传统规则决裂，即摒弃建构一个并不存在的地方。所以，*最重要的区别在于：不把乌托邦设置在一个想象出来的、无人知晓的地方*（最常见的例子就是某个岛屿），而是换成自己的国家，处于某一特定时间（1979），是的，处于某个幻想的远方。在时间维度中这样的地方并不存在，因为，*到目前为止这样的地方尚未出现*。对我来说，这就构成了一种乌托邦视角。去想象阿根廷在一百三十年后的模样：日复一日的乡愁，*哲理小说*。
>
> 书名：1979

题记：*每个时代都生活在对上个时代的绵绵乡愁之中。*——*儒勒·米什莱*（80）

除将《1979》这部小说设置在一个真实存在的地方外，恩里克·奥索里奥还强调了另一个异于传统乌托邦小说的特点，即并非在作品中叙述或描述那个存在于另一个时代的阿根廷，而是在作品中"以一种最寻常普通的形式去呈现那些关于未来的证据。如同把历史材料交给一个历史学家那样，我放在主人公面前的，是一些来自未来的文档材料"。（83）

恩里克构思的小说《1979》将采用书信体的形式，之所以采用这一形式，也与乌托邦有关：

> 首先，书信本身就具有乌托邦的形式。写下一封信，就是向未来传送一个信息，就是在此时此刻，和一个不在身旁的收信人对话。我们给他写信的这会儿，尤其是之后当他读到这封信时，他会处于何种状态（他的心情如何，他和谁在一起），我们无从知晓。书信是对话的乌托邦形式，因为它抹去了当下，使未来成为唯一可能展开对话的场所。（84—85）

通过以上分析，我们可以看到，恩里克·奥索里奥就是乌托邦的化身。他本人是"乌托邦英雄"（一个背叛者），他生活在乌托邦（流亡异乡），他就处在乌托邦（介于过于和未来之间的现在）；而他对乌托邦的追寻也是以一种乌托邦的形式来实现的：将一部乌托邦作品（《1979》）置于一个乌托邦的时空（1979年的阿根廷），并采用一种乌托邦的样式（书信体）来创作。

恩里克·奥索里奥创作的《1979》实际上是一部"反面乌托邦"（Dystopia）作品，"这类作品表现了某一令人非常不愉快的想象世界"。①换言之，小说中展现的世界并非一个理想的国度，小说描绘的社会也并非一个和谐美妙的乐园：

> 我预见到的是：意见分歧，分道扬镳，又一轮斗争。无休止地循

---

① 参见 M. H. 艾布拉姆斯《文学术语词典》，吴松江等编译，第657页。

环。谋杀、屠戮、骨肉相残。此时此刻，我身处纽约，孑然一身。我
扪心自问：这一切有什么改变吗？（70）

恩里克·奥索里奥通过流亡追逐自由，又通过对乌托邦的追寻"回
归"阿根廷。但在他营造的这个文学乌托邦中，弥漫着一股凝重的悲观
情绪。1979年的阿根廷不过是19世纪阿根廷的一个历史镜像，处于未来
的阿根廷社会与罗萨斯统治时期并无二致，这既表达了他对阿根廷现状的
悲痛之情，又流露出他对未来阿根廷的深深忧虑。

（二）以历史为镜以鉴今日：马塞洛·马基与人物传记

斯蒂芬是乔伊斯在《尤利西斯》中塑造的人物，是一名历史老师，
也是一个愤世嫉俗的虚无主义者。在斯蒂芬眼里"历史是我正努力从中
醒过来的一场噩梦"。同为历史老师，马基对历史则持不同看法："唯有
历史，才能缓解这个我努力从中醒来的噩梦所带来的痛苦。"（19）

困扰马基的"噩梦"不是历史，而是他所处的时代。历史是他逃离
现实的出口，也是他思考人生的一个出发点。马基在笔记中记录了法国历
史学家勒华拉杜里（Le Roy Ladurie，1929 - ）的一段话："对于参加过法
国大革命的人来说……从历史角度出发去思考个人的人生实现是件极其自
然的事情。同理，我们这些当代人，在四十岁到来之际开始审视自己的人
生，将之视为青年时代梦想的挫败，也是件极其自然的事情。"（187—
188）塔德维斯基认为，马基引用的这句话里隐藏着他的历史视角：

> 马基认为，作为个体的人注定是要失败的……唯有通过历史的角
> 度去思考，才能如饮醍醐。……假如我们不把所处的现在视为历史意
> 义上的现在，那么我们该如何去承受现在这一切呢？又该如何去承受
> 现在的恐惧呢？（188）

对于马基而言，不论是现在、过去还是未来，都不过是历史的一瞬。
他在给伦西的信中提道："我把我自己的历史视角传授给我的学生。我们
不过是漂浮在历史长河中的一片叶子，应该学会从容面对，把那即将到来
的一切当作已经逝去的过往。"（18）

马基认为："应该通过质疑自己的方式去思考，应该以他者的身份去
体验人生。"（111）因此，他试图通过传记这样一种文学形式去审视历

史:"我把这些文档材料看作是历史的背面,我试图忠实于历史事件,但与此同时,我又试图揭示这位像兰波似的人物的人生特点,即远离历史的洪流以便更好地见证历史。"(30)

传记是一种历史悠久的叙事方式。17 世纪晚期,约翰·德莱顿把传记简明地定义为"特定人物的生平"。[1] 后来,传记被视为是"历史的多棱镜……它有用,因为它在个别中包含了一般"。[2] 马基试图通过恩里克·奥索里奥的传记这一多棱镜,展现 19 世纪的阿根廷历史,进而通过历史反思阿根廷的当下:"这不仅可以更好地看清我们这个命运多舛的国家的过往,还有助于理解近期发生在我们身边的一些事。"(72)

对马基而言,撰写传记的过程就是一个追踪谜团的过程,因为这其中"有太多的未解之谜",但这场追踪并不顺利:

> 我在他的回忆里迷路了……就像迷失在一个巨大的丛林里。我陷入他留下的碎片,陷入大量的史料以及由此衍生出的无穷无尽的记录和注释之中。我试图突出重围,还原他的人生点滴。马基写到,我不过是一个业余的历史学家,却难逃每个历史学家都会遭遇的痛苦:一直以来,我都想占据史料以便从中解密出一个真实的人生,最终,我却发现,其实是史料占据了我,史料把它的节奏、事件发展的脉络以及它独有的真相统统强加在我的身上。(26—27)

(三) 历史与文学的传承:埃米利奥·伦西与小说

埃米利奥·伦西撰写了一部讲述舅舅马基个人经历的小说《令人厌倦的现实》,但这次尝试并未取得理想的效果,马基向伦西指出:"从来也永远没人能以自己家族的故事写出好的文学作品来。给新手作家的黄金准则是:如果你缺乏想象,那就忠于细节。"(16)

选定伦西作为继续撰写关于恩里克·奥索里奥的传记的接班人,这或许是马基在消失数年后联系伦西的主要目的。马基在写给伦西的第二封信中就暗示了此事:"他(卢西亚诺)和我讲起那个自杀者、背叛者、淘金

---

① 参见 M. H. 艾布拉姆斯《文学术语词典》,吴松江等编译,第 45 页。

② Pachter, Marc. *Telling Lives*: *The Biographer's Art*. Philadelphia: University of Pennsylvania Press, 1981, p. 134.

者的故事。当然，这是另一码事，以后再和你细说，因为，在这件事上，你可以帮助我。"（23）通过信件，马基使伦西陆续了解到恩里克·奥索里奥的故事：

> 实际上，恩里克·奥索里奥的故事是通过马基的信，一点一点，片段式地呈现在我面前的。他从未直截了当地对我说：我想让你了解这段故事，我想让你知道这段历史对我意味着什么，我想让你知道我想以怎样的方式书写这段故事。他从未向我挑明，但他以他的方式让我明白这一切，就好像从某种意义上讲，他已经将我视为他的继承者，就好像他已经预见到后来要发生的一切，抑或是他担心那一切早晚都会发生。（27）

伦西是一个完全生活在文学世界中的人，他"只对文学感兴趣，说话总是引经据典，可谓'文学地'生活着"。① 马基给伦西写的第一封信中提到了诸多历史事件和政治人物，伦西在回信中坦言：

> 我对政治毫无兴趣。像伊里戈延②，我只对他的语言风格感兴趣，那是一种彻底的巴洛克风格。正是他的那些演讲催生了马塞多尼奥·费尔南德斯的文学创作，怎么就没人发现这一点呢？我也不像你那样对历史充满热爱。自美洲大陆被发现以来，在这片土地上就没发生过什么重要事件，统统不值一提。无非就是出生、讣告和军队这些破事儿。卡布拉尔军士③在弥留之际说的那些没完没了的胡言乱语，被罗伯特·阿尔特记录下来，就成了阿根廷历史。（19—20）

伦西总从文学的角度出发去观察世界，如他告诉马基他与卢西亚诺见

---

① Piglia, Ricardo. *Crítica y ficción*, 2001, p. 110.

② 伊波利托·伊里戈延（Hipólito Yrigoyen, 1852 – 1933），阿根廷政治家，激进党代表人物，于 1916—1922 年及 1928—1930 年两度出任阿根廷总统。

③ 卡布拉尔军士（Sargento Cabral）指阿根廷军人胡安·巴蒂斯塔·卡布拉尔（Juan Bautista Cabral, 1789 – 1813）。1813 年 2 月 3 日，在对抗西班牙殖民者的圣洛伦索一战中，南美独立战争领导人圣马丁（José de San Martín）身陷险境，卡布拉尔军士为救他而阵亡，被封为战争英雄。

面一事时，这样写道:

> ……一开始接电话的估计是管家，就是那种阿加莎·克里斯蒂小
> 说中的管家。……最后话筒里终于响起了一个声音，是他众多儿子中
> 的一个……他要我稍等片刻，因为他得把电话拿到房子的另一头去，
> 他父亲"居住"的房间就在那边。我差不多等了七个小时，好像那
> 拿着电话的家伙得在科隆博格城堡①中穿过一个又一个的走廊，走过
> 一个又一个的台阶，经过一个又一个的过道，才能让我和哈姆雷特王
> 子之父的鬼魂直接通上电话。(91—92)

伦西在信中告诉马基:"俄国文学评论家伊鲁·蒂尼亚诺夫曾说过，
文学是由叔舅向侄甥演变发展的（而非从父向子）。"(19) 将马基视为导
师的伦西向舅舅讲述了他在创作中遇到的困难:

> 我常听到一种悦耳之声，但却无法将它演奏出来……我清楚地知
> 道那是什么，可以说在某种程度上我听到了，时不时就能听到那音
> 乐，但每每提笔，出来的却总是无用的废物，那悦耳之声荡然无存。
> (38)

由此，马基开始向伦西灌输他的创作观点，告诉他"如何讲述那些
真实发生的事件?"(19) 并指出伦西的问题在于:

> 对历史的无知……（伦西）深陷于他自己营造的个人乌托邦而
> 无法自拔。他让自己处于孤独、失败、断绝任何社会联系的境地，苦
> 苦寻觅那所谓的豁然开朗，其实不过是《鲁滨逊漂流记》所构建的
> 乌托邦的虚假版本而已。(188)

马基意识到，要想把伦西培养成合格的接班人，首要任务就是把伦西
带出纯文学的世界，给伦西传授他看待历史的视角以及重写 19 世纪那段
历史的意义。马基先是通过信件与伦西交流思想；随后，又要伦西去拜访

---

① 科隆博格城堡是莎士比亚巨著《哈姆雷特》的场景所在地，因此闻名。

卢西亚诺，通过岳父使伦西对家族历史及国家历史有了进一步了解；最后，马基又安排了伦西和塔德维斯基的见面，通过这位流亡阿根廷的波兰朋友，丰富了伦西对独裁、暴行、流亡以及文学和历史的关系等问题的认识。唯有如此，马基才完成了对伦西的"指导"，使他从历史的角度出发，去思考文学和历史的关系，挖掘文学的功用。

　　恩里克·奥索里奥撰写的日记、信件和乌托邦小说，以及马基书写的传记，最后都汇聚到伦西的手里。几代人的追踪之旅在此汇合，伦西沿着由日记、书信和传记铺成的文字之路，开始了一场追溯历史之谜的漫漫旅程，用文学创作的形式重建历史将是伦西第二部小说的主题。

第三节　探寻文学与历史谜团的文人型侦探

　　在《秘密与叙事：浅议中篇小说》（"Secreto y narración. Tesis sobre la *nouvelle*"）一文中，皮格利亚对文本中的"秘密"做了详尽的阐释。他指出，"谜"是指难以弄清楚或难以理解的事物，可以是一个文本篇章，也可以是某种状况；"奥秘"是指深奥神秘的事物，在人的认知范围内是无法解释清楚的；而"秘密"，虽然也与谜和奥秘一样，是"人人想知道但又不可知的事物"，但秘密也可以指有意隐蔽的不让人知道的事情，是"隐而不言之事"。[①] 皮格利亚认为，文本中的秘密具有重要的叙事功能：

> 秘密就像一个结，将同时存在于一部小说中的不同人物和不同叙事线索连接起来，这一联系是隐秘的。……也就是说，秘密具有构建情节的功能。它像一个隐秘的点，各个互相关联的故事单元围绕着这个点编织成一张网。由此，便产生了小说的含糊性、不确定性和多义性……小说本身既不向我们透露信息，也不向我们揭露真相……小说的形式即是如此，借助于秘密以构建多个故事。[②]

　　《人工呼吸》无疑是一部借助于"秘密"构建成的小说。伦西好奇的

---

① 参见 Piglia, Ricardo. "Secreto y narración. Tesis sobre la *nouvelle*", en *El arquero inmóvil*: *nuevas poéticas sobre el cuento*, Eduardo Becerra（ed.）, 2006, pp. 188 – 190。

② Piglia, Ricardo. "Secreto y narración. Tesis sobre la *nouvelle*", pp. 200 – 201.

是舅舅马基的秘密,但通过追踪,他又被引向了恩里克·奥索里奥的秘密,而后者构成了小说的秘密之源:

> 是有那么一个无法确定的源头。那是一切的源头。那个源头是一个秘密,确切地讲,就是那个人人都试图隐藏的秘密。……那个秘密已被挪至别处,远离它应在的位置。所有的谜团都浓缩成一个名字,都浓缩成他的人生。这个人的一生,如同一桩罪行,应该尽可能地隐蔽起来。(59)

苏联著名侦探小说家、文学评论家阿达莫夫指出,侦探小说的特色之一是其神秘性:"侦探小说的魅力在于始终贯穿在侦探小说情节中的'秘密'……而秘密愈大愈危险,或者愈重要,想揭开它的愿望也就愈强烈。"[①] 皮格利亚坦言:

> 我热衷于将小说结构设置成一种追踪调查的形式。事实上,这也是我在《人工呼吸》中采用的形式。小说的每个层面都仿佛有一场紧锣密鼓的追踪……从这个意义上讲,《人工呼吸》可以视为一部侦探小说。[②]

在小说中,作家采用侦探小说追踪解谜结构,将小说的"可见故事"设置成一个交织着多重秘密的情节之网。埃米利奥·伦西、马塞洛·马基、恩里克·奥索里奥等文人型侦探,怀揣对他人历史、家族历史及国家历史的强烈好奇心,展开了形式各异的追踪。小说情节就在文人型侦探对一个又一个秘密的追寻中逐步展开。《人工呼吸》发表于阿根廷"肮脏战争"军政府独裁时期,因此,书中还隐藏着另一个秘密,即作家本人对社会、历史、文学、独裁等问题的追踪和深层的思索。

小说第一部分的标题为"假如我就是这阴郁的冬天",出自伦西写给马基的信:"昏黄的灯光下,那几个家伙还在挖着隧道,我突然想起了荷

---

① 阿·阿达莫夫:《侦探文学和我:作家的笔记》,杨东华等译,群众出版社 1988 年版,第 7 页。

② Piglia, Ricardo. *Crítica y ficción*, 2001, p. 16.

兰画家弗朗斯·哈尔斯的那副《假如我就是这阴郁的冬天》。"（39）①　皮格利亚以法国画家让—路易斯·哈蒙画作为名，意在勾勒出处于专制统治下的阿根廷社会现状及人们的心境，而他之所以将画作"张冠李戴"，归于弗兰斯·哈尔斯②名下，或与哈尔斯的画风有关。哈尔斯的作品以肖像画、风俗画为主，绘有不少群体肖像，展现了生活在社会不同阶层的人物及其生活。而小说的第一部分，作家展示的正是一幅生活在阿根廷两段独裁时期的人物众生相。

　　《人工呼吸》第一部分的题记出自托马斯·艾略特③的诗作《四个四重奏》（"Four Quartets"，1943）："我们有过经验，但未抓住意义，面对意义的探索恢复了经验。"艾略特创作此诗时正处于第二次世界大战，诗人将自己关于历史、人类命运、个人经历等感想融入诗中，通过这样一首富含寓意的哲理诗探讨历史及时间的关系。皮格利亚选择《四个四重奏》中的诗句作为题记，旨在点出其对历史，尤其是身处特殊时期，个人对历史及国家命运的思索。

　　《人工呼吸》中，身处阿根廷历史上两段独裁统治的文人型侦探，试图通过想象未来和追溯历史来思考国家现状。"时间现在和时间过去/也许都存在于时间将来，/而时间将来包容于时间过去。"④ 循环往复的时间形成历史，"时间现在""时间过去"和"时间将来"交叠在一起，但"一切始终都是现在"；⑤ "时间向后缩去，用平静的头脑/把未来和过去思考一番"。⑥ 文人型侦探在创作中探寻着历史与现实的谜团，"言辞努力/断裂并且常常破碎，在重压下/在压力下，滑脱、溜去、消失"。⑦ 与此同

---

　　①　经墨西哥学院教授、文学评论家柔斯·科拉尔及古巴文学评论家豪尔赫·弗尔内特考证，《假如我就是这阴郁的冬天》并非弗朗斯·哈尔斯的作品，而是出自法国画家让—路易斯·哈蒙（Jean-Louis Hamon，1821－1874）之手。参见 Fornet, Jorge. *El escritor y la tradición. Ricardo Piglia y la literatura argentina*，2007，pp. 70－71。

　　②　弗兰斯·哈尔斯（Frans Hals，1580－1666），荷兰最伟大的画家之一，被誉为荷兰现实主义画派的奠基人。

　　③　托马斯·艾略特（Thomas Eliot，1888－1965），英国/美国诗人、剧作家、文学评论家。1948 年获诺贝尔文学奖。

　　④　托·艾略特：《四个四重奏》，裘小龙译，漓江出版社 1985 年版，第 182 页。

　　⑤　托·艾略特：《四个四重奏》，裘小龙译，第 190 页。

　　⑥　同上书，第 210 页

　　⑦　同上书，第 190 页。

时，文人型侦探试图通过对历史的思索寻找遗失的意义：

> 我们有过经验，但未抓住意义，
> 面对意义的探索恢复了经验，
> 在不同的形式中，越过我们能归于
> 幸福的任何意义。我已经说过，
> 在意义中复活的过去的经验
> 不仅仅是一个人生活的经验
> 而是许多代人的经验——不是忘却①

艾略特诗中描绘的"经验"和"许多代人的经验"其实就是历史。通过一场场对个人历史和国家历史的追踪，恩里克·奥索里奥的个人经验及其历史观、文学观也随着他留下的文档代代相传，影响了卢西亚诺、马基以及伦西等人。在这幅《假如我就是这阴郁的冬天》的群体肖像中，还包括被阿罗塞纳拦截的信函中提到的罗盖、埃切瓦内·安赫莉卡·伊内丝、克鲁斯·巴伊戈里亚等人物，他们也在独裁的浩劫与历史的洪流中努力坚持，等待着阴郁冬天的结束。"人民经历沧桑变化，堆满微笑，但是痛苦永存"，② 黑暗的独裁总会结束，暴政留给人们的创伤则无法磨灭，"时间这个毁灭者又是时间这个保存者"③，历史摧毁一切，但历史又保留一切。《四个四重奏》在结尾处写道：

> 我们将不会终止我们的探寻，
> 我们所有的探寻的终结
> 将来到我们出发的地点，
> 而且将第一次真正认识到这个地点。
> ……
> 一切都将变好，还有

---

① 托·艾略特:《四个四重奏》，裘小龙译，第207—208 页。
② 同上书，第208 页。
③ 同上。

所有的事物都将变好①

皮格利亚通过《人工呼吸》想传递的信念与希望也是如此，蕴藏在历史经验中的意义是无穷无尽的，人们对历史和意义的探寻也是永无止境的。此外，专制统治不过是历史长河中的一段，人们终会迎来和煦的春日。

《人工呼吸》第二部分的标题为"笛卡尔"。弗兰斯·哈尔斯曾为笛卡尔②画过一幅肖像，因此，我们可视之为《人工呼吸》第一部分与第二部分之间的隐秘联系。《假如我就是这阴郁的冬天》这幅群体肖像画反映的是独裁时期的众生相，《笛卡儿》这幅画则凸显了人文与哲思的地位。小说的这一部分，大篇幅的书信和日记销声匿迹，取而代之的是伦西和塔德维斯基关于文学、历史、哲学等问题的讨论，突出体现为笛卡尔的名言"我思故我在"。对独裁时期的知识分子而言，"思考"是他们"存在"的一种方式，独立的"思考"也是他们仅有的自由。

值得指出的是，在小说中，笛卡尔仅作为知识、哲学和思考的象征，"我思故我在"也只是取其字面之意，作家并未过多涉及笛卡尔本人的哲学思想，有时甚至流露出一些嘲讽。如塔德维斯基和伦西谈及笛卡尔的著作《方法论》时，提到法国象征派诗人保尔·瓦莱里（Paul Valery, 1871 – 1945）认为《方法论》是"第一部现代小说……因为整部作品就是一部独白，讲述的不是关于激情的故事，而是一个关于思想的故事"，（194）对此塔德维斯基则持不同意见：

> 究其本质，笛卡尔写的是一部侦探小说：调查者安坐炉前椅子，足不出户，仅凭理性思考，就能排除所有虚假的线索，解开一个又一个的谜团，直至发现罪犯，那就是"我思"，"我思"就是那个凶手。（194）

在西方哲学史上，素有科学主义和人文主义两条主线。笛卡尔属于前者，他认为真理是在自然中而不是在历史中被发现的。18 世纪意大利思

① 托·艾略特：《四个四重奏》，裘小龙译，第 228 页。
② 笛卡尔（René Descartes, 1596 – 1650），法国科学家、哲学家、数学家。

想家维科与笛卡尔观点相左,被认为是"笛卡尔的最伟大的批评者"。维科继承了意大利文艺复兴时期的人文主义传统,认为哲学的对象不是自然,而是由人所构成的文化世界。他指出,人是社会历史的创造者,历史的发展是具有规律的,是循环的。维科的历史哲学观对后世影响巨大,尤其是对马克思的历史唯物主义的提出起到了积极的影响。①

《人工呼吸》中多次提到维科的名字,小说中主要人物的历史哲学观也都受到了维科的影响:恩里克·奥索里奥"就读大学期间对哲学萌发了极大兴趣,开始跟随德安赫利斯,上他开设的关于维科和黑格尔的私课";(27—28)马基受恩里克·奥索里奥的影响,也对维科非常感兴趣,他正是通过讨论维科等人的哲学思想与塔德维斯基相熟的。而皮格利亚在小说中反映出的历史观无疑也与维科相近,而与笛卡尔相左。笛卡尔的名字"Descartes"在西班牙语中有"舍弃、丢弃,排除在外的人"之意,这或许也暗示了笛卡尔的思想被皮格利亚排除在外。在《小说与乌托邦》("Novela y utopía")一文中,皮格利亚提到在创作《人工呼吸》时,盛行哲学家萧沆(Emil Cioran,1911–1995)的思想主张,许多人怀疑历史,对历史虚无主义趋之若鹜,因此,他希望借小说中的人物强调历史的重要性:

> 唯有在历史的长河中,才能看见万事万物皆处于变化之中。有时,看似一切都静止不变,凝滞不动,看似现在所处的噩梦漫漫无期……在历史中也曾出现过类似的令人绝望的处境,但事实证明,最终总能找到出路。关于未来的征兆隐藏在过去的历史中,哪怕是最坚不可摧的石头也终将被柔和的历史之川磨平。②

《人工呼吸》中,一场对个人历史的追踪引向另一场个人历史的追踪,而对个人历史的追踪又指向对国家历史真相的探寻。与此同时,这一场场无尽的追踪又是文人型侦探在信件、史料等文本阅读和文学创作中一一展开、层层递进的。"这里有故事/历史吗?"开篇的这个问句一直伴随

---

① 参见陆晓禾《试论维科历史哲学思想的特点》,《上海社会科学院学术季刊》1988 年第 1 期,第 103—111 页。

② Piglia, Ricardo. "Novela y utopía", en *Crítica y ficción*, 2001, p. 91.

到小说结尾。文人型侦探通过边缘视角审视历史，在文学创作中展开了一场对历史真相的探寻。

皮格利亚试图通过《人工呼吸》思考文学与历史的关系，在文学创作中探讨政治、历史问题，用虚构预言社会发展的未来，揭露当今社会的真相。"文学中包含着诸多由社会元素构成的谜团，文学将之转移，将之编码。虚构是一种省略的艺术，是一种只可意会不可言传的艺术。"① 根据皮格利亚"两个故事"的理念，创作文本中最重要的内容是"绝不提及"的。《人工呼吸》的表层故事只是向我们开启了一条通往历史真相的通道，真正的秘密有待读者在文本中进一步寻找蛛丝马迹，展开另一场关于"隐藏故事"的追踪解密之旅。

① Piglia, Ricardo. "Ficción y política en la literatura argentina", en *Literatura argentina hoy: de la dictadura a la democracia*, Karl Kohut y Andrea Pagni (eds.), 1989, p. 98.

第 四 章

隐藏真实的意图:皮格利亚对
《人工呼吸》的加密

在《小说修辞学》一书中,韦恩·布斯系统地研究了作家在叙事作品中影响和控制读者所采用的种种技巧和手段。按照韦恩·布斯的理论,作者与读者之间的交流过程可简化为:作者(编码)——文本(产品)——读者(解码)。侦探小说作家与读者之间设谜和解谜的特殊关系极佳地诠释了韦恩·布斯的观点。在《人工呼吸》中,作家的设谜或编码具有重要意义。一方面,体现了皮格利亚"两个故事"的叙述策略,作家将自己真正想叙述的故事层层编码,设置成谜团隐藏于"可见故事"之中;另一方面,由于作品发表于阿根廷军政府独裁时期,皮格利亚不得不对小说文本进行小心谨慎地编码以便顺利通过严格的审查制度。

《人工呼吸》于 1980 年出版,但小说的部分内容曾以短篇小说《令人厌倦的现实》的形式刊登于 1978 年 7 月的《观点》(Punto de Vista)杂志上。① 对比两个文本,我们可以发现一些细微却重要的修改,如《令人厌倦的现实》的第一句为:"这里有故事吗?如果有,故事始于十年前。那是 1968 年 4 月,我的第一本书刚出版不久,他给我寄来一封信。"② 《人工呼吸》几乎照搬了这一句,但两处时间却发生了变化:"这里有故事吗?如果有,故事始于三年前。那是 1976 年 4 月,我的第一本书刚出版不久,他给我寄来一封信。"(13)

如着重号所示,《令人厌倦的现实》发表于 1978 年,主人公伦西展开叙述的背景时间也是 1978 年,"我"讲述的是发生在"十年前"的

---

① 参见 Piglia, Ricardo. "La prolijidad de lo real", 1978, pp. 26 – 28。

② Piglia, Ricardo. "La prolijidad de lo real", 1978, p. 26。

1968 年的故事。在《人工呼吸》中，伦西展开叙述的时间变为 1979 年，而故事发生的时间则改为"三年前"的 1976 年 4 月。这一修改并非作者的随意之举。皮格利亚曾在访谈中谈及："唯有通过对作品的重写改写，才能知道我到底要去往何方。"[①] 因此，这一时间点的改变至关重要，因为史称"肮脏战争"的阿根廷独裁恰好始于故事发生同年的前一个月，即 1976 年 3 月。

第一节　阿根廷"肮脏战争"时期的
文学创作环境

1976 年 3 月 24 日，以豪尔赫·拉法尔·魏地拉（Jorge Rafael Videla，1925 – 2013）为首的军人发动政变，软禁了时任总统伊莎贝尔·庇隆[②]，阿根廷由此进入"肮脏战争"时期。魏地拉上台后，宣布在全国推行"重组国家进程"。军政府在《1976 年 3 月 24 日声明》（"Proclama del 24 de marzo de 1976"）中提到：

> 从这一刻起，重大的责任感迫使我们采取强硬措施，以彻底铲除危及国家安全的各种毒瘤。我们将继续严厉打击各种公开或隐蔽的颠覆性犯罪活动，严惩任何形式的煽动性言论。与此同时，对贪污腐败、收受贿赂、各种违法行为以及任何反对本进程的行为一律严惩、绝不姑息。武装力量已受命控制共和国，希望全国上下能深刻无误地理解这一举措。在这场艰巨的事业中，让责任心与集体的力量始终与我们相伴，在上帝的帮助下，早日实现我们的共同利益，完成国家复兴的伟大目标。[③]

军政府大力推进"肃清运动"（Operación Claridad），在文化系统安插

---

① Jozef, Bella. "Conversación con Ricardo Piglia", en *Ricardo Piglia. La escritura y el arte de la sospecha*, Daniel Mesa Gancedo（coord.），2006，p. 60.

② 伊莎贝尔·庇隆（Isabel Perón，1931 – ），胡安·多明戈·庇隆的最后一任妻子，1974 年庇隆去世后出任阿根廷总统。

③ 参见 Caraballo, Liliana; Charlier, Noemi; Garulli, Liliana. *La Dictadura*（*1976 – 1983*）: *Testimonios y Documentos*，1998，p. 76。

眼线，对意识形态进行严密监控。一切与"重组国家进程"相抵触的思想均被视为离经叛道，一切主张民主自由的言论均被视为异端邪说。焚书活动在各地陆续展开，大量文学作品被查禁烧毁，其中包括马塞尔·普鲁斯特①、加西亚·马尔克斯②、胡利奥·科塔萨尔、巴勃罗·聂鲁达③、巴尔加斯·略萨、爱德华多·加莱亚诺④等作家的作品。独裁政府发文宣称：

> 焚毁的书籍，有害于民众的认知，有害于我们作为基督徒的信仰。一切毒害阿根廷人民的敌人都将被摧毁。焚毁书籍之举，旨在防止此类书籍继续蒙蔽青少年，旨在捍卫我们优良的精神传统：上帝、祖国与家园。⑤

阿根廷历史学家路易斯·阿尔维托·罗梅罗在《阿根廷现代简史》（*Breve historia contemporánea de la Argentina*）一书中这样描述独裁时期的社会文化环境：

> 阿根廷政府分化为两个部分：一部分处于暗处，实施恐怖主义，肆无忌惮地实行镇压；另一部分处于明处，建立在它自己创立的司法体系之上，以平息各种不同政见。共和国的各类机构销声匿迹，政府蛮横地禁止任何公开的讨论及言论表达，禁止任何形式的党派及政治活动，包括工会及工会活动；严格审查新闻媒体，杜绝以任何形式提及国家恐怖主义及其受害者，严密监视艺术家及知识分子。唯一保留的就是国家政府的声音。⑥

---

①　马塞尔·普鲁斯特（Marcel Proust，1871－1922），法国作家，被誉为意识流文学的先驱。

②　加西亚·马尔克斯（Gabriel García Márquez，1927－2014），哥伦比亚作家，拉丁美洲魔幻现实主义文学的代表作家。1982年获诺贝尔文学奖。

③　巴勃罗·聂鲁达（Pablo Neruda，1904－1973），智利诗人、外交官。1971年获诺贝尔文学奖。

④　爱德华多·加莱亚诺（Eduardo Galeano，1940－2015），乌拉圭记者、作家。

⑤　参见 *Diario La Opinión*，30 de abril de 1976。

⑥　Romero，Luis Alberto. *Breve historia contemporánea de la Argentina*，2001，pp. 210－211.

　　文学创作领域被视为文化审查及监控的重点领域，大量作家、记者被列入黑名单，受到严密监视，甚至遭到迫害。作家何塞·帕布洛·费因曼曾写道："我们这代人中，大部分作家迫不得已逃往国外，还有些作家遭遇不测或下落不明，令人唏嘘不已。我们这代人为此付出了沉重的代价。"[①] 阿根廷著名思想家贝亚特丽兹·萨洛指出，独裁统治对阿根廷知识分子造成了一种"双重断裂"：

　　　　1976 年，我们被剥夺了参与政治的权利，一切公共活动被禁止，这对我们来说意味着一种双重断裂。我们的朋友及我们的对话者纷纷踏上流亡之路，这从内部及外部割裂了知识分子阶层。由于众所周知的压制及与此相关的保全策略，知识分子及艺术家远离公共空间，隔绝在一个密不透风的遥远的空间里，备受国家暴力的摧残。[②]

　　阿根廷作家的创作面临双重束缚，一方面是来自独裁政府的审查，另一方面则是由此产生的"自我审查"。阿根廷作家、作曲家玛丽亚·埃莱娜·瓦尔希（María Elena Walsh，1930 – 2011）将此形象地比喻为："我们所拥有的，是一支被折断的笔和一块嵌入脑中的巨大橡皮。"[③] 面对独裁政府的高压统治，许多作家选择离开阿根廷，前往墨西哥、西班牙等国避难。留在国内的作家有些选择辍笔不耕，有些则选择创作迎合军政府的作品，但也有些选择巧妙地运用叙事策略，隐晦地记录并揭露暴政下的社会现实。

第二节　《人工呼吸》：一部加密的文本

　　在《侦探小说类型学》一文中，茨维坦·托多罗夫曾将侦探小说中

---

　　① Ventura, Any. "Todo lo que no es química es política. Diálogo con el narrador Pablo Feinmann", en *Clarín*, 12 de agosto de 1982.

　　② Beatriz Sarlo. "El campo intelectual：un espacio doblemente fracturado", en *Represión y reconstrucción de una cultura：el caso argentino*, Saúl Sosnowski（comp.）, 1988, p. 101.

　　③ Avellaneda, Andrés. *Censura，autoritarismo y cultura：Argentina 1960 – 1983*, 1986, p. 48.

作者与读者的关系简单明了又形象地概括为:"作者:读者＝凶手:侦探。"① 这一"公式"用在《人工呼吸》这部作品上非常贴切。作为《人工呼吸》的作者,皮格利亚首先要面对的就是军政府审查机构这一"特殊读者",他们之间的关系类似"凶手与侦探"的关系:皮格利亚是一位撰写谴责小说以抨击独裁统治的"罪犯作家",审查机构则是一个另类的"读者侦探"。

皮格利亚在论述作家与文学评论家这一特殊的读者之间的关系时,曾提出与托多罗夫相似的观点:"作家就如同罪犯,他被有解谜者之称的文学评论家穷追不舍,不得不隐藏自己的踪迹,通过'加密'去掩盖自己的罪行。"② 和文学评论家相比,独裁时期的文化审查人员对作家、作品更是"穷追不舍"。他们最擅长捕风捉影,艺术作品稍有影射之嫌就会被查禁,因此,作家更得小心翼翼地隐藏自己的真实意图。

《人工呼吸》是一部针砭时弊的作品,是皮格利亚对军政府独裁统治的记录及控诉,但最终却能通过严格的文化审查在阿根廷本土出版,究其原因,这与作家采用的"两个故事"的创作理念不无关系:

> 同一个故事,可以用不同的方式去叙述……小说的真实意图可设计成一种仿效秘密的结构("秘密"一词的词源为 se-cernere,意为"分离、另置"),也就是说,意义被隐藏起来,被分离在情节之外,被预留到结尾,被另置他处。意义并非复杂深奥的谜团,它只不过是被作家隐藏了起来。③

此外,作家采用了多种后现代小说的叙事手法对文本进行"加密"。传统的现实主义小说常通过清晰的线性叙事、完整的情节结构、性格鲜明的人物形象来营造一种叙事的真实,追求有序性和整体性,以达到对现实的艺术模仿或再现。但后现代小说家则青睐各种层面的零乱、碎片、分裂和边缘。在《人工呼吸》中,皮格利亚就借用了后现代小说的叙事策略,

---

① 茨维坦·托多罗夫:《侦探小说类型学》,载《散文诗学——叙事研究论文选》,侯应花译,第 12 页。

② Piglia, Ricardo. *Crítica y ficción*, 2001, p. 15.

③ Piglia, Ricardo. "Nuevas tesis sobre el cuento", en *Formas breves*, 1999, pp. 120–121.

将作品打造成一个碎片化的文本，使叙事变得模糊混乱、缺乏连贯性，给人一种晦涩难懂、不知所云的感觉，通过上述方式将小说的真实意图巧妙地隐藏在"支离破碎"的文本中，成功地通过了文化审查。

一　零散开放的情节结构

侦探小说的情节采用由设谜至解谜的基本模式，属于线型情节叙事类型①。一方面，叙事的展开加速谜底的揭晓；另一方面，作者又不断设置障碍，拖延揭晓谜底的节奏。罗兰·巴特指出："叙事上，一个谜自问题引至解开，需经种种拖延。"② 传统侦探小说虽采用延误拖沓的叙事节奏，但其主线始终紧扣谜团的揭晓，拖沓不过是追踪路上的短暂停歇。因此，传统侦探小说的叙事是连续的、有序的、封闭的。而后现代侦探小说则夸大了这一拖延节奏，频繁使用离题、间断、重复等手法，切断连贯的叙事节奏，打破了封闭的写作。所以，后现代侦探小说的叙事是零散的、无序的、开放的，其情节类型是非线型的，"表现为线型情节的紊乱或隐退"，③基本特征为打破完整的情节结构、淡化人物和情节、打乱时间顺序等。

《人工呼吸》即属此类，首先，体现在情节的开放结构上。小说的叙事不是一个封闭的整体，并未在结尾解开谜团，而是留下了一个存在多种可能性的开放性结尾。其次，体现在情节和人物的淡化上。"故事中非动作因素比重增大是情节淡化的一种极端形式"，④ 小说摒弃了侦探小说中常见的凶杀、悬疑、惊悚等充满暴力及戏剧张力的情节，对动作的描写惜墨如金。小说讲述的是文人侦探追寻历史及文学等抽象谜团的故事，人物的行动局限于书写和说话这两种行为，通篇都是人物的议论和感受，整体叙事呈自然、平和的状态。

在传统小说中，情节事件的叙述往往会形成一种秩序，有了秩序便有了叙事中心。但后现代主义小说家则善用疏远甚至背离的策略以消解叙事的秩序及中心，采用"有头无尾"的情节模式赋予文本以不确定性及多

---

① "线型又称故事型，是情节的形式分类。它标明情节发展的轨迹，显示情节的组织关系。线型又分复线、单线和环线三种子类型。"参见胡亚敏《叙事学》，华中师范大学出版社1998年版，第130页。

② 罗兰·巴特：《S/Z》，屠友祥译，上海人民出版社2012年版，第48页。

③ 胡亚敏：《叙事学》，第132页。

④ 同上书，第135页。

种可能性。皮格利亚在《人工呼吸》中就采用了"离题手法"（digresión）。文学评论家马科·安东尼奥·坎波斯指出，这一手法是构成皮格利亚创作的基础之一，皮格利亚本人则纠正道："离题不是之一，而是唯一的基础。"①

《人工呼吸》小说情节的非线型特征突出体现在离题手法的运用上。伦西在1976年收到马基的第一封信可视为故事之"头"，情节之线由此展开："这就是他写给我的第一封信。而这个故事，也随之真正拉开帷幕。"（19）紧接着，书中写道："差不多一年后，我坐在一辆终点为巴拉圭的火车上，朝着他出发。列车晃晃悠悠，我昏昏欲睡。"（19）在看似情节即将按照顺序（或者说按照读者的阅读期待）发展，讲述"我"与马基的见面时，情节之线突然停滞不前，"原地踏步"，转而将重点放在两人通信内容的叙述上。

作者用通信这一缓慢且间接的沟通方式拖延着舅甥的见面。第一章末，伦西在给马基的信中写道："又及：我会去拜访卢西亚诺·奥索里奥的。回头我再写信告诉你此事，还有我去康可迪亚的事（等你告诉我怎么去找你之后）。"（40）当读者以为伦西与马基的见面即将有所进展时，情节又偏离主道，转而讲述伦西与卢西亚诺的见面，即第二章的内容。到了第三章，情节再次偏离，开始讲述恩里克·奥索里奥的故事。之后，情节线索则完全背离叙事主线，一些来历不明的人物和故事开始独立出现，成了一个个看似孤立的情节碎片。

在第四章，情节终于又回到伦西与马基的主线上，讲述伦西乘坐火车抵达康可迪亚。行文至此，叙事却再度拖延，引入伦西和塔德维斯基的彻夜长谈。这场漫谈包罗万象，涉及文学、哲学、历史、政治等话题，有些部分甚至晦涩难懂，与小说情节并无直接联系。在离题叙述近百页后，读者翘首期盼的伦西与马基的见面最终并没有实现。离题手法的运用淡化并消解了以伦西和马基为主的情节主线，使叙事逐渐偏离原本的中心轨道，变得零散而无序，充满不确定性，这就是翁贝托·埃科所谓的"开放的文本"的叙事手法。

---

① Campos, Marco Antonio. "Entrevista con Ricardo Piglia", en *Cuentos con dos rostros*, Ricardo Piglia, 1992, p. 98.

二　交错多变的叙事者视角

"视角表示讲述故事的方式——作者通过建立一种（或多种）模式向读者展示构成虚构作品叙事部分的人物、对白、行为、背景和事件。"[①] 或者说，视角指叙事者或人物从何种角度观察故事。视角一般分为三种类型：第一种为传统的全知视角，托多罗夫用"叙事者＞人物"的公式来表示，被称为"无所不知的叙事者的叙述"；第二种被托多罗夫表示为"叙事者＝人物"，指由人物的角度出发去展示其所见所闻，可采用单一人物或多个人物的视角去呈现故事，是一种带有叙述局限性的视角；第三种是"叙事者＜人物"的视角，指叙事者"严格地从外部呈现每一件事，只提供人物的行动、外表及客观环境，而不告诉人物的动机、目的、思维和情感"。[②]

《人工呼吸》采用了多种视角混合使用的手法。小说的第一、二两章以伦西的第一人称为主展开叙述，第三章包括恩里克·奥索里奥的叙事视角和另一个第三人称全知视角，第四章则主要由第三人称视角、塔德维斯基的第一人称叙述和伦西的第一人称这三种叙述视角构成。除各章节叙事视角不尽相同外，在同一语段中也常出现多种视角混合使用、频繁切换的现象。如下面这段描述：

> 上午十点，他从首都开来的火车上下来，站在车站的台阶上，有些晕头转向，向路人询问乌拉圭河在哪一侧。那我们六点见吧，我们在电话里商量。我是埃米利奥·伦西，他对我说。他是专程来康可迪亚的。塔多维斯基先生。是塔德维斯基，我纠正说，念"塔德维斯基"，重音落在第二个元音上。我告诉他怎样来俱乐部，如何见面，当然还有幸会，等等，然后就挂了电话。谁打来的？埃尔维塔问我。是马基老师的外甥，我说，他来取存放在我这里的一些材料。（107）

引文中除塔德维斯基的视角外还出现了一个传统的全知视角。显而易见，画线部分描述的伦西下火车的场景不是出自伦西，也不是出自塔德维

---

① M. H. 艾布拉姆斯：《文学术语词典》，吴松江等编译，第463页。

② 胡亚敏：《叙事学》，第32页。

斯基（因为他并未去车站迎接伦西），而是由一个全知视角观察到的景象。这个第三人称视角分散在小说中，间或出现，书中一直没有挑明叙述者的真实身份，显得神秘莫测。此外，画线部分的第一句话是用现在时态讲述的，第二句则换成了过去时态，紧随其后的塔德维斯基的陈述又回到了现在时态。不同时态的混用也使得叙述更加模糊。甚至是在第一人称占据中心叙述地位的篇章中，"我"的视角也会被突然打断，插入其他视角，原本流畅完整的叙述变得模糊而零散。我们摘录书中的一个片段为例：

> 这么说来你见到了堂卢西亚诺？……不知你是否知晓他的故事……我很敬仰他，马基在给我的信中写道，他觉得你和我相像，那是因为我开始频繁拜访他时，正是你这个年纪……昨晚，我和塔德维斯基，一位波兰朋友，聊天聊到天亮，讨论象棋的有些规则可以改变。他对我说，应该设计一种玩法，棋子的位置并不是一成不变的，也就是说，棋子在同一位置停留一段时间后其位置可以改变，位置一变，棋子也随之变得更强或更弱。就现有规则而言，他说，马基给我写道，象棋这一运动不会有任何发展，永远都是原地踏步……我们就以这样的讨论消磨外省的闲暇时光，如你所知，外省的生活非常单调，乏味至极。拥抱你。马塞洛·马基老师。（21—24）

这是一封马基写给伦西的信，初看会以为是原信的呈现。但在以马基为第一人称的叙述中，却插入了伦西的第一视角（如着重号标出部分所示）。这样一来，这封信又像是在以伦西为第一人称视角叙述的篇章中，被伦西所引用的内容。叙事视角的交错和不稳定使故事显得捉摸不定，从而加大了读者辨认的难度。

《人工呼吸》还采用了同一叙事者视角多变的手法。伦西是小说中最重要的叙事者。从叙事者类型来看，他属于"同故事叙事者"[1]，即"叙

---

[1]　"同故事叙事者"（英语为 homodiegetic narrator，西班牙语为 narrador homodiegético），参见杰拉德·普林斯《叙述学词典》，乔国强、李孝弟译，修订版，上海译文出版社2011年版，第95页。

述者是故事中的人物，他叙述自己的或与自己有关的故事"。① 但伦西的叙事视角并不是固定、静止的，而是游移不定、富于变化的。

　　在第一章中，伦西作为小说主人公的"同故事叙事者"身份出现，居于叙述的中心地位，以第一人称回忆了马基的故事，并展示了他与马基之间的通信内容等。但在第二章及第四章中，伦西虽然仍以第一人称展开叙述，却不再居于中心地位，其身份变成了小说的次要人物或旁观者。伦西的叙述地位被边缘化，他成了被偶尔提及的无足轻重的聆听者，如在第二章中，通篇都是由"卢西亚诺说道""他说道"和"参议员接着说道"等衔接起来的卢西亚诺·奥索里奥一个人的话语，直至后面才出现几句"他对我说"、"'年轻人'，他接着说道，'这么说来你要去见马塞洛？'"（62）以点出与参议员对话的听者是作为第一人称的伦西。第四章的第二部分也是如此，虽以伦西的第一人称视角展开，但故事的主要叙述者很快就成了塔德维斯基：

　　　　这边走，塔德维斯基对我说。我们先去大堂。马基老师回来了吗？塔德维斯基问。前台服务员说他们刚刚轮班，他才过来，不是很清楚，但可能有人回来了，他说，因为钥匙不在。那我们上楼吧，塔德维斯基说道。如果他已经回来了，我们现在上去他很可能在睡觉呢，他说，他可能还不知道你已经到了呢。（151）

　　引文中，伦西虽以第一人称展开叙述，但他承担的角色不过是连缀起以塔德维斯基为主的他人话语的"穿针引线者"。换言之，以第一人称叙事中，他人的话语或经历成了主体与焦点。这种逆向视角的使用干扰了原本的叙事视角，使故事增添了一种错乱感。这也是《人工呼吸》叙事视角的第三个特点。

三　含混模糊的人物话语

　　人物话语共有四种模式：直接引语、自由直接引语、间接引语及自由间接引语。"变换人物话语的表达方式成为小说家用以控制叙述角度和叙

---

① 胡亚敏：《叙事学》，第41页。

述距离，变换感情色彩及语气的有效工具。"①　皮格利亚在《人工呼吸》中采用了多种话语模式混合使用的手法，增添了叙事的含混性和模糊性。

小说第二章展示的是卢西亚诺·奥索里奥和伦西之间的对话，全由直接引语构成。直接引语是人物语言的真实记录，热奈特称之为"人物说出来的话的本来面目"，②　一般用引号将其与叙述者的话语分开。人物对话是直接引语中最常见的形式，一般分为两种类型："一种为交流型，即通过闲聊、辩论等方式达到人物之间的互相了解和对故事、对世界的逐步认识。这种对话的言辞大都具有明确的含义，人物在对话中获得共识。另一种为含混型，即人物在对话中未达到真正的交流。"③　卢西亚诺·奥索里奥和伦西之间的这场对话就属于含混型，对话虽然不间断地进行，但人物之间并没有达到真正意义上的交流。伦西只是一个可有可无的、几乎隐形的对话者，读者看到的只有卢西亚诺·奥索里奥内心独白般的自言自语：

> "你可以叫我参议员。"参议员说道。"或者前参议员，你可以叫我前参议员。"前参议员说道。"我在 1912—1916 年担任该职，是由萨恩斯·佩尼亚法选出的。那时参议员一职几乎是终身制的，所以说，实际上应该叫我参议员才对。"参议员说道。(43)

小说第四章以塔德维斯基为第一人称展开叙述的部分，我们所看到的话语模式和第二章非常相似，只是没有引号标记而已。这种模式被称为自由直接引语，"自由直接引语指不加提示的人物对话和内心独白，其语法特点是去掉引导词和引号，以第一人称讲述"。④　在这部分，塔德维斯基的讲述占据了大量篇幅，伦西同样扮演了几乎"缺席"的对话者角色：

> 随后，我对伦西说，我和老师不同。我说，我不喜欢改变。再说了，改变绝非易事。你说是不是？事情应该改变，应当改造，但是人

---

① 申丹：《叙述学与小说文体学研究》，北京大学出版社 2004 年版，第 288 页。
② 转引自胡亚敏《叙事学》，第 90 页。
③ 胡亚敏：《叙事学》，第 90—91 页。
④ 同上书，第 94 页。

也该如此吗？我对他说，改变远比人们想象的要困难、要危险。（109）

《人工呼吸》叙事话语最大的特色在于话语模式的内部"混搭"，即在直接引语中加入他人的话语。通过这一手法，话语由一个说话者增加到多个说话者，故事也得以扩展，更加复杂。小说中的话语混搭主要分为两类，一类是在直接引语中直接插入另外一个人的话语。例如在第二章中，作者多次在卢西亚诺的话语中加入马塞洛·马基等人的话语：

> 他随后说，"马塞洛坐牢时，他们不准我见他。我甚至怀疑是他本人拒绝见我。（……）我看书，思考，锻炼身体，他在给我的信里提到。"参议员聊起马塞洛曾告诉他的话："我认识了一个意大利皮埃蒙特人，名叫科斯梅，……另外，我常和狱友一起打牌。我们组织了一个比赛，我打得还算不赖……牢里确实没几个女人，这是实情。不过倒也多了许多交流思想的时间。既然都已身陷囹圄，也就可以畅所欲言了。"参议员说。"我对他说"，他说，"暴风雨总会过去……"（44—45）

引文中的画线部分均为卢西亚诺向伦西转述马塞洛·马基曾经对他说过的话。一般情况下，在直接引语中转述他人话语会处理成间接引语的形式，如把"我看书，思考……"或"我认识了一个意大利皮埃蒙特人……"等话语处理成"马基说他看书，思考……"或"马基说他认识了一个意大利皮埃蒙特人……"但作者并未选择这样做，而是将马基的第一人称话语直接加入到卢西亚诺的叙述话语中。这种处理方式使原本单一的话语层具有了一种套盒般的层次，结构更加复杂，内容也更加丰富。

小说中话语混搭的另一种形式是在自由直接引语中加入他人的话语。如第四章中，塔德维斯基与伦西的谈话中，大量提及、转述或援引书中人物、著名哲学家、思想家或作家等的话语：

> 不错吧，是不是？瓦莱里的思想。是的，我对他说，是不错。差不多在同一个年代，我对他说，布莱希特曾说道世间最美的莫过于定

理。哥德尔定理，布莱希特说，我对塔德维斯基说，比波德莱尔笔下最美的诗句还要优美。塔德维斯基又一次起身，在房里踱步。*如胶似漆的恋人，严峻刻苦的学者，他边走边吟，到了成熟的年纪，都同样爱猫，强健有力的猫，温柔懒散的猫。*也不错，他说，夏尔·波德莱尔的诗。（194）

在这段以伦西为第一人称叙述的自由直接引语中，加入了对话者塔德维斯基的话语、伦西引用的布莱希特的话语，以及塔德维斯基吟诵的波德莱尔的作品《猫》中的几行诗句等形式的间接引语。

热奈特指出，间接引语"这种形式有较强的模仿力，而且原则上具有完整表达的能力，但它从不给读者任何保证，尤其不能使读者感到它一字不差地复述了'实际'讲的话"。[1] 而直接引语，尤其是自由直接引语，是"叙述干预最轻、叙述距离最近的一种形式"，"使读者能在无任何准备的情况下，直接接触人物的原话"。[2] 但在《人工呼吸》中，大量间接引语被带入直接引语中，与对话主体交融混合，使话题频繁切换扩散，消解了直接引语原本清晰、直接的叙述功效，使人物话语变得零散、无序，毫无中心可言。读者从一个人的话语被引向另一个人的话语，甚至多个人的话语，仿佛进入了一个由多种话语编织的迷宫。正如文学评论家玛丽亚·克里斯蒂娜·彭思所言，《人工呼吸》的读者"很难确定是'谁'在讲述'什么'故事"。[3]

四 拼贴画式文本

拼贴（collage）一词源自绘画领域，指由纸片、布块等材料粘在一个平面上所构成的图画。作为一种写作技巧，拼贴是指模仿拼贴画的手法，在文本中嵌入其他文本，如语录、广告词、新闻报告、典故、外语、菜单、图画等，从而打破传统小说的结构形式，产生出新奇的效果。

拼贴技巧最早可追溯到《堂吉诃德》《项狄传》等作品，但一般来

---

① 热拉尔·热奈特：《叙事话语、新叙事话语》，王文融译，中国社会科学出版社 1990 年版，第 115—116 页。

② 申丹：《叙述学与小说文体学研究》，第 299 页。

③ Pons, María Cristina. *Más allá de las fronteras del lenguaje：un análisis crítico de* Respiración artificial *de Ricardo Piglia*，1998，p. 63.

讲，这一叙事策略直到后现代文学中才被广泛采用。荷兰文学理论家塞奥·德汉指出，现代主义和后现代主义小说家都使用了拼贴手法，但前者使用的频率大大低于后者，而且效果也截然不同。现代主义小说家在嵌入新闻、演说、传记等材料时，是按预先设计好的结构来安排的，强调统一性、整体性和同时性，即从不同角度同时观察、描绘同一事物，旨在作品中表现世界的复杂性。但后现代文学拼贴则不同，每一个文本碎片都是独立的、零散的，它们在时空上并没有彼此的相互联系，不具备同时性和整体性。①

在《人工呼吸》中，皮格利亚将信件（以马基和伦西的通信以及阿罗塞纳截获的信件为主）、对话（以卢西亚诺和伦西的对话以及塔德维斯基和伦西的对话为主）、恩里克·奥索里奥留下的历史档案（包括恩里克的日记、书信及小说《1979》等材料）等形式各异的文本嵌入主文本中，构成了一个不连贯、碎片式的后现代拼贴画文本，从而呈现出一个万花筒般的世界。这一手法使整个文本变得支离破碎，打破了传统小说完整的形式结构，如小说中第三章的第二部分是这样开始的：

> 其中一封信件已解密。或者说，所有信件均已解密。阿罗塞纳把铺在桌上的信件重新整理了一遍。……他数了数，一共是八封……他拿起一封信，信是用打字机打的……他举起信纸，背着光仔细揣摩，然后又放下信纸，读了起来。（76）

在第三人称叙述者交代了阿罗塞纳的活动后，文本中直接嵌入了一封落款为罗盖的人从加拉加斯写来的信："这儿的生活平淡无奇，没什么可聊的。天气非常炎热。……朋友们常常念叨你。问候玛达莱娜和小子们。我等你消息。想你！罗盖。"（77）紧随其后的是与阿罗塞纳及被他截获的信件毫无关联的恩里克·奥索里奥的日记及信件："1850 年 7 月 14 日，今天我在思考一个问题：何为乌托邦？"（78）再之后，又是一封被阿罗塞纳截获的信件："尊敬的市长大人：我基本可以确定我们是在位于塞古罗拉大街 900 号的皮苏诺小学认识的。……尊敬的市长大人，向您致以最

---

① 参见塞奥·德汉《美国小说和艺术中的后现代主义》，载佛克马、伯顿斯编《走向后现代主义》，北京大学出版社 1991 年版，第 256—261 页。

诚挚的问候！埃切瓦内·安赫莉卡·伊内丝。"（80—82）随后又插入了一段第三人称对阿罗塞纳活动的简短描述。之后，又是恩里克·奥索里奥的日记和信件的交错拼贴。

在《人工呼吸》中，作者除了在形式结构上使用了拼贴手法，在人物的对话中也常嵌入信件或留言等文本。如小说第二章，参议员在谈话中回忆起他的父亲：

> "他一身黑衣，前往位于河边的一个庄园参加决斗……。"参议员的父亲出发前留下一份短笺，写道："现在是早上五点。一整天我都没有离家半步。我手里掌握的所有关于那懦夫及其助手的消息"，参议员转述他父亲的信，"都非常明确地表明，那对我来说简直是易如反掌，尽管大家都说来者不善，我父亲说"，参议员说道。"我亲爱的，他给我母亲写道，假如在荣誉的战场上等待着我的将是不幸，那么我想，你一定会怀着对上帝的爱，对祖国的爱，以及对米特雷将军的爱，好好抚养我留在你腹中的孩子，也就是我"，参议员说道。"1879 年一个清冷的早晨，我的父亲死了。"一阵刺骨的寒风从河那边吹来，穿过林间，只留下萧萧风声。"我父亲竖起衣领，他生怕这会被人误作是胆小之举，于是索性脱掉外套。在紫荆树暗黑底色的映衬下，他那件白色的衬衣显得格外刺眼。"（50—51）

引文中，皮格利亚将参议员父亲的信件内容用斜体标示，以区别于卢西亚诺·奥索里奥的话语，但却被直接置于直接引语的引号内。信件文本被突兀地剪贴在对话文本中，不仅干扰了对话的流畅与连贯，丰富了情节，同时也凸显了作者创作的游戏性。在此，作者还使用了蒙太奇的手法"将一些在内容和形式上并无联系、处于不同时空层次的画面和场景衔接起来，或将不同文体、不同风格特征的语句和内容重新排列组织，采取预述、追述、插入、叠化、特写、静景与动景对比等手段，来增强对读者感官的刺激，取得强烈的艺术效果"。①

在上段引文中，包含了三个不同的时空层次，由卢西亚诺与伦西的对

---

① 杨仁敬等：《美国后现代派小说论》，青岛出版社 2004 年版，第 37 页。

话、卢西亚诺父亲的信笺和一个全知的第三人称叙事时空构成。皮格利亚使用蒙太奇这一特殊手法让叙事之镜在三个时空来回摇摆，围绕卢西亚诺父亲之死"剪辑"相关的叙述、回忆与信件，营造出极具画面感和感染力的情境。首先是卢西亚诺的回忆："他一身黑衣，前去参加决斗"；紧接着镜头一转，切换到数年前，他父亲在临行前写下的"绝笔"，以第一人称记录了他参加决斗前的心情，字里行间隐隐透出对不幸结局的预感；随后，镜头再次回到卢西亚诺的讲述："1879 年一个清冷的早晨，我的父亲死了"；再之后是一个类似旁白的全知视角："一阵刺骨的寒风从河那边吹来，穿过林间，只留下萧萧风声"，通过环境描写，烘托出人物悲痛的心情；最后镜头定格在卢西亚诺对父亲的回忆上，他父亲的衬衣在紫荆树暗黑底色的映衬下白得刺眼，这种黑白两色的强烈对比，凸显了死亡的气息。

五　多种文学体裁混用

"文学体裁混用"又称"文类混用"，指模糊、超越和混合不同的文学体裁。一般分为三种：一种是诗歌、小说、散文、戏剧等主体裁间的混用；一种是亚体裁的混用，如戏剧中的喜剧、悲剧等的混用，以及小说中的历史小说、科幻小说、成长小说等混用；还有一种是二者的混合体。美国文学理论家查尔斯·纽曼称之为"反体裁的写作"。他指出，后现代主义小说家在创作中消解了体裁之间的界限，将多种体裁混合使用，"反体裁已成为我们时代主导的模式"。①

后现代作品中文类的混用"无定数、无规矩，混用多少文类，混用什么样的文类，这些全由小说家说了算"。② 皮格利亚对这种写作手法青睐有加，"我对各种体裁的杂糅尤其感兴趣，如捏造的自传，对历史的探寻，杂文与小说之间的张力等。这种大融合的出发点是，万事万物皆可虚构"。③《人工呼吸》就是一部混合了多种亚体裁的作品：可以说它是历史小说，但又不全是历史小说；它是侦探小说，但又不全是侦探小说；占据小说大量

---

① 查尔斯·纽曼：《后现代主义写作模式》，载王潮选编《后现代主义的突破——外国后现代主义理论》，第 132 页。

② 胡全生：《后现代主义小说的文类混用》，《江西社会科学》2014 年第 10 期，第 94 页。

③ Jozef, Bella. "Conversación con Ricardo Piglia", en *Ricardo Piglia: la escritura y el arte nuevo de la sospecha*, Daniel Mesa Gancedo (coord.), 2006, p. 59.

篇幅的信函使这部作品带有明显的"书信体小说"① 特征;伦西在马基等人的引导下,逐渐成熟,认识到文学的历史使命这一过程,又使小说带有"成长小说"② 的影子。

此外,从微观角度看,皮格利亚在小说叙事中嵌入了大量文学批评、哲学思考等内容,将小说体裁与散文体裁混杂交融。如小说中第四章,情节十分简单,讲述的是伦西来到康可迪亚与塔德维斯基碰面,二人一边谈话一边等待马基的到来。但这场谈话却占据了小说整整一半的篇幅,其中涉及文史哲等多个方面的内容,提及的作家、哲学家、思想家、历史人物、文学作品、名言警句复杂纷繁,令人目不暇接。我们摘录几个片段进行分析:

> 他说,戏仿不再是蒂尼亚诺夫及其追随者眼中的那个戏仿,不再是文学革新的标志,而是一跃成为现代生活的中心。(112)
>
> 在他看来,那张名单上可追溯到佩德罗·德安赫利斯,近可提及我的同胞波兰作家维托尔德·贡布罗维奇。……德安赫利斯出身高贵,学识渊博,他是研究维科和黑格尔的专家,曾辅导若阿尚·缪拉的子嗣,曾任驻圣彼得堡文化参赞,是《百科全书评论》的撰稿人,他还是儒勒·米什莱和德斯蒂·德·特拉西的朋友。后来,他来到布宜诺斯艾利斯,成为罗萨斯的左膀右臂。(113)

以上两段谈话,不过寥寥数行,却提到了俄国文学理论家蒂尼亚诺夫,生于意大利后移居阿根廷的历史学家、哲学家佩德罗·德安赫利斯,波兰文学家维托尔德·贡布罗维奇,意大利语言学家、历史学家和美学家乔瓦尼·巴蒂斯塔·维科,德国哲学家黑格尔,曾任法国第一帝国元帅及那不勒斯国王的若阿尚·缪拉,法国历史学家和文学家儒勒·米什莱以及法国哲学家德斯蒂·德·特拉西等多位来自不同国家、不同领域的知名人物。此外,谈话内容还涉及俄国形式主义文学理论中的戏仿概念以及法国

---

① "书信体小说",指叙述内容主要靠人物间信件的交流来传达的叙事文学作品。参见 M. H. 艾布拉姆斯《文学术语词典》,吴松江等编译,第 383 页。

② "成长小说",又称"主人公成长小说"或"教育小说",以叙述主人公思想和性格的成长与发展为主题。参见 M. H. 艾布拉姆斯《文学术语词典》,吴松江等编译,第 387 页。

教育家马克·安托万·朱利安于 1819 年创办的知名学术杂志《百科全书评论》（*Revue encyclopédique*）。

《人工呼吸》中的人物多为知识分子，他们的谈话以文史哲为主并不突兀，但普通读者很难顺畅无阻地理解人物谈论的话题，除非是知识结构非常丰富的读者。小说中大段的文学评论更让阅读变得困难重重，举步维艰，如伦西和同为作家的马科尼之间的文学讨论，从博尔赫斯谈到罗伯特·阿尔特，从阿根廷文学转至欧洲文学，从小说、散文到诗歌，吟诗诵文，旁征博引，洋洋洒洒达 17 页之多。我们来看这段描述：

> 是谁在这个毫无信仰可言的地方引用博尔赫斯的话？坐在邻桌的马科尼问道。是谁在这个偏远的阿根廷河畔小城诵读豪尔赫·路易斯·博尔赫斯的作品？马科尼边说边站起来。请允许我和您握个手，他边说边走过来。这种可无限应用的技巧要求我们在翻阅《奥德赛》时，把它看成是后于《埃涅阿斯记》的作品，马科尼背诵道。这种技巧能使最枯燥乏味的书籍变得妙趣横生。因为文学是一种艺术，马科尼接着背诵，然后突作停顿，说道：我可以坐下吗？因为文学就是这样一种艺术，它能预言那个它曾经缄默不语的时代，它溃散堕落所向披靡，它目标明确奋起直追。我的名字，他说，叫巴托洛梅·马科尼。（128—129）

这段文字中标着重号或下划线的部分，在上下文中显得有些格格不入。读者读起来会有如坠云雾之感。其实，这是马科尼在引用博尔赫斯作品中的话，分别出自《〈吉诃德〉的作者皮埃尔·梅纳尔》（"Pierre Menard，autor del *Quijote*"，1941）和《读者的迷信的理论观》（"La supersticiosa ética del lector"，1930）。马科尼在小说中一出场就直奔文学主题，引用博尔赫斯散文中的原句作为"开场白"。随后他和伦西之间的讨论更是视角新颖、见解独特。如伦西认为，1942 年罗伯特·阿尔特的逝世影响重大，因为"阿根廷现代文学就此终结，那之后的阿根廷文学，就是一片荒漠"。（130）在他眼里，博尔赫斯不是一位 20 世纪作家，而是"阿根廷 19 世纪最出色的作家……他的整个文学创作是为 19 世纪文学画上句号而做的不懈努力。他将 19 世纪文学创作的两条基本主线并拢交汇，合二为一"。（130）而"阿尔特是破旧立新之人，他是阿根廷 20 世

纪文学涌现的作家中唯一一个真正意义上的现代作家"。(133)

诸如此类的文学评论一段接着一段，构成谈话的主要内容。在十多页的学术话题讨论中，作家只插入了几句极为简短的日常对话："我来点杜松子酒，马科尼说。瓦洛蒂亚？伦西？"（129）"你要杜松子酒吗？马科尼说。加点吧，伦西说。瓦洛蒂亚？多加点儿冰，我对他说。"（131）零星出现的日常对话与长篇累牍的文学评论形成鲜明对比，读者恍若置身于一场文学讲座的现场，而非聚会闲聊的咖啡馆。

皮格利亚在人物对话中加入的这些杂文式的内容引发了一些争议。有些读者和评论家表示无法理解，觉得怎么可以在对话中谈到那类话题呢？而且还是侃侃而谈，滔滔不绝。对此，皮格利亚回应道：

> 《人工呼吸》中的一些内容，有人觉得不该出现在一部小说中，但我恰恰是那种认为一切都可以纳入小说的人。各式各样的情感、五花八门的想法、金钱的流通，还有拂晓的晨光，我越来越觉得世间万物都可以写入小说，不论是一场哲学辩论，抑或乌尔基萨溃不成军的余部渡涉帕拉纳河，只要掌握叙述之道，一切都可以成为小说。①

在一次访谈中，皮格利亚提到，伦西和马科尼关于罗伯特·阿尔特和博尔赫斯的讨论"放在小说中远比将之作为文学评论发表要有趣得多"。②作家认为，那是小说中最为真实的地方：

> 那些年，我们在布宜诺斯艾利斯的酒吧……谈论文学，直至东方既白，讨论非常激烈。我们将生命倾注其中，将这样的讨论变成一种激情，正如小说里呈现的那样，这种激情堪比对某个女人的激情或人类的其他任何一种激情。这种混用是我创作文学作品的方式之一。③

皮格利亚感慨道："假如这种叙事手法是我创造的，那该多好啊！遗

①　Piglia，Ricardo. *Crítica y ficción*，2001，p. 98.

②　Piglia，Ricardo. "La lectura de los escritores es siempre una toma de posición"，*en Conversaciones：entrevistas a César Aira，Guillermo Cabrera Infante，Roger Chartier，Antonio Muñoz Molina，Ricardo Piglia，y Fernando Savater*，Carlos Alfieri，2008，p. 74.

③　Ibid.，pp. 74 - 75.

憾的是，这并非我首创。"① 他指出，这一手法的运用在塞万提斯、乔伊斯那里就已出现，在阿根廷最早可追溯到《马丁·费耶罗》② 和《法昆多》③，而且，在马塞多尼奥、博尔赫斯、科塔萨尔等作家的作品中也屡见不鲜。皮格利亚也强调马塞多尼奥对他的影响巨大：

> 马塞多尼奥·费尔南德斯的出现可谓文学史上的重大事件，时至今日，我们仍有很多可以向他借鉴学习的地方。……他将一切都纳入作品中：在小说中混入一个菜谱……或者一段关于叔本华的评论。④

值得指出的是，在皮格利亚的作品中，文学体裁混用的例子不胜枚举，最大的特色在于作家在创作中消解了叙事文学和文学批评的界限，将两种体裁巧妙地融为一体。一方面，作家在虚构作品中加入大量文学批评，除本文分析的《人工呼吸》外，《缺席的城市》《夜间目标》及《艾达之路》等小说中也有相当篇幅的文学评论；另一方面，皮格利亚认为，"由作家撰写的文学评论是一面可以窥见其文学作品的神秘镜子"，⑤ 他笔下的文学批评也常带有虚构色彩，如杂文集《简短形式》一书，从理论上讲是一部文学批评作品，但由于虚构元素较多，读起来更像是一部短篇小说集。

通过运用上述叙事手法，皮格利亚成功地将《人工呼吸》打造成一个秘密故事。所谓秘密故事，"并非指因解读不同而导致意义的隐藏，而是指一个以谜一般的形式讲述的故事……是一个被加密的文本"。⑥ 不论是情节结构、叙事视角、人物话语，还是文本体裁，整部小说被皮格利亚处理成一个破碎的、开放的、含混的、复杂的文本，充分体现了后现代

---

① Piglia, Ricardo. *Conversación en Princeton*. Arcadio Díaz Quiñones, Paul Firbas, Noel Luna y José A. Rogríguez Garrido（eds.），1999，p. 18.

② 《马丁·费耶罗》（*Martín fierro*），全名《高乔人马丁·费耶罗》（*El gaucho Martín Fierro*），是何塞·埃尔南德斯（José Hernández, 1834－1886）于 1872 年创作的长诗，被誉为阿根廷高乔诗歌的代表作。

③ 《法昆多》即《法昆多：文明与野蛮》（*Facundo: civilización y barbarie*, 1845），为萨米恩托的代表作。

④ Piglia, Ricardo. "La lectura de los escritores es siempre una toma de posición", p. 89.

⑤ Piglia, Ricardo. *Formas breves*, 1999, p. 138.

⑥ Piglia, Ricardo. "Tesis sobre el cuento", en *Crítica y ficción*, 1993, pp. 76－77.

文本的模糊性、零乱性和不确定性。"在后现代主义小说中，零散、片段的材料就是一切，它永远不会给出某种意义组合或最终'解决'，它只能在永久的现在的阅读经验中给人一种移动组合的感觉。"① 或许正因如此，独裁政府的文化审查人员才会"迷失"在万花筒般的文本世界里，无法从零散、晦涩的叙事中发现任何蛛丝马迹，让皮格利亚这个聪明的"罪犯"成功逃脱。

---

① 陈世丹：《美国后现代主义小说详解》，南开大学出版社 2010 年版，第 127 页。

第 五 章

追寻文本的真相:侦探型读者对
《人工呼吸》的解码

在《阿根廷文学中的虚构与政治》("Ficción y política en la literatura argentina")一文中,皮格利亚阐述了阿根廷政治与虚构之间的关系:

> 阿根廷政治充满了虚构……政府不得不虚构大量故事以维护霸权。……我常引用瓦莱里的这句话来阐释这一关系:"秩序社会需要借助虚构来统治,因为没有哪种权力具备仅靠专制手段就能建立秩序的能力,他们还需要借助虚构的力量。"[①]

作为阿根廷"肮脏战争"时期留在国内的作家,皮格利亚清醒地认识到,军政府为建立社会秩序,除靠直接的暴力手段外,还借助了虚构的力量,通过"编故事"的方式给人洗脑。比如,独裁政府大肆宣扬的"外科手术"故事:军政府把阿根廷比喻成一个生病的机体,癌细胞正在不断繁殖扩散,为此,他们不得不扮演医生的角色,采取外科手术般的暴力行动,切除恶性肿瘤以挽救阿根廷的生命。[②] 皮格利亚认为:"政府的这种虚构的力量无疑与一个作家的创作经验相似"。[③] 独裁政府需要不停地编造故事以掩盖真相,对人进行思想洗脑。而作家的虚构则提供了一种

---

① Piglia, Ricardo. "Ficción y política en la literatura argentina", en *Literatura argentina hoy: de la dictadura a la democracia*, Karl Kohut y Andrea Pagni (eds.), 1989, p. 97.

② 参见 Piglia, Ricardo. *Tres propuestas para el próximo milenio (y cinco dificultades)*, 2001, pp. 23 – 24。

③ Piglia, Ricardo. "Ficción y política en la literatura argentina", en *Literatura argentina hoy: de la dictadura a la democracia*, Karl Kohut y Andrea Pagni (eds.), 1989, p. 97.

不同于官方故事的版本。换言之，政府通过虚构去隐藏、掩盖真相；作家则通过虚构去寻找、挖掘被隐藏的真相。

作为《人工呼吸》的作者，皮格利亚面临的其实是两类读者，一类是军政府审查机构；另一类是他心目中的理想读者，即"侦探型读者"。因此，在创作这部小说时，皮格利亚采用了一种双重编码的形式：一方面，他需要借用各种叙事手法去欺骗审查人员；另一方面，作为一名有社会责任感、有良知的作家，皮格利亚又试图在文本中给"侦探型读者"留下暗示，引导他们挖掘小说中的"隐藏故事"，解密作者的真实意图。

墨西哥作家、文学评论家胡安·比略罗（Juan Villoro，1956 – ）指出："像皮格利亚这样重视读者的作家并不多见。他的作品，不是渴求被读者读懂，而是需要读者去完成。"① 《人工呼吸》就是这样一部有待读者去"完成"的开放型作品。皮格利亚曾写道：

> 文学探讨的是语言的边界，文学是一种含蓄、不明言的艺术。这是我从司汤达和海明威那里学到的叙事策略。对他们而言，已述之事是小说，未言之事亦是小说。从这个意义上讲，穆齐尔关于《没有个性的人》的一句话或许可以概括我想表达的意思："这部小说讲述的是这样一个故事：那个本该在小说中讲述的故事并未被讲述。"②

翁贝托·埃科在其著作《神话中的读者》中提到的观点与皮格利亚的论述极为相似。他指出，文本区别于其他言语的一大特征就是复杂性，而构成其复杂性的主要原因就在于文本中含有大量的"未言之物"。埃科认为，"未言"（no dicho）是指未在作品表层，即表述层面提及之事。为了挖掘这些未言的内容，需要读者积极主动有意识地参与。③ 那么，《人工呼吸》中真正的秘密是什么？"未言之事"到底是什么？那本该被讲述却并未被讲述的故事又是什么？这一系列疑问都有待读者去解答。

作为《人工呼吸》的读者，每个人都拥有属于自己的解读。我们试

---

① Villoro, Juan. "Exasperar ideas", en *El lugar de Piglia: crítica sin ficción*, Jorge Carrión (ed.), 2008, p. 318.

② Piglia, Ricardo. *Crítica y ficción*, 2001, pp. 54 – 55.

③ 参见 Eco, Umberto. *Lector in fabula. La cooperación interpretativa en el texto narrativo*, traducción de Ricardo Pochtar, 1993，p. 74。

图效仿侦探型读者，透过小说的"可见故事"挖掘其"隐藏故事"，探寻被作家层层织入小说文本的秘密。

第一节　侦探型读者：探究《人工呼吸》中的空白

在《人工呼吸》中，皮格利亚给读者提供的是一个拥有诸多"未言之事"的开放性文本，有待读者在阅读过程中去想象和填补。"未言之事"即"空白"，指文本中未呈现的部分，是文本结构中的"无言"，空白的确定与实现依赖的是文本与读者的交流。空白在艺术作品中随处可见，中外学者对此都有诸多研究。中国理论家对诗歌、绘画、书法及戏剧等领域的空白的研究篇章如云。刘勰在《文心雕龙·隐秀》中就曾写道："隐也者，文外之重旨者也"，"隐以复意为工"，认为诗文具有双重或多重意义，最重要的在于"隐"，在于隐含在"文外"的意义。美学家朱光潜更是用"无言之美"精辟概括了空白的艺术特征：

> 无穷之意达之以有尽之言，所以有许多意，尽在不言中。文学之所以美，不仅在有尽之言，而尤在无穷之意。推广地说，美术作品之所以美，不是只美在已表现的一小部分，尤其是美在未表现而含蓄无穷的一大部分，这就是本文所谓无言之美。①

波兰哲学家、美学家罗曼·英加登（Roman Witold Ingarden，1893 – 1970）是最早对叙事文学作品中的空白做系统研究的西方学者之一。他在论著中阐述了文本层次结构中未呈现部分与阅读的关系，提出文本层次中存在着诸多"未定的点"，或称"未定之处"。读者需要对文本进行"具体化"，即"排除或填补未定点、空白或文本中的图式化的环节"，从而理解一部文学作品。②

德国接受美学理论家、文学理论家沃尔夫冈·伊瑟尔（Wolfgang Iser，1926 – 2007）在罗曼·英加登"未定的点"的基础上，提出了"空

---

① 朱光潜：《朱光潜美学文集》第 2 卷，上海文艺出版社 1982 年版，第 480 页。
② 参见 H. R. 姚斯、R. C. 霍拉勃《接受美学与接受理论》，周宁、金元浦译，第 300—305 页。

白"这一概念。他认为，"现代小说以空白为主是为了适应读者自己的创造"，[①] 空白是构成文本和读者交流的基本条件，空白是读者阅读过程中不可或缺的动力，是"读者想象的催化剂，促使他补充被隐藏的内容"。[②] 文本空白主要包含两个方面：一方面是指内容上的某些空缺，即作者在文本中没有写出或者未明确写出的部分，如人物、情节、环境等，有待于读者在阅读过程中根据文本的暗示去填补和充实；另一方面，是指文本意义的多义和含混，包括文本的词语、意象、情节、主题等的不明确以及潜在的多种理解的可能性。

《人工呼吸》是皮格利亚精心加密过的文本，存在着大量的"未言之事"，因此，侦探型读者首先要做的就是积极主动地去发现文本中的空白，探寻那"绝不提及"的文本中的秘密，通过像侦探般的逻辑推理和理性的想象去参与文本的创作。正如翁贝托·埃科所言，文本是一个开放的宇宙，读者必须具有怀疑精神，因为文本的一字一句都隐藏着另一个秘密的意义，"真正的读者是那些懂得文本的秘密就是'无'的人"。[③] 本节将清点作者在文本中留下的空白，挖掘《人工呼吸》中的"未言之事"。

皮格利亚认为结尾在"两个故事"的情节架构中占有重要的地位："叙事艺术是错觉的艺术，是曲解的艺术。故事按照某个确定且隐秘的构思展开，直至结尾，那未知的真相才得以显现。"[④] 在《人工呼吸》中，读者受邀与伦西一起去探究马基的秘密。但这个谜团在历经种种离题和拖延后，并未在小说的结尾处真相大白：马基没有出现。小说的叙事节奏一直平缓拖沓，但在结尾处却情节突变，给了读者一个巨大的意外，击碎了读者的阅读期待。这个开放无解的结尾势必唤起读者的追问：马基和伦西相约见面，但他为什么没有出现？他是失踪了？还是遭遇了不测？

于是，读者发现了小说中的一个空白，即马基的缺席。马基是一个贯穿小说始末的人物。一开始，伦西就以第一人称讲述起马基的故事，却从未提及他的姓名，均以"他""我母亲的兄弟"来指代。马基的名字首次

① 沃·伊瑟尔：《阅读行为》，金惠敏、张云鹏等译，湖南文艺出版社1991年版，第249页。
② 同上书，第249—250页。
③ 艾柯：《诠释与历史》，载艾柯等著，王宇根译《诠释与过度诠释》，第48页。
④ Piglia, Ricardo. "Nuevas tesis sobre el cuento", en *Formas breves*, 1999, p. 115.

出现在小说中也不是通过伦西，而是在马基写给伦西的信中。这种叙事方式唤起了读者对神秘的"他"的好奇。小说中对马基的描述大多都是间接的、碎片式的，他存在于伦西的记忆中，存在于和伦西的通信中，存在于卢西亚诺和塔德维斯基等人物的谈话中，却从未真正出现，是一个自始至终都缺席的人物。

小说中曾两次引用维特根斯坦的名言："凡不可言说的，应当沉默"；（167）"凡不可说的，最好沉默"。（214）马基就是小说中的那个"不可说的"人。如第四章中，每每伦西问及马基，塔德维斯基都会找借口回避："咱俩可以先互相了解了解，关于他的事，我们可以过会儿再谈。"（110）直至小说结尾，塔德维斯基终于对伦西说道：

> 我想你已经明白了……我们谈了那么多，聊了整整一夜，都是为了避而不谈，就是说，是为了不去谈论他，不去谈论马基老师。我们滔滔不绝地聊这聊那，其实只有一个原因，那就是任何关于他的事情都不能涉及。（215）

除了马基，小说中另一个明显的空白是环境的空白。"环境指构成人物活动的客体和关系"，[①] 是故事结构中不可缺少的因素，包括空间和时间两方面。小说一开篇就点出了伦西展开叙述的时间是 1979 年，但与此"开门见山"的做法形成鲜明对比的是，在之后的叙述中，关于伦西所处时代的描写微乎其微，且不说社会背景的描写，连人物的活动场所，如卢西亚诺·奥索里奥的家、康可迪亚的酒吧以及马基居住房间的描写也都是寥寥数笔，匆匆带过。小说中着墨最多的时代并非伦西等人物所处的 1979 年，而是恩里克·奥索里奥所处的 19 世纪。当代阿根廷社会成了小说中又一个"不可说的"秘密。比如，卢西亚诺·奥索里奥对伦西说道："那时，马基每晚都和我一起研读文档。我们谈论过去和未来的事情，但从不论及当下，只谈过去和未来。"（48）

皮格利亚曾指出："只有在结尾才能知晓一个故事真正想表达的意思：突然就出现了一个转折，叙事节奏骤变，真相显露……于是，我们看

---

① 胡亚敏：《叙事学》，第 158 页。

懂了那个故事。于是,我们可以去完成那个故事。"① 直到结尾,读者才明白,那个隐藏在小说中"绝不提及"的秘密正是从未露面的主人公马基的失踪以及导致他失踪的那个年代。而这也正是作家设计的真正谜团,也就是那个在小说《人工呼吸》中隐藏的故事。

第二节　侦探型读者:挖掘《人工呼吸》隐藏的故事

在发现文本中的空白之后,侦探型读者需要像书中人物阿罗塞纳那样对文本进行符号学解读。符号学解读是现代阅读理论的一个主要组成部分,又称符号阅读,是一种"对文本语言作释义分析的阅读方式,它赋予读者对文本语言作充分阐释的权利,要求读者努力挖掘文本中语言的内涵"。②

罗兰·巴特的《S/Z》是符号阅读的经典作品。作者在书中提出了著名的五种符码理论。他认为,叙事作品由五种符码构成,即意素符码、布局符码、象征符码、阐释符码及文化符码。意素符码又称语义符码,指通过描述向读者提供人物和环境信息的叙述单位;布局符码又称行动符码、情节符码,指描述人物行为从而推动故事发展的叙述单位;象征符码指能够折射出文本多重思想意义的叙述单位;阐释符码指引导读者经历迂回曲折过程之后最终真相大白的叙述单位;文化符码指文本涉及的诸多知识符码,如神话学、心理学、女权主义等。③ 罗兰·巴特进一步指出:

> 五种符码构成一种网络、一种局域,经此,整篇文④贯穿于其中(更确切地说,在贯穿过程中,文才成为文)。……分析之空白未决与模糊散漫,恰似标示文逐渐消失的踪迹;因为文虽则受着某种形式的支配,这形式却不是一体的、构筑好的和完成了的;它是碎片,是截开的块段,被中断或删除的网络,完全是画面无限地叠化过程的进

---

① Piglia, Ricardo. "Nuevas tesis sobre el cuento", en *Formas breves*, 1999, p. 120.
② 胡亚敏:《叙事学》,第 220 页。
③ 参见罗兰·巴特《S/Z》,屠友祥译,第 30—34 页。
④ 此处的"文"即"文本"。

行和变易，这保证了信息的交叠和失落并存。[1]

　　毋庸置疑，在《人工呼吸》中，皮格利亚采用了种种"障眼法"应对军政府的审查，但与此同时，作者也在文本中留下了诸多隐秘的信息来向敏锐的侦探型读者提供"破案"线索，引导他们读出隐藏在文本之中的对独裁统治的描写与控诉。正是作者的这种叙事策略使《人工呼吸》成为一个带有诸多空白的破碎文本，多种符码交织其中，"那些从符码产生出来的单位，它们本身始终是文的种种门，是内在蕴含的旁逸蔓衍的征兆、路标"。[2] 因此，读者需要如侦探般地挖掘、解读隐匿其间的符码，通过分析这些征兆和路标，以洞悉隐藏的故事。

一　被隐藏的故事：阿根廷的"肮脏战争"

　　小说从未正面描述人物所处的当代阿根廷，而是通过一些散落在文本中的片段去影射"肮脏战争"，如伦西在给马基的信中提及他在酒吧听到马尔基多斯说："对我们这些人来说，年复一年，不过是死亡在步步临近，不过是一把地米斯托克利之剑，高高地悬挂在我们的心头！"（39）这是个蕴含着丰富的文化符码的句子。马尔基多斯故意将俗语"达摩克利斯之剑"（la espada de Damocles）中的"达摩克利斯"误说成古希腊军事家"地米斯托克利"的名字。"地米斯托克利"（Temístocles）的名字让人联想到西班牙语"temor, temible"（恐怖、可怕）这两个词。这一"误用"使这句"表示时刻存在的危险"的俗语增添了更为丰富的寓意。因此伦西对马基说："他说成了地米斯托克利之剑，是不是很妙？"（39）对独裁统治的暗示不言而喻。

　　皮格利亚指出："应建构其他故事以重构那个缺席的情节。"[3] 小说对军政府独裁下的阿根廷社会的描写正是通过一系列"其他故事"来完成的。这种"借此说彼"的手法首先体现在通过讲述另外两个极权社会去影射阿根廷当代社会。这两个社会一个是恩里克·奥索里奥生活的 19 世纪阿根廷罗萨斯统治时期，另一个是塔德维斯基在流亡阿根廷前生活的欧

---

① 　罗兰·巴特：《S/Z》，屠友祥译，第 32 页。
② 　同上。
③ 　Piglia, Ricardo. *Tres propuestas para el próximo milenio*（*y cinco dificultades*），2001，p. 29.

洲，当时正是纳粹主义蓬勃兴起的时期，它们都与"肮脏战争"一样，是充满独裁、暴力、恐怖与创伤的特殊时期。

但更多对军政府独裁的影射体现在小说第三章那些被阿罗塞纳截获的信件中。除伦西与马基以及马基与卢西亚诺之间的通信外，阿罗塞纳拦截的其他几封信都颇具代表性。不同人物的不同经历勾勒出了"肮脏战争"时期的社会图景，如胡安·克鲁斯·巴伊戈里亚写给儿子的信表达了流亡者家属的心境。克鲁斯·巴伊戈里亚在信中谈及父母对远赴俄亥俄州的儿子的担忧："你妈一天比一天担心，晚上几乎不合眼，整天提心吊胆的，怕你出事。"（85）信中对庇隆执政期的怀念则映衬出他对当代阿根廷的失望：

> 我真该在 1946 年的时候就去首都。那会儿的日子的确称得上是幸福快乐。我想，如果那时去了首都，现在就不至于落到这般田地，你也不会遭遇那些事儿了。在这狗屁破地方，藏着什么人？他们把人都抓光了，就像在猎杀疯狗一样。联盟都被清理了。（86）

但最能反映"肮脏战争"时期暴力行径的是埃切瓦内·安赫莉卡·伊内丝写给市长的那封信：

> 尊敬的市长，发生了这么一件事：我被开了一刀，被安了一个传送器，就藏在心脏的树状动脉处。每当我一入睡，那装置就打开了，就开始传送信息。那东西很小很小，是个透明的胶囊状的玩意儿，像个项链坠子，玻璃做的。很多图像就显示在那上面。他们给我安的小装置就像一个电视屏幕，通过它我看到了一切。换作任何人都不可能相信我所看到的场景：一开始，我只能看见那个死人，躺在一张铁床上，盖着报纸。在走廊尽头，那边还有些死人，屋里是泥土地面。我闭上眼睛，我看不下去了，他们那样折磨他。（……）如果我告诉别人那些我通过小装置看到的场景，没人会相信我的。为什么是我？为什么看到这一切的人得是我？比如，那个找我的小伙子在里面，他想见我。那个波兰人，波兰，也在里面。我看到了一些照片：他们拿打包用的铁丝弄死犹太人。焚烧炉在柏林，在巴勒斯坦。在北方，再往北，在柏林，在卡塔马卡省。骨灰满地，鸟儿在上空飞翔。哦，不，

这不是埃薇塔·庇隆说的吗？她也能看到这一切，他们取出她的内脏，塞入破布，就像做布娃娃那样。癌细胞扩散了，像蓝色的蜘蛛网在皮肤上蔓延开来。他躺在一张铁台子上，为什么看他遭罪的人得是我？我被指派作为这一切苦难的见证人。我再也承受不了了，市长大人。我闭上眼睛，我不愿看见这些伤害。于是我就唱歌，一唱歌我就看不到这些苦难了。我是官方指定的歌手，只要我一唱歌，就看不到这世上的苦难了。我要唱一首颂歌。*万里高空，雄鹰展翅，迎风翱翔，凯旋而归。*我高声歌唱，我是阿娜依，我是河岸地区的女王。（81—82）

这封信不仅叙事零乱，思维跳跃，而且漏洞百出，就像写信人的名字也是颠倒的一样，正常的顺序应该是名字在前、姓氏在后，即安赫莉卡·伊内丝·埃切瓦内，但写信人一直自称埃切瓦内·安赫莉卡·伊内丝；又如信中提到的"心脏的树状动脉处"，"树状动脉"一词并不存在，但心脏周围的确布满树状纵横交错的动脉和血管，埃切瓦内应该是基于此创造了"树状动脉"一词。从零乱的语序和跳跃的叙事中，读者不难推测出埃切瓦内是一个神志不清的人。塔德维斯基曾说道："要想学会阅读……首先得学会联想。"（206）作为侦探型读者就得学会联想。埃切瓦内·安赫莉卡·伊内丝并非第一次出现在皮格利亚的作品中，《女疯子与犯罪故事》中的那个女乞丐就与她同名同姓。此外，女乞丐在警局作证时说的那段颠三倒四的话和上段引文也有异曲同工之妙：

> ……千罪万罪我都已经洗清我是一个圣女埃切瓦内·安赫莉卡·伊内丝大家都叫我阿娜依希特勒说要把所有的恩特雷里奥斯人斩尽杀绝他说的很有道理我是女巫我是吉普赛人我是女王我编织着纱巾要把那手上亮闪闪的坚硬的东西给盖住，亮光一闪她死了你为什么取下面具小小的面具他看到我了或者没看到我他和那人说着什么钱圣母玛利亚圣母玛利亚在门厅那儿阿娜依曾是吉普赛人是女王是埃薇塔·庇隆的朋友……①

---

① Piglia, Ricardo. "La loca y el relato del crimen", en *Nombre falso*, 1994, pp. 69 – 70.

翁贝托·埃科曾指出："一位作家所写的所有文本之间具有某种'家族的相似性'，因而所有这些不同的本文都可以被视为一个整体，可以根据其自身的'内在连贯性'去加以考察。"① 通过比较两段引文，我们的确可以发现蕴含其中的"家族相似性"与"内在连贯性"。两位人物虽分属两部作品，但名字相同：除了都叫埃切瓦内·安赫莉卡·伊内丝，均自称阿娜依、女王；所提到的内容也颇为相似：信中提到的屠杀犹太人和柏林的焚烧炉与女疯子供词中的希特勒都与纳粹暴行有关；同时，也都提到了埃薇塔·庇隆；含混不清的谵语都涉及了罪行与死亡。

在之前的分析中，我们曾提到皮格利亚一直强调从边缘视角去审视事物的重要性，其作品中就有大量属于边缘人群的疯子形象。人处在疯癫状态时往往能够看见常人所不能看见的真相：

> 一个巫师、预言家或诗人在灵感来潮时的精神状态，是不同于他平时的精神状态的。在原始社会，巫师可自动地进入一种精神恍惚的状态，或者他也可被动地被某些祖先的或图腾的精神力量所支配而处于"心神迷乱"的状态。②

疯子的话语构成了一种非常态的语境，展现的是一个异于平常的世界，具有间离的效果，能够引发读者重新审视现实。与《女疯子与犯罪故事》的情节设计如出一辙，皮格利亚让埃切瓦内·安赫莉卡·伊内丝这样一个语无伦次、谵妄癫狂的边缘人物以信件这样一种虚构的形式道出了阿根廷的残酷真相。当然，"真相拥有虚构的形式"，③ 它是以一种支离破碎的、非常隐晦的方式呈现的：躺在铁床上的死人、满地的骨灰、被取出内脏的埃薇塔·庇隆，影射了独裁时期的杀戮与血腥；"那个找我的小伙子"和"那个波兰人"使人联想到伦西和塔德维斯基；用铁丝弄死犹太人、柏林的焚烧炉本来是指德国纳粹的暴力行径，但埃切瓦内·安赫莉卡·伊内丝写道："焚烧炉在柏林，在巴勒斯坦。在北方，再往北，在柏

---

① 艾柯：《应答》，载艾柯等著，王宇根译《诠释与过度诠释》，第171页。

② 雷·韦勒克、奥·沃伦：《文学理论》，刘象愚、邢培明等译，生活·读书·新知三联书店1984年版，第82页。

③ Piglia, Ricardo. *Tres propuestas para el próximo milenio（y cinco dificultades）*, 2001, p. 37.

林，在卡塔马卡省。"看似"胡乱"提及阿根廷的卡塔马卡省，但实际上却是通过谵妄癫狂的方式把发生在不同时代、不同国度的暴行联系在了一起。

"肮脏战争"时期，军政府在阿根廷全国境内建立起了三百多个秘密关押所（Centro clandestino de detención）。大量失踪者被关押在这些"集中营"中遭受种种酷刑，许多人被折磨至死。① 历史学家路易斯·阿尔维托·罗梅罗指出：

> 军政府虽然出台了死刑政策，但从未执行，因此所有的处决都是秘密进行的。有时，尸体被丢弃在街上，伪造成双方冲突造成的死亡或试图逃跑被击毙的样子；有时，尸体被叠成一堆，然后安置炸药炸毁，伪造成对某些游击队行动的有力报复。但大多数情况下，尸体被偷偷处理，或作为无名氏被埋葬在墓地里，或被集体焚烧，那些坑冢由受害人在被枪决前亲手挖掘，或被注射药物陷入昏迷，然后捆上水泥块抛入大海。通过这些手段，在阿根廷，没有死亡人员，只有失踪人员。②

如果说《女疯子与犯罪故事》中的埃切瓦内·安赫莉卡·伊内丝见证的是"胖子"阿尔马达杀害妓女莱瑞的罪行，那么在《人工呼吸》中，埃切瓦内·安赫莉卡·伊内丝见证的则是阿根廷军事独裁政府镇压人民犯下的国家罪行。安在她体内"电视屏幕"般的装置，就像一个记录现实的镜头，在她迷乱疯癫的状态中抓拍下阿根廷独裁社会的真实景象。

值得指出的是，埃切瓦内自称为"阿娜依"（Anahí），这是一个富含文化符码和象征符码的名字。阿娜依一名源自瓜拉尼族群③，意为"赛波花"。关于赛波花的起源流传着一个凄美的传说：瓜拉尼部落里有个名叫阿娜依的小姑娘，嗓音甜美，歌喉动人，她一唱歌就连奔腾的河流都停下来静静聆听。在一场抵抗西班牙殖民者的战斗中，阿娜依不幸被俘。西班

---

① 参见 *Nunca más. Informe de la Comisión Nacional sobre la Desaparición de Personas*，1984，pp. 54 – 55。

② Romero，Luis Alberto. *Breve historia contemporánea de la Argentina*，2001，pp. 209 – 210。

③ 瓜拉尼族群，又称瓜拉尼人（los guaraníes），美洲土著民族，现主要生活在巴拉那河和巴拉圭河流域及阿根廷东北部地区，构成巴拉圭、阿根廷、巴西和玻利维亚的居民成分。

牙人怀疑她会巫术,将她绑在一棵树上,处以火刑。面对熊熊燃起的火苗,阿娜依从容镇定,毫不畏惧,放声歌唱,祈求神灵保佑她的家园,庇护她的部落。次日,人们发现,那棵树非但没有被焚毁,反而绽放出满树红花,殷红似火,鲜艳似血。由此,赛波花成为坚贞不屈、英勇高尚和渴望自由的象征,被誉为阿根廷的国花。

自称阿娜依的埃切瓦内·安赫莉卡·伊内丝也喜欢唱歌:"我一唱歌就看不到这世上的苦难了。"她唱的那首"万里高空,雄鹰展翅"的歌曲,源自阿根廷脍炙人口的《国旗颂》(Canción a la Bandera)①。《国旗颂》又名《奥罗拉之歌》(Canción Aurora),"奥罗拉"(Aurora)在西班牙语中既是人名,又有"曙光,晨曦"之意。因此,疯女埃切瓦内·安赫莉卡·伊内丝不仅是暴行的见证人和真相的揭露者,更是自由与希望的代言人,她以癫狂的方式对独裁与暴政进行着抵制与抗争。

除埃切瓦内·安赫莉卡·伊内丝写给市长的这封信外,另一封胡安娜写给远在英国求学的兄弟马丁的信件同样逻辑混乱、晦涩难懂。胡安娜是一位心理疾病患者,她对马丁的爱超乎手足之情,隐忍且炽烈,言辞间难掩对不伦之恋的渴望。她在信末写道:"再见吧,狠心的兄弟。当然,我爱你,爱到癫狂,我迷恋你,崇拜你,等等等等,再见吧,虚假的一切。胡安娜,疯女。"(96)落款使读者联想到西班牙历史上有"疯女胡安娜"之称的卡斯蒂亚女王胡安娜一世(Juana Ⅰ de Castilla, 1479 – 1555),同时也引发了读者的猜测:胡安娜会不会是故作癫狂?这封信会不会是一封密函?

带着这样的疑问我们认真研读信件,发现有一些单词或句子以斜体的形式间或出现在文本中:tan(如此);terroríficas(恐怖的、吓人的);negras(黑色的、悲伤的、形势不妙);estudiando(学习、研究);buenmocísimo(极好的);parece(像、如同);todos(所有的、所有人);seriamente(严肃地、严重地);I am the sister? This is a pencil(我是妹妹吗? 这是一支笔);muchísimo(非常);importante(重要);podrías(你能);bárbaro(野蛮);psicopatoló-gico(心理病理学的,心理分析的);

---

① 《国旗颂》由阿根廷音乐家埃科托·帕尼萨(Héctor Panizza, 1875 – 1967)创作,是歌剧《奥罗拉》(Aurora)的组成部分。《奥罗拉》是阿根廷第一部歌剧,于1908年在科隆剧院首演。

completamente（完全地，完整地）；muy（非常，很）；querido（亲爱的）；fenêtre（窗户，窥孔）；tan（如此）；viril（有男子气概的）；Adieu，mon semblable，mon frère（再见，我的同类，我的兄弟）；casi（几乎，差一点儿）。[①]

当细心的、侦探般的读者将这些西班牙语、英语或法语词句从信件中剥离出来时，真相也随之显露。疯女胡安娜虽然表现出思维混乱、妄想症等精神病的症状，实为佯装，她借助疯人之言向收信人传递信息。我们可以做出这样的解读：胡安娜写信告知收信人，阿根廷的现状是"如此恐怖、如此吓人"，"形势很不妙"，"所有的一切""完全"处于监视之中。

胡安娜也在信中提醒马丁这是一封暗藏玄机的信："说到这个（瞧我这封信写得多散，东一句西一句的），说到这个，我*再重复一遍*：你是怎么解决语言问题的？*I am the sister? This is a pencil.*"（94）此处，胡安娜故意点出她的这封信写得很"散"，暗含关键内容是"东一句西一句""散落"在字里行间的。紧接着，她将西班牙语单词"repito"中的"pito"部分变为斜体。"repito"意为"重复、再说一遍"，而"pito"恰好有"哨子、汽笛"之意，旨在提醒马丁这里蕴含着重要的信息。随后的英语句子看似是初级英语课本中常见的例句，实则暗指："我不是妹妹，而是一支书写密信的笔。"

全信的"文眼"是斜体的法语句子"Adieu，mon semblable，mon frère"，此句意为"再见，我的同类，我的兄弟"，与波德莱尔诗集《恶之花》（*Les Fleurs Du Mal*，1857）的卷首诗"致读者"中的最后一句相仿："伪善的读者——我的同类——我的兄弟！"[②] 通过这一隐藏极深的文化符码，作家将胡安娜的"同类、兄弟"马丁与读者联系在一起。与其说这是胡安娜写给马丁的一封密函，不如说是皮格利亚留给侦探型读者的又一条"破案线索"。那么，信中到底暗含着什么重要信息呢？敏锐的读者在信中发现这么一段话：

对了，你的那个同学来找过你……他说安赫拉病倒了，被紧急送

---

① 此处提及的词句参见小说原文，第93—96页。
② 波德莱尔：《恶之花：波德莱尔诗歌精粹》，钱春绮译，人民文学出版社2008年版，第3页。

入医院，他要你别给她写信了。他专为此事而来。（他肯定觉得我是个呆头呆脑的人，所以才一遍又一遍地向我重复：说她是 14 号被送入医院的，说要你别给她写信了，云云。）这么说来，你还金屋藏娇找了一个安赫拉？我恨你。唉，我知道，你永远都不会迎娶你妹妹。（95）

"肮脏战争"期间，军政府使用一系列词汇粉饰其暴行，如"疾病、肿瘤、彻底切除、大手术等，一言概之：挥利剑斩顽疾"。[①] 阿根廷民众也创造了一些与之相对应的词汇，"送入医院"即是"被捕""送入关押所"的代名词。因此，这封密函想传递的信息就是：安赫拉已于 14 日被捕，请勿再与她联系。

在阿罗塞纳拦截的另外一封信中，写信人讲述了他在现实生活中频频遇见和所读小说情节一样的离奇经历。信末写道：

我发现，在文学与未来之间存在着一种无法解释的联系，在书籍和现实之间存在着一种奇怪的关联。对此我只有一个疑问：我能改变那些场景吗？是否存在某种介入的办法？还是说我只能作为一个旁观者？（100）

这段话含蓄地道出了文学的预言功能和诠释现实的作用。埃切瓦内·安赫莉卡·伊内丝和胡安娜撰写的信件也可视为一种文学文本，虽然出自疯子之笔，言语颠倒混乱、荒诞不经，实际上它们并不像表面所呈现的那样杂乱无序。正如鲁迅借狂人之口从字缝里读出了"吃人"的社会，皮格利亚则借这两个疯癫的人物（不论她们是真疯癫还是佯作狂）之口言说处于极权统治下的阿根廷社会，展现民众生存的恶劣环境以及人们心灵遭受的摧残与创伤。

二　"肮脏战争"时期的失踪者

《人工呼吸》中始终未交代马塞洛·马基的命运，他到底是失踪、逃亡，还是被害，小说并未给出答案。但通过解密隐藏在文本中的各种符

[①]　Romero, Luis Alberto. *Breve historia contemporánea de la Argentina*, 2001, p. 207.

码，我们可以对马基与伦西约会却爽约做出合理的猜测。

　　小说采用了一种隐晦的手法，勾勒出作为激进党人的马基的危险处境，如他在给伦西的信中写道："我得求你一件事，要对我的现状绝对保密。*绝对保密！*……我现在的生活已无私人空间可言。"（18）"各种各样的麻烦事，信里难以尽诉。鉴于此，你可能会有一段时间收不到我的消息。"（32）在给卢西亚诺的信中，马基写道：

> 　　……我没能给您写信是因为最近几个月来可谓祸事连连（*contratiempos*，多么美的一个词儿啊，充满了隐喻）。我想我不得不再次离开。说实话，在康可迪亚的生活原本挺安静的。正是因为它拥有这么一个安宁祥和的名字我才选择栖身于此……当然，我深知我不是能在一个地方久待的人，再说，这年头也不允许我们安居乐业……总而言之，我想对您说，鉴于目前国家的这些新状况，我对我即将到来的明天有些茫然无措。各种麻烦接踵而至，我已做好经常搬家的准备。（71—72）

　　在此，马基的一些措辞使读者不难想到他的处境。在西班牙语中，"祸事、不幸"一词"contratiempo"从构词法上看是由"contra"（反、逆）和"tiempo"（时代、时间）两个单词合成的，字面意思可理解为"与时代作对"。因此，马基才会说这个词"充满了隐喻"；地名康可迪亚（Concordia）的本意为"和谐、和睦"，因此马基称之为"一个安宁祥和的名字"，同时，也喻示了安宁之地将不再安宁；而马基写的"我想我不得不再次离开""我不是能在一个地方久待的人""我已做好经常搬家的准备"，都暗示了因为某些原因，他无法长期在一个地方停留，需要经常搬家。这唤起了读者的猜疑，他为什么要经常搬家？他所谓的麻烦事、祸事到底是什么？他提到的"这年头也不允许我们安居乐业"以及"目前国家的这些新状况"到底又是什么？结合小说的叙事时间，即军政府独裁时期，读者就能大致想象到马基的遭遇。马基曾经是律师，又曾因政治问题入狱。在白色恐怖盛行的年代，他自然成为军政府重点监控及迫害的对象。

　　除了马基，小说中还隐藏着另一位失踪者——安赫拉。安赫拉在书中只出现过四次，而且仅被其他人物在书信、卡片或便条中提及，她与马基一样，是个从未真正"现身"的"缺席"人物。在一封伦西写给马基的信中，安赫拉第一次出现："亲爱的马基：安赫拉姑娘已经来找过我了，就是你那位美丽的特使及/或门徒……"（90）之后，这一人物又出现在疯女胡安娜写给哥哥马丁的信中，即上文提及的那位"被送入医院"的女同学。安赫拉的名字第三次出现是在阿罗塞纳阅读完被他拦截的信件后，取出一张卡片写下："安赫拉 14 号'住院'。康可迪亚。伦西，27 号抵达（马基）。"（101）安赫拉在小说中最后一次"露面"亦与文本有关。伦西随塔德维斯基来到马基的房间，看到一张便条上写着："打电话给安赫拉（周一）"。（152）

　　安赫拉这一人物看似微不足道，实则不容忽视。联系她在小说中的几次现身，细心的读者可以发现安赫拉很可能是马基的学生，她曾受马基之托去见过伦西，但不幸的是，她最终被捕，下落不明。读者通过安赫拉的遭遇也可以猜测到马基的命运。塔德维斯基向伦西讲述了他最后一次与马基会面的情况：

> 大概十天前的一个下午，马基老师突然来找我，说有一事相求，但希望我别过问……他想把他正在撰写的一本书的草稿和笔记留给我……他可能当天下午就要渡乌拉圭河，去和一个曾经同居过的女人道别。他说，他打算远行一阵子，此次不见恐怕日后很难再与她相会了，所以一定要去和她道别。我俩约定两天后在俱乐部碰面，老时间，老地方。他说，万一有什么事耽误了没能赴约，那最迟 27 号肯定赶回来。两天后，他没来俱乐部，随后几天也没露面。从那天起（今天已是 27 号）我再没有他的任何消息。（108）

　　从塔德维斯基的话中，我们可以推断马基是在 17 日左右突然去拜访塔德维斯基，并把未完成的传记手稿及恩里克·奥索里奥的文档等材料交给他保管。联系安赫拉于 14 日"住院"，我们猜测马基很可能是在得到安赫拉被捕的消息后，意识到自己的处境也岌岌可危，于是决定立即转移书稿等重要文件，并赴乌拉圭见柯卡最后一面。马基原计划两天后回到康可迪亚等待伦西，但是他没有再出现。

　　伦西 27 日抵达康可迪亚车站时，小说以一个第三人称全知视角叙述："上午十点，他从首都开来的火车上下来。"（107）结合阿罗塞纳已从拦截的信件中得知马基、伦西和安赫拉之间的联系，这个神秘的叙事者极有可能是军政府派去监视伦西的密探。在马基没有如期回到康可迪亚后，塔德维斯基应该已经猜到马基永远都不会再出现了，所以在小说末尾他说："此刻，不论老师身在何处，他都可以无所畏惧了。"（217）隐晦地道出马基可能已不在人世，已经不用再经受迫害、遭受痛苦了。而小说以恩里克·奥索里奥的遗书"致发现我尸体的人"结尾，也引发读者对马基已遭遇不测的联想。

《人工呼吸》的扉页致词为"谨以此书献给埃利亚斯和鲁本，感谢他们使我了解历史的真相"。此处提到的埃利亚斯和鲁本是阿根廷"共产主义先锋组织"（Vanguardia Comunista）成员，是皮格利亚本人的朋友，两人于 1978 年 8 月失踪。① 因此可以说《人工呼吸》是一部献给失踪者的作品。皮格利亚在独裁结束后的一次访谈中曾说道："小说是基于马基的故事展开的，是一个关于失踪者的故事。"②

马基和安赫拉是阿根廷"肮脏战争"时期大量失踪人员的象征，是遭受酷刑暴力受害者的代言人。独裁政府清除异己采取的最常见的手法就是使某人消失。1983 年，阿根廷军政府下台，劳尔·阿方辛（Raúl Alfonsín，1927－2009）执政。阿方辛政府组织了全国失踪人员调查委员会，由作家埃内斯托·萨瓦托主持工作，选派百名工作人员赴各地搜集材料和证词，以问责"肮脏战争"时期的施暴者。在随后出版的《绝不重演：全国失踪人员调查委员会报告》（Nunca más. Informe de la Comisión Nacional sobre la Desaparición de Personas，1984）一书中，有这样一段关于失踪人员的描述：

> 就这样，打着国家安全的旗号，成千上万的人们，其中大部分是年轻人，甚至青少年，被纳入了一类特定的人群。这类人有着一个悲怆而凄凉的名字：失踪者……他们被暴力夺走生命，他们在社会上消失无踪。到底是谁劫持了他们？为什么要那么做？他们在哪里？这些疑问至今没有确切的答案。政府当局对他们毫不知情，监狱的牢房里

① 参见 Piglia，Ricardo. *Los diarios de Emilio Renzi：Un día en la vida*，2017，p. 81。

② Costa，Marithelma. "Entrevista con Ricardo Piglia"，en *Hispamérica*，núm. 44，1986，p. 52.

也没有他们的踪影,司法机关对他们也从未耳闻,更别提什么人身保护令了。关于失踪者的一切都陷入了一片不祥的死寂。①

历史学家路易斯·阿尔维托·罗梅罗指出:"失踪者大量出现于1976—1978 年这最为黑暗的三年,之后逐步减少。那是一场名副其实的大屠杀,死难者不计其数。"② 1977 年 3 月 24 日,在阿根廷陷入独裁统治一年后,作家鲁道夫·瓦尔希写下著名的《致军政府的公开信》("Carta abierta a la Junta Militar"),信中内容真实地反映了一部分阿根廷知识分子的危险处境:

> 新闻审查、迫害知识分子、强闯我在埃尔蒂格雷的住所、杀害我亲爱的朋友还有我的女儿——她在与你们的抗争中死亡。三十多年来,我曾以作家及记者的身份自由地发表言论,而如今,这些事件迫使我选择了这样一种隐秘的方式来表达想法。③

鲁道夫·瓦尔希在信中指出:"一万五千人失踪,一万人被捕,四千人死亡,不计其数的人流亡他乡,这些都是恐怖时期无法掩饰的数据。"④在列举军政府犯下的种种罪状后,鲁道夫·瓦尔希写道:

> 这就是在贵政府执政一周年之际,我想让政府诸位成员看到的我的一些想法。我毫不奢望政府倾听民意,而且我确信我会遭到迫害,但我必须忠于我的社会责任,在国家危难之时站出来作证,这是我多年以来肩负的责任。⑤

就在鲁道夫·瓦尔希写下这封信的第二天,他就失踪了,成为独裁时期继阿罗尔多·孔蒂(Haroldo Conti,1925 – 1976)之后又一名失踪的知名作家兼记者。著名诗人胡安·赫尔曼(Juan Gelman,1930 – 2014)与

---

① *Nunca más. Informe de la Comisión Nacional sobre la Desaparición de Personas*,1984,p. 9.

② Romero,Luis Alberto. *Breve historia contemporánea de la Argentina*,2001,p. 210.

③ Walsh,Rodolfo. "Carta abierta a la Junta Militar,24 de marzo de 1977",p. 146.

④ Ibid.,p. 147.

⑤ Ibid.,p. 151.

鲁道夫·瓦尔希的人生经历颇为相似。一方面，他们都创作了大量针砭时弊、揭露暴行、呼吁正义的作品；另一方面，他们本人及家人都遭到了独裁政府的迫害。赫尔曼在"肮脏战争"开始之前就已离开阿根廷，于是军政府在1976年8月绑架了他的女儿、儿子及有孕在身的儿媳。最后，赫尔曼的女儿被放回，孙女在关押所出生，但儿子和儿媳的名字则永远列在失踪者名单之上。

据全国失踪人员调查委员会的报告显示，"肮脏战争"时期，学生、教师、记者、作家、艺术家等占到失踪者总人数的29.6%。[①]《人工呼吸》中的马塞洛·马基与安赫拉是知识分子及学生群体失踪者的代表，他们是鲁道夫·瓦尔希、阿罗尔多·孔蒂、胡安·赫尔曼等千千万万在独裁时期因奋起抗争而惨遭镇压的人们命运的缩影。

三　"肮脏战争"时期的流亡者

《人工呼吸》中有两位形象突出、个性鲜明的流亡者。一位是在罗萨斯统治时期远离故土、辗转他乡的恩里克·奥索里奥。罗萨斯的暴政迫使以"37年一代"为代表的大量知识分子选择流亡，对恩里克而言，他做出离开阿根廷的决定不仅是为了逃避政治迫害，更是出于他对自由的向往和对乌托邦的追寻。恩里克将他对国家命运的思索以及对个人经历的感悟都倾注于文学创作中，尽管这种自由只是一种乌托邦幻想，但在文学世界中他的确获得了精神的自由、创作的自由和表达的自由。

与大部分流亡者一样，恩里克·奥索里奥在享受他乡自由的同时，心灵却备受对故国家园的思念之苦，《1979》既是一部探寻阿根廷未来的乌托邦小说，也是一部浸透流亡者绵绵乡愁的思乡之作。历经漂泊的恩里克最后以自杀的方式在异国他乡与世诀别，但心中始终难舍对故土的眷恋、对"叶落归根"的渴求，他在遗书"致发现我尸体的人"中写道："我是恩里克·奥索里奥，生是阿根廷人，死亦是阿根廷人。"（218）

小说中另一位流亡者是波兰人塔德维斯基。与恩里克不同，塔德维斯基的流亡"纯属意外"。20世纪30年代末，他乘船横渡大西洋来到南美洲，却逢第二次世界大战爆发，从此滞留阿根廷，旅居国外。塔德维斯

---

① 参见 *Nunca más. Informe de la Comisión Nacional sobre la Desaparición de Personas*，1984，p. 480。

基是皮格利亚以波兰作家维托尔德·贡布罗维奇（Witold Gombrowicz,
1904－1969）为原型创作的人物，其经历与贡布罗维奇的小说《横渡大
西洋》（*Trans-Atlantyk*，1953）中的主人公"我"如出一辙。贡布罗维奇
在这部半自传体小说中难掩自己对祖国的失望与排斥，对波兰进行了淋漓
尽致的批判。他认为，波兰"这个民族不断把艺术家们置于消灭精神生
气的劳役之中"，这个"贫弱且始终不安定的国家，构成了扭曲灵魂的威
胁"，因此，知识分子应该远离波兰，"选择大地上的一个安全而优美的
地方，选择一个享有自由和幸福的集体，我们才能在那里可以自由地发
挥"。①

　　在《人工呼吸》中，塔德维斯基对祖国的态度虽不像贡布罗维奇那
样直抒胸臆，但他对过往生活的厌倦和抵触情绪跃然纸上，对祖国波兰并
无多少牵挂，因此，当战争硝烟散去，很多流亡者纷纷回国时，他却选择
继续留在阿根廷。对他而言，与其说是流亡，不如说是自我放逐。塔德维
斯基不是一个被迫流亡者，而是一个主动流亡者，他甘愿做一个"知识
分子圈里的失败者"，享受"路过的候鸟"的自由，在阿根廷这片新土地
上，摆脱原先的精神束缚与困境，寻找安身立命的新空间。

　　在此，皮格利亚塑造了两个极为不同的流亡者形象。一个是迫于阿
根廷国内的独裁统治而走上流亡的知识分子，虽然选择出走、离开，但
内心充满了对祖国的热爱；另一个则是自愿离开祖国的知识分子，哪怕
波兰已经告别世界大战的阴云、阿根廷正陷于军政府的黑暗统治，但他
仍愿意留在阿根廷，对他而言，他乡才是乐土。两个不同的流亡者展现
的是两种不同的流亡状态，反映的是两种截然不同的流亡者与祖国的
关系。

　　《人工呼吸》中对"肮脏战争"时期流亡异乡的阿根廷知识分子涉及
甚少。恩里克·奥索里奥在日记中写道：

　　　　除了流亡之外，试问还有哪种状态能迫使我们和最亲密的朋友只
能通过书信来保持联系呢？他们身处远方，不在近旁，有人在别处，
有人在他乡，散落天涯，各自飘零。而且，我们与那个已经失去的祖

---

① 参见斯泰凡·赫文《贡布罗维奇与波兰传统》，载维托尔德·贡布罗维奇著，杨德友译
《横渡大西洋》，上海文艺出版社 2013 年版，第 192 页。

国，与那个我们不得不告别的祖国之间，还能保持怎样一种联系呢？除了那些我们收到的（时断时续、偷偷摸摸、琐碎零星的）关于家人消息的信件外，试问还有什么能证明祖国这个地方的存在呢？（85）

于是，我们在阿罗塞纳拦截的一封信中找到了蛛丝马迹。这是一封来自委内瑞拉首都加拉加斯的信，写信者罗盖是一名翻译，他在信中寄托了对朋友的无尽思念："那些逝去的人和朋友（包括你）常常出现在我的梦中。这就是这个时代的特点：唯有入梦，才能见到想见之人。"（77）他继续写道："传到这边的尽是些似是而非的消息，或者说都是些令人心情沉重的消息。大家都无法理解为什么你还待在那儿。你平时都见些什么人？还能出版东西吗？"（77）信末，罗盖补充道："有时候我在想（并非玩笑话），我们就是 37 年一代，在大流亡中四处飘零。只是，在我们这些人当中，又有谁会写下《法昆多》呢？"（78）通过这些内容，读者可以推测出阿根廷国内糟糕的社会环境，民众流离失所，文化审查严重影响出版业。而罗盖提到"最近我在翻译托马斯·伯恩哈德创作的一部非常优秀的作品"（77），这也耐人寻味。托马斯·伯恩哈德（Thomas Bernhard，1931 – 1989）是奥地利最著名的作家之一，创作了大量批判社会的作品，向体制挑战，针砭时弊，笔锋犀利。作为一名在"肮脏战争"时期流亡国外的知识分子，罗盖通过翻译托马斯·伯恩哈德的作品来表达对独裁统治的不满与抗争。

处于军政府独裁统治下的阿根廷知识分子，或奋起反抗，或流亡逃避，或苟且偷生，或崩溃癫狂，他们试图在高压与黑暗中寻找各自的出路。历史学家路易斯·阿尔维托·罗梅罗指出：

　　恐怖笼罩整个社会……社会发展停滞，处于瘫痪，每个人都深感孤立无援。一种恐惧的文化四处弥漫。出于政治或职业原因，有些人无法接受现状，流亡他乡；有些人则封闭起来，自我流亡，深居简出，几乎足不出户，伺机观望，等待时局出现转机。大部分人接受了官方的辩词，将政府的镇压行为视为"必然有那么做的原因"，或者对发生在大家眼前的事情故意视而不见。然而，最突出的却是这一国家行为的内化,表现为自我控制、自我审查和监视邻里。①

小说中的恩里克·奥索里奥提到极权时期的知识分子"只有两条路:要么流亡,要么死亡"。(71)但实际上仍有不少人选择留在国内,比如卢西亚诺·奥索里奥。四肢瘫痪的参议员失去了行动的自由,他闭门不出,杜绝一切社会交往:"与世隔绝,形单影只,不眠不寐,这是我唯一能做的事。"(64)尽管如此,他还是遭到了监视:"我可以收到消息、信件,还有电报……我还收到了匿名的威胁信",(45)"有人拦截寄给我的信件,一个专业人员……一个名叫阿罗塞纳的人"。(46)参议员对伦西说道:"有时我会看一眼窗外。我看到了什么呢?树。我看到了树。但那些树就是现实吗?"(48)言外之意,那不是阿根廷现实,阿根廷的现实充满了死亡的气息:

> "说什么等待死亡那都是一派胡言。"……"没人等待死亡,也没人能够等待死亡,包括我在内,尤其是我这种情况,"他说,"因为死亡四处漫延,不停扩散,充斥我的周围,如水一般,漫溢开来。而我呢,我就像一个海难的幸存者,困在这个布满岩石的孤岛上,与世隔绝。我亲眼见过多少人死去?"参议员说道,"死亡在我身边漫溢,而我呢,我只能漠然置之,冷眼旁观,努力保持我清醒的头脑和说话的能力。"……"实际上,我就是死亡啊!我是死亡的见证者,我是死亡的记忆,我是死亡最完美的化身。"……"瞧,悄无声息,一片死寂。什么声音也没有。一切都是如此安静,都停滞了,一切都处于停滞状态。那些死者令我窒息。是他们在给我写信吗?是那些死人在给我写信吗?那个收到死人发来的信息的人,就是我吗?"(49)

卢西亚诺·奥索里奥瘫痪的身体是瘫痪的国家的隐喻:"我瘫痪了,如同这个国家。"(22)同时,他瘫痪的身体也是知识分子创作瘫痪停滞的象征:在瘫痪后,"话语是我唯一拥有的东西"。(44)但在独裁时期,知识分子的话语权也受到了限制,大多数人处于"自我审查"状态。因此,参议员所拥有的只是思考的自由:"思考对我而言,就像是露出水

---

① Romero, Luis Alberto. *Breve historia contemporánea de la Argentina*, 2001, p. 211.

面的桅杆，是落水者紧紧握住的那根桅杆，不仅是为了活命，更是为了求助，在茫茫大海中挥舞着手臂，怀揣希望，期盼有人前来搭救。"（55）

阿根廷学者弗朗西斯科·马谢略在《重组国家进程时期的阿根廷：文化领域的多重抗争》（"La Argentina durante el Proceso：las múltiples resistencias de la cultura"）一文中指出："在大多数情况下，要想保证安全，幸免于难，沉默是唯一的出路。'学会遗忘，佯装不知'成为当时知识分子的人生信条。"① 卢西亚诺·奥索里奥的处境也是如此，他对伦西说道："而我，参议员，在眼下，我不得不沉默不语。既然我无法用言语表达我想表达的东西，那么我宁愿选择沉默。现在，我宁愿沉默。"（65）

卢西亚诺·奥索里奥的生存状态可视为一种精神上的流亡。精神的流亡不同于身体的流亡，没有发生地理位置上的变化与迁移。精神流亡是指个体因外界压力或与外界的矛盾而采取的一种疏远、逃离、抗拒、坚守的精神姿态。著名学者爱德华·W. 萨义德在其《知识分子论》一书中提到，流亡既是一个真实的情景，也是一个隐喻的情景。他解释道：

> 我对于流亡的知识分子的诊断，来自……有关流离失所和迁徙的社会史和政治史，但并不限于此。甚至一辈子完全是一个社会成员的知识分子都能分为所谓的圈内人（insiders）和圈外人（outsiders）：一边是完全属于那个社会的人，在其中飞黄腾达，而没有感受到强烈的不合或异议，这些人可称为诺诺之人（yea-sayers）；另一边则是谔谔之人（nay-sayers），这些个人与社会不合，因此就特权、权势、荣耀而言都是圈外人和流亡者。把知识分子设定为圈外人的模式，最能以流亡的情况加以解说——永远处于不能完全适应的状态，总是觉得仿佛处于当地人居住的亲切、熟悉的世界之外，倾向于避免，甚至厌恶适应和民族利益的虚饰。②

---

① Masiello, Francisco. "La Argentina durante el Proceso：las múltiples resistencias de la cultura", en *Ficción y política：la narrativa argentina durante el proceso militar*, Daniel Balderston y otros（eds.），1987, p. 12.

② 爱德华·W. 萨义德：《知识分子论》，单德兴译，生活·读书·新知三联书店 2016 年版，第 64—65 页。

如萨义德所言，即便是在一个处于常态的社会中，仍有知识分子因思想观念等与社会或他人的不合而成为圈外人。因此，军政府独裁统治下的"非常态"社会必然会造成更多的精神流亡者。面对高压政策和恶劣的生存环境，卢西亚诺·奥索里奥选择自我保护，蜷居于社会的孤岛，只求一隅安全之所，以保精神与思考之自由。他实际上是一位精神的流亡者，一位身在祖国心却漂泊的流亡者。

上文提及的翻译家罗盖从一个侧面反映了"肮脏战争"时期流亡国外的阿根廷知识分子的生存状态，而卢西亚诺则展示了"流亡国内"的阿根廷知识分子的生存困境。这些知识分子因为种种原因没有离开祖国，他们留在国内，自我压制，自我审查，选择缄默不语。但这种沉默并不意味着放弃，这只是一种暂时的沉默，其中蕴含着一份逆境中的坚守，潜藏着一股巨大的精神力量。小说中多次出现的"鸟"的意象集中体现了这种信念。

鸟的意象首先出现在马基写给伦西的信中："我的朋友塔德维斯基曾引用康德的话说道：那只感受到空气阻力的鸽子，还以为在真空里它会飞得更为轻快呢。"(33)马基试图用"康德的鸽子"告诉伦西，空气的阻力恰恰是鸽子飞翔的条件，危机本身就隐藏着转机，虽然这暗无天日的现实令人窒息，但需要忍耐和坚持。鸟的意象还与恩里克·奥索里奥有关：

> 我是奥索里奥，我是一个外国人，一个背井离乡之人，我是罗萨斯，我曾是罗萨斯，我是罗萨斯的小丑，我是史上所有的名字，我是飞越坚实大地的海鸟……那信天翁飞得越高，冒着越大的风险飞向坚实的大地，就越能看清人们那永无止境的运动，不停地向前行进着。(61)

在此，恩里克·奥索里奥自喻为逆风翱翔的信天翁，认为只要一直坚持下去，不停飞翔，就能看清"人们那永无止境的运动"，而这运动，就是社会的发展，就是永不停息的历史的脚步。

卢西亚诺·奥索里奥也把自己比作信天翁，他对伦西说道：

我已经没法写字了。瞧，我的手就像鸟的爪子。我是信天翁，我在"海滨墓园"① 的岸边平静飞翔。在空中，我的手指变成了信天翁的爪子。这种鸟儿只能在水面停伫，在海面的岩石上栖息……只有我的声音还在，但也越来越像信天翁的叫声了。(63)

卢西亚诺·奥索里奥也想通过信天翁传递与康德的鸽子相同的信息，他对伦西说道："国家江河日下之时，正是学会坚韧之际。"（45）他在给巴伊戈里亚的信中写道："我深知这片土地上的同胞正在遭受苦难，但您要坚持住！"（64）因此，在小说中，飞鸟不仅是自由的象征，更是坚持的象征，"锲而不舍是一种需要用几个世纪才能领悟的处世哲学"。（62）不论是19世纪罗萨斯的独裁统治，还是当下的"肮脏战争"时期，历史不断重复，经验也代代传承。黑暗终将逝去，黎明定会到来，人们要做的就是坚持，就是等待。这也是皮格利亚想要传递的信念。

翁贝托·埃科指出：为了对世界与文本进行"质疑式的解读"，我们必须设计出某种特别的方法。怀疑本身并非一种病理现象，侦探与科学家都基于这一原则进行推理和判断："某些显而易见但显然并不重要的东西可能正是某一并不显而易见的东西的证据和符号，据此我们可以提出某种假设以待验证。"② 那些引导读者发现《人工呼吸》真正故事的叙事密码就隐藏在"某些显而易见但显然并不重要的东西"上。侦探型读者正是循着这些蛛丝马迹才得以发掘被隐藏的真相。

翁贝托·埃科在谈到读者对其后现代侦探小说《玫瑰的名字》的解读时说道："我很高兴他们如此狡猾地发现了那些被我'如此狡猾地'隐藏起来以等待他们去发现的东西。"③ 或许，皮格利亚会庆幸当年独裁政府没有发现那些被他"如此狡猾地"隐藏起来的东西，同时，他也会对不断涌现的"狡猾"的侦探型读者感到欣慰。当然，读者对文本的解读是无止境的。正如小说中的阿罗塞纳，他虽是文化审查的象征，更是侦探型读者的代言人。读者应该像阿罗塞纳那样反复阅读文本，像妄想症患者

---

① 暗指法国象征派诗人保尔·瓦莱里的诗作《海滨墓园》（"Le Cimetière marin"，1920）。
② 艾柯：《过度诠释文本》，载艾柯等著，王宇根译《诠释与过度诠释》，第58页。
③ 艾柯：《在作者与本文之间》，载艾柯等著，王宇根译《诠释与过度诠释》，第91页。

那样锲而不舍。以上的分析并不能囊括我们对《人工呼吸》隐藏的叙事密码的所有阐释,一个迷宫般的文本必然会导致无穷尽的解读。对于侦探型读者而言,这本来就是一场无尽的阅读之旅。

结　　论

　　皮格利亚曾说道："随着一个人的阅历愈渐丰富，写作自然也就成为一件驾轻就熟的事。所以说，四十岁之前很难成为一名优秀的长篇小说家。"① 或许是一种巧合，皮格利亚发表第一部长篇小说《人工呼吸》时，刚好四十岁。

　　《人工呼吸》是一部混合了多种文学体裁的作品，汇聚了历史小说、侦探小说、书信体小说、传记体小说以及成长小说等诸多元素，因此，简单将其归入某一类文学体裁是不全面的。笔者不想以某种单一文学体裁类型来框定皮格利亚丰富多样的创作，当笔者将《人工呼吸》这部庞杂的作品视为后现代侦探小说进行分析时，只想借助这样一种视角来重新审视《人工呼吸》这部作品，并试图通过研究挖掘作品中丰富的后现代侦探小说元素。

　　笔者认为，《人工呼吸》在谜团设置、侦探与罪犯形象、叙事结构等方面颠覆了传统侦探小说的模式，是一部具有后现代侦探小说特征的作品。作为一种程式文学体裁，在传统侦探小说中，事件是按调查——破案的线性顺序发展的，不论侦探的调查多么艰辛曲折，最终都以真相大白、惩恶扬善的结局收尾。但后现代侦探小说创作则颠覆了这一观念与模式，其显著特点就是谜团不可破解的开放性结局。

　　在《人工呼吸》的表层故事中，虽然遵循了调查破案的程序，但文人型侦探探寻的谜团最终并未破解。对主人公埃米利奥·伦西而言，他对舅舅马塞洛·马基之谜的追踪随着后者的失踪不得而解；对马基而言，他对恩里克·奥索里奥的追踪亦不得而终；对阿罗塞纳而言，他病态的

---

① 　Piglia, Ricardo. *Prisión perpetua*, 2007, p. 35.

"阐释狂"不仅没有引导他解开谜底，反而让他陷入了阐释的迷宫。《人工呼吸》的结尾不但没有揭露谜底，反而提出新的谜团，即马基的行踪，作者以这样一种叙事方式给读者留下一个完全开放的空间，并且颠覆了传统侦探小说封闭式的叙事结构。

　　侦探小说人物设置遵循其固定模式，一般分为受害者、侦探及罪犯三类人物。侦探小说的情节围绕侦探、罪犯和受害者形成的三角关系建构，其中罪犯的犯罪动机与犯罪实施过程构成侦查的重点，也是读者阅读的兴趣所在。因此，一部侦探小说中最先出现的往往是受害者与侦探，而罪犯要到小说结尾才会水落石出。但在《人工呼吸》中，受害者直至结尾才出现，即下落不明的马塞洛·马基，于是读者一跃成为真正的侦探。既然《人工呼吸》中的受害者是马基，侦探是读者，那么罪犯到底是谁呢？在小说文本产生前，作家已设计好侦探、罪犯与受害人的三角关系，并在此框架基础上填补构建，隐藏一些重要信息，以免罪犯过早出现。同时，又巧妙地留下些蛛丝马迹，不会被读者轻易识破，但又能在真相大白后使人恍然大悟。因此，作为侦探的读者必须从文本出发去寻找罪犯。

　　《人工呼吸》不仅是一部后现代侦探小说，还是皮格利亚借此展示自己的"两个故事""文人型侦探"及"侦探型读者"等创作理念的文学载体，是他采用侦探小说追踪解谜结构编织的一个谜样文本。侦探小说的情节模式是一种发现型模式，"这是一种逐步揭示或证实事件真相的情节类型，它体现为不断追求、寻找的模式"。[1] 小说不仅在"可见故事"层面采用了文人型侦探追踪解谜的调查模式，在作家、文本与读者的交流层面，皮格利亚也要求读者以这种"发现型模式"去阅读，去追寻小说的"隐藏故事"。国内学者任翔指出，侦探小说"如同神秘环做成的链条，分解开来是一个个神秘环，连接起来则是一个长长的神秘链。读者在阅读时，神秘环吸引着一页页读下去，直至神秘环被全部打开。"[2] 侦探型读者的阅读过程也是一种追踪调查的解谜过程。

　　小说的"可见故事"中，"所有的谜团都浓缩成一个名字"（59），即恩里克·奥索里奥。对读者而言，小说"隐藏故事"中的所有谜团也浓缩为一个名字：马塞洛·马基。侦探型读者的追踪调查始于马基，并由此挖

---

① 胡亚敏：《叙事学》，第 136 页。
② 任翔：《文学的另一道风景——侦探小说史论》，第 279 页。

掘出马基的失踪及其失踪的真相。读者通过对文本的认真研读，最终找到了隐藏在小说中的罪犯，20 世纪 70 年代的阿根廷军人独裁政权便是作品中隐藏的人物，成为集体罪犯。

在传统侦探小说中，政府要么代表正义的一方，最后将破坏社会稳定、危及公民安全的罪犯绳之以法；要么作为罪案发生的社会及政治大背景。"侦探小说都依循一个普遍规则建构：反社会的罪犯与制服罪犯的警察。"① 极少有直接描写政府，将矛头直指政府的侦探小说。但《人工呼吸》以一种隐秘的叙事手法，将军事独裁政府设置为罪犯，对其暴行进行揭露与控诉。本该主持正义的政府成了双手沾满鲜血的罪犯，因此，小说不仅颠覆了传统侦探形象，在对罪犯的形象设置上也进行了大胆的颠覆。值得指出的是，这一颠覆既体现了后现代侦探小说的特征，还极佳地诠释了皮格利亚提出的"妄想症小说"特点。

皮格利亚指出，在"妄想症小说"中，罪犯不再是一个独立的个体，而是一个拥有极权的组织或机构。换言之，侦探不再是与作为个体的罪犯对抗，而是与编织阴谋的一群人对抗。皮格利亚认为，阴谋与国家政治之间有着隐秘的联系，存在着一种政府阴谋，那是一种秘密的政治，它与通过情报工作维护国家利益和国家安全、监控民众行为的情报机关、秘密机构有着千丝万缕的联系。② 《人工呼吸》虽未对军政府独裁高压统治下的阿根廷社会进行直接正面的描述，但作品的字里行间却始终萦绕着一种压迫感和危机感。"肮脏战争"就是独裁政府编织的一个巨大政治阴谋，军政府为巩固自己的统治调动一切国家机器和情报机构，在全国范围内展开疯狂的抓捕和血腥的杀戮行动，将阿根廷变成一个充满"威胁感"的社会。

作为侦探型读者，我们通过追踪作家以加密的方式留在文本中的蛛丝马迹，层层解码，抽丝剥茧，挖掘出一个关于"肮脏战争"时期失踪者的故事。《人工呼吸》这部后现代侦探小说讲述的实际上正是阿根廷军政府暴力杀人的罪行。

鲁迅曾经说过："倘要论文，最好是顾及全篇，并且顾及作者的全

---

① Poveda, Héctor. "La novela del misterio", en *Retóricas del crimen: reflexiones latinoamericanas sobre el género policial*, Ezequiel De Rosso（selección y coordinación），2011, p. 41.

② 参见 Piglia, Ricardo. *Teoría del complot*, 2007, pp. 11 - 12。

人，以及他所处的社会状态，才较为确凿。"① 面对《人工呼吸》这样一部创作于阿根廷特殊历史时期的迷宫般的小说，我们不禁要问，蕴藏在《人工呼吸》中的谜团真的都解开了吗？ 在谜团之中是否还隐藏着更多的谜团呢？

　　20 世纪六七十年代，在军政府独裁的腥风血雨来临之前，恐怖主义的阴云已笼罩阿根廷。左翼庇隆主义组织"蒙托内罗斯"（Montoneros）、极右反共联盟"三 A 党"（Triple A）等组织的暴力行径成为"肮脏战争"的前奏，民众对迫害、审查、绑架、酷刑和暗杀已司空见惯。不少知识分子在 1976 年独裁开始前就已受到威胁，被迫流亡，如前面提及的马努埃尔·普伊格和胡安·赫尔曼。马努埃尔·普伊格的长篇小说《布宜诺斯艾利斯事件》因书中的性描写和对政府暴行的影射被阿根廷当局列入禁书名单，作家的亲人经常接到"三 A 党"的恐吓电话。胡安·赫尔曼也屡遭政府迫害。乌拉圭作家爱德华多·加莱亚诺这样描述诗人胡安·赫尔曼所遭受的痛苦："阿根廷的军人们打击他最疼痛之处，这种凶残会让希特勒患上一种无法治愈的自卑情结。"② "肮脏战争"开始后，阿根廷国内环境进一步恶化，更多知识分子选择流亡异乡，目的地以墨西哥、西班牙等西语国家为主。胡安·何塞·萨埃尔（Juan José Saer，1937 - 2005）、路易莎·巴伦苏埃拉（Luisa Valenzuela，1938 - ）、大卫·比尼亚斯、诺埃·吉特里克、奥斯瓦尔多·索里亚诺、门波·希亚迪内利等知名作家、学者均在长长的流亡者名单中。

　　这一时期的阿根廷社会危机四伏，风雨飘摇，知识分子站在命运的十字路口，不得不作出是去是留、何去何从的艰难抉择。面对这场知识分子的流亡大潮，皮格利亚最终选择了留下。身处独裁统治下的阿根廷，他的生活、工作和创作都受到了极大影响。《人工呼吸》中卢西亚诺·奥索里奥等人的信件被人拦截的情节，就源自作家的亲身经历："那时，我们非常担心与流亡在外的朋友之间的通信会遭到拦截，会被审查。"③ 皮格利亚从 1974 年开始组建学习团体，吸引了许多对文学、文化、社会学等感

---

① 鲁迅：《且介亭杂文二集·"题未定"草》（六至九），载《鲁迅杂文全集》，北京燕山出版社 2013 年版，第 1080 页。

② 爱德华多·加莱亚诺：《赫尔曼》，载《拥抱之书》，路燕萍译，作家出版社 2013 年版，第 229 页。

③ Roffé, Reina. "Entrevista a Ricardo Piglia", 2001, p. 101.

兴趣的年轻人加入。到了 1975 年，他已组建了三个团队，约三十人。独裁开始后，这几个学习团体不得不改在家中秘密进行。阿根廷记者、作家比森特·穆莱罗指出，"肮脏战争"时期留在阿根廷的知识分子行事十分低调谨慎：

> 胡安·何塞·塞布雷利、胡安·卡洛斯·马蒂尼、里卡多·皮格利亚及贝亚特丽兹·萨洛在授课时都格外谨慎。他们躲在家里，透过缝隙查看外面的动静，确保在学生到来之前不会有密探在街道某处盯梢。在独裁的最初几年里，整个文化领域不得不保持沉默，在高压的大环境中如履薄冰。作为补偿，文化界建起了自己的"微环境"。①

在这些与独裁政府默默对抗的"微环境"中就有《观点》杂志。该杂志由贝亚特丽兹·萨洛、皮格利亚、阿根廷社会学家卡洛斯·阿尔塔米拉诺（Carlos Altamirano）及阿根廷"共产主义先锋组织"领导人之一的埃利亚斯·塞芒（Elías Semán）共同创办，旨在关注各种思潮及理论在文学与文化等领域的体现。《观点》杂志聚集了一大批文人学者，但在创刊初期刻意保持低调，多以边缘学科或远离阿根廷社会现实的内容作为关注焦点，努力在独裁统治时期保留一块能继续思考的领地。贝亚特丽兹·萨洛回忆道：

> 《观点》是在阿根廷共产主义先锋组织的资助下创办的。多年来我们对此秘而不宣，因为如果消息外泄，便会危及许多人。那是一个秘密，是我和皮格利亚、阿尔塔米拉诺三人之间的秘密……那个年代，知识分子在政治上已不可能有所作为，于是我们就想借一本杂志或许能使大家联合起来……杂志带给我们一种继续生存下去的信念。……《观点》不是所谓的谋生之道，也不是什么秘密大学，它是一个试验台，是一种我们用来与人们沟通交流的新方式。在那个年

---

① Muleiro, Vicente. "A 30 años de la noche más larga（cultura）: persecución de intelectuales. Listas negras y escritores desaparecidos", en *Clarín*, 24 de marzo de 2006.

代，我们完全不可能以其他方式进行交流。[①]

　　这个以《观点》为中心的"圈子"，使皮格利亚等知识分子保持了一块能思考、能交流的精神领地。《观点》对他们而言"就像是囚犯在做运动。囚犯会留意阳光从哪里照进来，然后站在那里，在阳光停留的四十分钟里，他得活动四肢和腰腹，做引体向上。他必须得坚持下去"。[②]

　　独裁时期，选择留在国内的阿根廷知识分子的人身安全和创作自由都受到了令人窒息的压制，因此，他们还面临另一个抉择：是沉默不语还是勇敢言说？鲁迅写道："由历史所指示，凡有改革，最初，总是觉悟的智识者的任务。但这些智识者，却必须有研究，能思索，有决断，而且有毅力。"[③] 皮格利亚是一位兼具作家和思想家双重禀赋的知识分子，作家、历史学家、教授、记者、文学评论家这些身份并非彼此隔绝，而是互相影响、互相作用，使他既拥有深厚的人文知识、敏锐的洞察力，又具有知识分子的良知和社会责任感。凡此种种，促使皮格利亚决定以文言说，记录现实，以一己之力，揭露独裁暴行。

　　"肮脏战争"时期，决定以文"发声"的作家不得不慎重选择以何种方式言说。诚然，流亡国外的作家拥有更多的创作自由，他们也大多选择了以直截了当的方式控诉独裁政府的肮脏罪行。如胡安·何塞·萨埃尔的长篇小说《子虚乌有》（*Nadie nada nunca*，1980），情节围绕马匹杀戮事件徐徐展开，书中对"肮脏战争"的控诉是显而易见的：杀马疑犯的姓氏和 1976 年发动政变上台的军人同姓，都叫"魏地拉"。而留在国内的作家不得不面对严格的话语控制和文化审查。阿罗尔多·孔蒂、鲁道夫·瓦尔希等一部分作家选择了大声疾呼，奋起反抗。鲁道夫·瓦尔希在给阿根廷作家、记者弗朗西斯科·乌隆多（Francisco Urondo，1930 – 1976）的一封信中写道：

　　　　当你看到周遭越来越黑暗，当你听到周遭越来越死寂，就越能感

　　① Pablo E. Chacón y Jorge Fondebrider. *La paja en el ojo ajeno. El periodismo cultural argentino 1983 – 1998*. Buenos Aires：Ediciones Colihue，1998，p. 27.

　　② Sarlo，Beatriz．"Tozuda modernidad"，entrevista por Sofía Mercader y Diego García，julio de 2012，en http：//artepolitica.com/articulos/entrevista – a – beatriz – sarlo/.

　　③ 鲁迅：《且介亭杂文·"门外文谈"》，载《鲁迅杂文全集》，第 972 页。

受到人民是多么痛苦，生活是多么凄惨，这世间是多么不公，有钱人是多么飞扬跋扈，刽子手是多么暴戾恣睢。于是，你再也不能只是袖手旁观，你再也不能只是洗耳恭听，书写已经解决不了问题了。[①]

鲁道夫·瓦尔希是一位名副其实的"文人斗士"，他的一生都在与阿根廷的极权和暴政抗争，他不仅用文字揭露独裁政府的暴力行径，更是积极参与反政府、反压制的政治活动。鲁道夫·瓦尔希、阿罗尔多·孔蒂和弗朗西斯科·乌隆多这些作家拿起笔杆与枪杆做斗争，但不幸的是，他们的抗争遭到了军政府的残酷镇压，鲁道夫·瓦尔希和阿罗尔多·孔蒂失踪，弗朗西斯科·乌隆多被杀害。

鲁道夫·瓦尔希等作家的遭遇使留在国内的知识分子充分意识到处境的危险，出于对自身安全的考虑，他们采用象征、隐喻等手法去隐晦地言说，以此作为抗争。安娜·玛丽亚·苏亚（Ana María Shua，1951 – ）坦言："敢写国家之事的作家都不在国内，我们这些身在国内的作家只能借助隐喻手法……我们都成了含蓄委婉的行家，我们的语言和情绪皆由影射构成。"[②] 安娜·玛丽亚·苏亚的长篇小说《我是病人》（Soy paciente）也发表于 1980 年，讲述了一个男人莫名其妙地住进了医院，医生对他进行各种检查与治疗，却从不告诉他到底身患何病。起初，他试图逃离，但最终他接受了现实，把医院当作了自己的家，把自己当作了一个真正的病人。小说情节看似荒诞不经，实则充满了对军政府独裁统治的影射。

1976 年年底，皮格利亚曾受邀前往加利福尼亚大学讲学，学期结束后，他并没有选择留在美国，而是决定回到阿根廷：

1977 年 6 月，我回到阿根廷。我出门，在城市里行走，有种阔别多年重归故里时才有的陌生感。最先引起我注意的是军人们更换了路标：原本白底的公交路牌被换成了另外的牌子，上面写着："关押所"。这些指示牌道出了真相，一切都昭然若揭，恐怖在城市里悄然

---

① Rodolfo, Walsh. "Carta a Francisco Urondo, 1976", en *Rodolfo Walsh. Los años montoneros*, Hugo Montero y Ignacio Portela, Buenos Aires：Continente, 2010, p. 37.

② Corbatta, Jorgelina. *Narrativas de la Guerra Sucia en Argentina（Piglia，Saer，Valenzuela，Puig）*, 1999, p. 38.

蔓延。布宜诺斯艾利斯就像一个被攻陷的城市，侵略军已经开始扫荡，开始屠杀民众。城市成了一个隐喻。黑色恐怖已侵占城市的每个角落，与此同时，人们的日常生活却仍在继续，大街上，人来人往，一如既往。这种双重现实的冲击正是独裁时期惨痛现状的象征。……"关押所"：那块指示牌里浓缩着关于独裁的所有故事。①

这一经历带给作家极大的触动。既然政府可以借用虚构去掩盖真相，那么作家也可以借用虚构的力量去呈现真相；既然决定言说，那么到底以何种创作手法去言不可言之事呢？

于我而言，围绕某个谜团或某个秘密去展开叙述的叙事形式可谓得心应手。可以说，我创作的所有作品都具有一个共同点，即小说总在某处讲述某一类型的追踪调查。或许就是因为这一元素，我才与侦探小说紧密相连。……每当我要开始讲述一个故事时，首先想到的就是一个谜团，一个疑问，一个需要去调查追踪的事物。当然，我不会总求助于侦探，但总有那么一个人物，甚至是很多人物，在调查什么。这就是侦探小说的结构：通过仅有的蛛丝马迹去重建一个故事。②

在之前的创作中，皮格利亚就曾借侦探小说之形，行批判现实之实，如《女疯子与犯罪故事》等作品。在独裁统治的高压之下，作家再次选择侦探小说这一驾轻就熟的体裁去言志表意，可谓顺理成章。"事出于沈思，义归乎翰藻"，通过后现代侦探小说这种形式，作家在"不能言说之地"开辟出一种新的言说方式。巴尔加斯·略萨在谈及专制政权统治的社会时曾写道：

小说和历史已经没有什么区别，二者互相混淆，互相取代，经常

---

① Piglia, Ricardo. *Crítica y ficción*, 2001, pp. 107－108.

② Piglia, Ricardo. "La lectura de los escritores es siempre una toma de posición", en *Conversaciones: entrevistas a César Aira, Guillermo Cabrera Infante, Roger Chartier, Antonio Muñoz Molina, Ricardo Piglia, y Fernando Savater*, Carlos Alfieri, 2008, pp. 79－80.

不断地改变身份，如同在假面具舞会里一样……掌权者不仅擅自使用控制人们行动（言论和行动）的特权；而且要求管制人们的想象、梦幻，当然还有人们的记忆力……把历史变成政府的工具，以便担负起统治者合法的任务，还担负起为统治者的暴行提供杀人不在场的证明。①

独裁政府将小说与历史混淆，将虚构变成历史，借此伪造官方记忆，篡改历史。皮格利亚的做法似乎也是将小说与历史混淆，只不过是将历史变成虚构，将对独裁的思索与抗争包裹成谜团置入文本，用文学的真实揭露官方历史的谎言。其短篇小说《令人厌倦的现实》中有这么一句话："此时此刻，我终于明白，虚构是现实的真实反映。真相深藏于虚构之中，只需要阅读它的人具备从中发掘真相的能力。"② 在《人工呼吸》中，作家采用后现代叙事策略，将阿根廷"肮脏战争"的真相深藏于虚构之中，借用文人型侦探去思索历史、文学与现实之间的关系，并启迪侦探型读者去解密被独裁政府抹杀的残酷现实。

值得特别指出的是，在《人工呼吸》之前，皮格利亚的文学创作均为短篇小说。但当作家身处历史的旋涡，面对深受暴政摧残的阿根廷社会时，国家命运的跌宕带给他前所未有的心灵震荡，高压统治造成的危机感和恐惧感、知识分子的良知，这一切迫使他必须做出选择：流亡还是留下？沉默还是言说？奋起抗争还是隐忍以行？这些复杂的人生感悟自然无法在一部短篇小说中全然尽诉，因此，皮格利亚第一次选择了长篇小说这一形式来表达内心的万千思绪。《人工呼吸》这部作品有着深厚的人文底蕴，凝聚着作家对社会、历史、文化、文学创作的深刻洞察。

《人工呼吸》是一部关于"缺席"的侦探小说，受害者（马基）、侦探（读者）、罪犯（阿根廷独裁政府）均未在小说的表层故事中"露面"，甚至连谜底也是缺席的，需要通过侦探型读者才能揭示。《人工呼吸》中的知识分子也都是"缺席"的：恩里克·奥索里奥和塔德维斯基流亡异乡，相对各自的祖国而言他们是缺席的；卢西亚诺囿于一隅，成了阿根廷社会的"隐身人"，精神流亡的状态也是某种意义上的缺席；伦西

---

① 巴尔加斯·略萨：《谎言中的真实》，赵德明译，云南人民出版社1997年版，第80页。

② Piglia, Ricardo. "La prolijidad de lo real", 1978, p. 27.

蜷缩在纯文学的象牙塔中也是一种缺席；马基虽然留在国内坚持抗争，但他最后的失踪也意味着最终、永远的缺席。

在这样一部充满"缺席"现象的小说背后，隐藏着的却是作者皮格利亚的"在场"。独裁开始后，作家没有流亡他乡而是留在国内，他不仅选择"在场"，还选择"莅临"。如果说伦西、马基等文人型侦探试图回答的是："这里有故事/历史吗？"侦探型读者在阅读中努力探寻的是："这故事/历史的背后有什么故事/历史？"那么，皮格利亚则试图回答："如何通过这个故事/历史去讲述那个不能提及的故事/历史？"通过《人工呼吸》，皮格利亚将自己作为一个具有历史使命感和社会责任感的作家的认知体悟和深刻思考转化为一种"莅临"的话语和"出场"的言说。

我们曾分析了《假如我就是这阴郁的冬天》和《笛卡尔》这两幅肖像画在小说中的象征意义。我们认为，这两幅画诠释的只是《人工呼吸》中的"可见故事"，小说中还隐藏着另外一幅意味深长的"肖像画"。那首题为《卡夫卡》的诗，描绘的是走在带刺的钢丝上的艺术家的形象，而这正是皮格利亚自己的生动写照，是作家本人在小说中的"出席"。

"走钢丝的人"这一意象首次出现在克鲁斯·巴伊戈里亚写给儿子的信中："前不久，我们皮拉这个小地方来了一个马戏团。有小丑、狮子，还有一个人，他走在一根钢丝上，试图保持平衡。抬头看，他在高空中行走，就像一只鸟儿，展开翅膀寻求平衡。"（86）看似随意提及的一件生活琐事，实则富含寓意。"马戏团"让人联想起"肮脏战争"时期混乱的阿根廷政局，在这个乱糟糟的政治舞台上，靠政变上台的军人如"小丑"一般登场，而其武装爪牙则像"狮子"般凶残，肆意妄为，随意杀戮。在这场腥风血雨中，却有一个走钢丝的人，他站在高处，与现实保持一定的距离，恍若一个置身事外、处于边缘的见证者。而且，他像鸟儿一样，在逆境中勇敢坚持着，展开双翼期待飞翔的自由。

"走钢丝的人"再次出现是在马科尼的梦中。马科尼与伦西讨论文学时，提到他曾梦见一首短诗："我/一个走钢丝的人/在高高的空中/光着脚/行走在一根布满利刺的/钢丝上"。（144）伦西建议以"艺术家的肖像画"为题，马科尼反驳道："既然这是一首描写艺术家的诗，那么艺术家这个词就绝不能出现，更别提出现在诗名中了。这是不是一个不成文的规定？在文学中，他说，最最重要的东西永远不能提及。"（144）

塔德维斯基向伦西讲述了他阅读中的一个重大发现：1909 年前后，

卡夫卡和希特勒的人生曾在布拉格有所交集。当时的希特勒还只是一个怀揣画家梦想的青年，他与卡夫卡在咖啡馆相识，经常聊天，其中自然也涉及他的一些政治观点。塔德维斯基认为，卡夫卡在其长篇小说《诉讼》中所描写的，正是纳粹极权统治下人们的生存状况。卡夫卡的文学作品具有预言历史的能力，因为"卡夫卡能观察到且细致入微地观察到恐惧是如何一点点累积的"，"他全神贯注地聆听着历史病态的低喃"。（210）塔德维斯基认为，马科尼那首诗的题目应该叫《卡夫卡》："卡夫卡，或是在集中营的上空，行走在带刺钢丝上的艺术家"，（210）"他走在空中，没有网，冒着生命危险保持着平衡，在那条紧绷的语言的钢丝上，他迈出一只脚，然后极其缓慢地伸出另一只脚"。（214）塔德维斯基由此展开论述：

> 凡不可言说的，应当沉默，维特根斯坦如是说。如何去叙述不能谈论的事情？这就是卡夫卡在作品中探讨的问题，是他一次又一次试图回答的问题。换言之……他的作品是唯一敢于谈论不能谈及之事的作品。那么，今时今日，我们无法谈及的又是什么呢？是奥斯威辛。那个世界，语言无法企及，一道道语言的铁丝网将我们隔开。那是带刺的钢丝：走钢丝的人行走着，光着脚，独自一人，在那高处行走，看是否有可能说一说另一侧发生的事情。……乔伊斯试图从历史的梦魇中醒来，用语言去表演美轮美奂的杂技。而卡夫卡则相反，他每一天醒来，都是为了进入那场梦魇，并试图去记录那场梦魇。（214—215）

这段引文，表面上是在讨论卡夫卡的作品，实际上却是作者在发表自己的观点。"肮脏战争"时期，皮格利亚等留在国内的作家只能戴着脚镣跳舞，和卡夫卡一样，危险地行走在带刺的钢丝上，探寻着讲述阿根廷版"奥斯维辛"的故事的可能性。他效仿卡夫卡，进入现实的梦魇，并试图用一部充满碎片性的晦涩的作品去记录那个梦魇，用《人工呼吸》去见证一段黑暗的历史。关于独裁的一切是不能在作品中直接谈论的现实，是作家们应当沉默不言的事件，卡夫卡的创作为"如何去叙述不能谈论的事情"做出了示范："永远都会有那么一个证人，他看到了一切，并且敢于讲出真话。他幸存了下来，使历史的真相不被抹杀。这就是所谓的与官方故事相反的故事，这就是卡夫卡的声音。"①

　　光脚行走在带刺的钢丝上的艺术家，似乎是皮格利亚本人的肖像画，他在语言的钢丝上砥砺前行，试图在"肮脏战争"时期留下"皮格利亚的声音"。皮格利亚与卡夫卡、鲁迅等作家，虽然所处的时代背景、文化环境不同，但都遇到了"言说""如何言说""如何以文言志"等问题。阿根廷独裁统治的高压政策使知识分子几近窒息，皮格利亚无法像鲁迅那样大声呐喊，就只能模仿卡夫卡的声音。他试图通过《人工呼吸》的创作进行一场"呼吸"，发出自己的声音，做一个"肮脏战争"的见证人。与此同时，他也试图通过《人工呼吸》进行一场"人工呼吸"，用文学作品启迪民众，唤醒人们学会思考，学会判断。正如皮格利亚所言："叙述者是传递人生经历的意义的人，读者则是寻找遗失的经验的意义的人。"②

　　皮格利亚也试图通过《人工呼吸》传递一种在逆境中坚持的信念，哪怕现实再黑暗再令人绝望，也要怀揣希望。哪怕一切让人窒息，无法喘息，甚至自主呼吸已经停止，但只要坚持人工呼吸，就仍有生的希望，就能等到自由呼吸之时。小说末尾写道："塔德维斯基走到窗边，只见微光初现，暗夜渐渐褪成灰蒙。他背对着我，望着外面，说道，拂晓已至，天快亮了。"（218）这部名为《人工呼吸》的小说，全书只有书名出现了"人工呼吸"几个字，或许，小说裹藏最深的谜底恰恰是位于最醒目处的"人工呼吸"。

　　皮格利亚说道："创作是一条漫漫长路，作家循路而行，渐行渐远，直至找到属于自己的声音，找到他独有的叙述故事和感受现实的方式。"③后现代侦探小说构成了皮格利亚叙述故事、感受现实的一种独特的方式，作家运用"两个故事""文人型侦探""侦探型读者"等元素设计出一个又一个奥妙无穷的"解谜游戏"。在2014年11月出版的《自选集》序言中，皮格利亚写道：

　　　　如果读者懂得以一种新的顺序去阅读一个作家写下的文字，那么

①　Piglia, Ricardo. *Tres propuestas para el próximo milenio（y cinco dificultades）*, 2001, p. 27.

②　Piglia, Ricardo. *El último lector*, 2005, p. 105.

③　Quintero Restrepo, Mónica. "Ricardo Piglia tiene un hombre casi igual a él, que no envejece", en *El Colombiano*, el 29 de enero de 2014.

他肯定会有所收获，在那些文字的背后永远隐藏着某种罪行……我们可以想象未来的某位读者，化身为温文尔雅、潜力无穷的侦探，他不仅能发现这本自选集最初的形式，而且还能揭晓我织入其中的秘密。①

皮格利亚在其作品中营造的谜之迷宫里究竟隐藏了多少秘密？对于读者而言，这的确是一场无尽的解谜之旅。

---

① Piglia, Ricardo. *Antología personal*, 2014, prólogo.

参考文献

皮格利亚作品：

1. *Antología personal.* México D. F. ： Fondo de Cultura Económica，2014.

2. *Artificial respiration.* Translated by Daniel Balderston. Durham and London：Duke University Press，1994.

3. *Blanco nocturno.* Barcelona：Editorial Anagrama，2010.

4. *Conversación en Princeton.* Arcadio Díaz Quiñones，Paul Firbas，Noel Luna y José A. Rodríguez Garrido（eds.）. Princeton：PLAS y Princeton University，1999.

5. *Crítica y ficción.* Buenos Aires：Ediciones Siglo Veinte，1993.

6. *Crítica y ficción.* Barcelona：Editorial Anagrama，2001.

7. *Cuentos con dos rostros.* Marco Antonio Campos（selección）. México，D. F. ： UNAM，1992.

8. *Cuentos morales：Antología（1961 – 1990）.* Buenos Aires：Editora Espasa Calpe Argentina，1995.

9. *El camino de Ida.* Barcelona：Editorial Anagrama，2013.

10. *El último lector.* Barcelona：Editorial Anagrama，2005.

11. *Formas breves.* Buenos Aires：Temas Grupo Editorial，1999.

12. "Ideología y ficción en Borges"，en *Punto de Vista*，núm. 5，marzo de 1979，pp. 3 – 6.

13. *La Argentina en pedazos.* Buenos Aires：Ediciones de La Urraca，1993.

14. *La ciudad ausente.* Barcelona：Editorial Anagrama，2003.

15. *La ciudad ausente.* Luis Scafati（ilustraciones），Pablo de Santis（adaptación y el prólogo）. Barcelona：Libros del Zorro Rojo，2008.

16. "La ficción paranoica", en *Clarín*, suplemento *Cultura y Nación*, Buenos Aires, 10 de octubre de 1991.

17. *La forma inicial: conversaciones en Princeton.* México D. F. : Editorial Sexto Piso, 2015.

18. *La invasión.* Barcelona: Editorial Anagrama, 2006.

19. "La prolijidad de lo real", en *Punto de Vista*, núm. 3, julio de 1978, pp. 26 – 28.

20. *Las fieras. Antología del género policial en la Argentina* (Selección y prólogo). Buenos Aires: Clarín-Aguilar, 1993.

21. *Las tres vanguardias: Saer, Puig, Walsh.* Buenos Aires: Eterna Cadencia, 2016.

22. *Los diarios de Emilio Renzi: Años de formación.* Barcelona: Editorial Anagrama, 2015.

23. *Los diarios de Emilio Renzi: Los años felices.* Barcelona: Editorial Anagrama, 2016.

24. *Los diarios de Emilio Renzi: Un día en la vida.* Barcelona: Editorial Anagrama, 2017.

25. "Los usos de Borges", entrevista con Sergio Pastormerlo, en *Variaciones Borges*, núm. 3, Aarhus Universitet, 1997, pp. 17 – 27.

26. *Nombre falso.* Buenos Aires: Seix Barral, 1994.

27. *Nombre falso.* Barcelona: Editorial Anagrama, 2002.

28. "Notas sobre *Facundo*", en *Punto de Vista*, núm. 8, marzo-junio de 1980, pp. 15 – 18.

29. *Plata quemada.* Barcelona: Editorial Anagrama, 2000.

30. *Por un relato futuro: conversaciones con Juan José Saer.* Barcelona: Editorial Anagrama, 2015.

31. *Prisión perpetua.* Barcelona: Editorial Anagrama, 2007.

32. *Respiración artificial.* Barcelona: Editorial Anagrama, 2001.

33. "Secreto y narración. Tesis sobre la nouvelle", en *El arquero inmóvil: nuevas poéticas sobre el cuento*, Eduardo Becerra (ed.), Madrid: Editorial Páginas de Espuma, S. L. , 2006, pp. 187 – 205.

34. "Teoría del complot", en *Casa de las Américas*, núm. 245, 2006, pp.

32 – 41.

35. *Teoría del complot*. Buenos Aires: Editorial Mate, 2007.

36. *Tres propuestas para el próximo milenio (y cinco dificultades)*. Buenos Aires: Fondo de Cultura Económica, 2001.

37. Piglia, Ricardo y Saer, Juan José. *Diálogo*. Santa Fe: Centro de Publicaciones de la Universidad Nacional del Litoral, 1995.

38. Renzi, Emilio (selección). *Cuentos policiales de la Serie Negra*. Buenos Aires: Tiempo Contemporáneo, 1969.

皮格利亚作品研究文献：

39. Alfieri, Carlos. *Conversaciones: entrevistas a César Aira, Guillermo Cabrera Infante, Roger Chartier, Antonio Muñoz Molina, Ricardo Piglia, y Fernando Savater*. Buenos Aires: Katz Editores, 2008.

40. Alí, Alejandra. "La casa de la memoria", en Nueva Revista de Filología Hispánica, El Colegio de México, núm. 2, 2006, pp. 523 – 556.

41. Alí, Alejandra. "Ricardo Piglia: la trama de la historia", en *Cuadernos Hispanoamericanos*, núm. 607, 2001, pp. 113 – 122.

42. Ángel Alzate, Victoria Eugenia. *Reescrituras, juegos textuales y "descartes" en Respiración artificial de Ricardo Piglia*. Pereira: Universidad Tecnológica de Pereira, 2008.

43. Avelar, Idelber. "Cómo respiran los ausentes: La narrativa de Ricardo Piglia", en *MLN*, Vol. 110, núm. 2, marzo de 1995, The Johns Hopkins University Press, pp. 416 – 432.

44. Avelar, Idelber. "Notas para un glosario de Ricardo Piglia", en *Revista de Estudios Hispánicos*, núm. 2, Vol. 38, 2004, pp. 227 – 234.

45. Balderston, Daniel. "El significado latente en *Respiración artificial* de Ricardo Piglia y *En el corazón de junio* de Luis Gusmán", en *Ficción y política: la narrativa argentina durante el proceso militar*, Daniel Balderston y otros (eds.), Buenos Aires: Alianza, 1987, pp. 109 – 121.

46. Becerra, Eduardo. *El arquero inmóvil: nuevas poéticas sobre el cuento.*

Madrid: Editorial Páginas de Espuma, S. L. , 2006.

47. Beilin, Katarzyna O. *Conversaciones literarias con novelistas contemporáneos.* Woodbridge: Tamesis, 2004.

48. Berg, Edgardo Horacio. "La búsqueda del archivo familiar: notas de lectura sobre *Respiración artificial* de Ricardo Piglia", en *Itinerarios entre la ficción y la historia: transdiscursividad en la literatura hispanoamericana y argentina*, Elisa Calabrese (ed.), Buenos Aires: Grupo Editorial Latinoamericano, 1994, pp. 117 – 135.

49. Berg, Edgardo Horacio. "La respiración dialógica entre ficción e historia: *Respiración artificial* de Ricardo Piglia", en *Cuadernos para Investigación de la Literatura Hispánica*, núm. 20, Madrid, 1995, pp. 51 – 55.

50. Berg, Edgardo Horacio. "El debate sobre las poéticas y los géneros: diálogos con Ricardo Piglia", en *CELEHIS: Revista del Centro de Letras Hispanoamericanas*, núm. 2, Universidad Nacional de Mar del Plata, 1992, pp. 183 – 198.

51. Berg, Edgardo Horacio. "El relato ausente (sobre la poética de Ricardo Piglia)", en Berg *et al.* , *Supersticiones de linaje. Genealogías y reescrituras.* Rosario: Beatriz Viterbo, 1995, pp. 139 – 158.

52. Berg, Edgardo Horacio. "Ricardo Piglia, lector de Borges", en *Iberoamericana. Lateinamerika. Spanien. Portugal*, Vol. 1, núm. 69, Frankfurt, 1998, pp. 41 – 56.

53. Berg, Edgardo Horacio. *Poéticas en suspenso: migraciones narrativas en Ricardo Piglia, Andrés Rivera y Juan José Saer.* Buenos Aires: Editorial Biblos, 2002.

54. Bernal Marín, Iván. "Uno que no pudo resistir a Borges fue García Márquez", entrevista con Ricardo Piglia, en *La República*, Colombia, 7 de marzo de 2014.

55. Besarón, Pablo. *La conspiración. Ensayos sobre el complot en la literatura argentina.* Buenos Aires: Ediciones Simurg, 2009.

56. Bratosevich, Nicolás. *Ricardo Piglia y la cultura de la contravención.* Buenos Aires: Atuel, 1997.

57. Bravo Herrera, Fernanda Elisa. "Teoría y praxis de la narración en la

escritura de Ricardo Piglia: el mito del Diario y del secreto", en *Metalinguaggi e metatesti. Lingua, letteratura e traduzione*, *XXIV Congresso AISPI* (*Padova*, *23 - 26 maggio 2007*), a cura di A. Cassol, etc., Roma: AISPI Edizioni, 2012, pp. 169 - 176.

58. Carrión, Jorge. *El lugar de Piglia: crítica sin ficción.* Barcelona: Editorial Candaya, 2008.

59. Conejo Olvera, Laura Yazmín. "La ficción argentina como arma ante el silencio: construcción crítico-literaria de *La ciudad ausente*", en *Revista Científica de Investigaciones Regionales*, Vol. 35, núm. 1, octubre de 2012 - marzo de 2013, Universidad Autónoma de Yucatán, pp. 55 - 80.

60. Corbatta, Jorgelina. *Narrativas de la Guerra Sucia en Argentina* (*Piglia*, *Saer*, *Valenzuela*, *Puig*). Buenos Aires: Ediciones Corregidor, 1999.

61. Corbatta, Jorgelina. "Borges/Piglia: Diez puntos de encuentro/desencuentro", en *Revista de Estudios Hispánicos*, núm. 2, Vol. 38, 2004, pp. 235 - 259.

62. Corral, Rose (ed.). *Entre ficción y reflexión. Juan José Saer y Ricardo Piglia.* México D. F. : El Colegio de México, 2007.

63. Corral, Rose. "Ricardo Piglia: los *usos* de Arlt", en *Roberto Arlt*: *una poética de la disonancia.* México D. F. : El Colegio de México, 2009, pp. 141 - 151.

64. Dela Torre, Osvaldo. "¿Hitler precursor de Kafka? *Respiración artificial* de Ricardo Piglia", en *Espéculo*: *Revista de Estudios Literarios*, mayo-junio de 2005.

65. Demaría, Laura (comp.). *Argentina-s: Ricardo Piglia dialoga con la generación del 37 en la discontinuidad.* Buenos Aires: Ediciones Corregidor, 1999.

66. Demaría, Laura. "Yo, Ricardo Piglia: editor de antologías", en *Revista de Estudios Hispánicos*, núm. 2, Vol. 38, 2004, pp. 261 - 275.

67. Echavarren, Roberto. "La literariedad: *Respiración artificial*, de Ricardo Piglia", en *Revista Iberoamericana*, núm. 125, octubre-diciembre de 1983, pp. 997 - 1008.

68. Echavarren, Roberto. *Margen de ficción. Poéticas de la narrativa hispanoamericana*. México D. F. : Editorial Joaquín Mortiz, 1992.

69. Fornet, Jorge (comp.). *Ricardo Piglia*, serie valoración múltiple. La Habana y Bogotá: Fondo Editorial Casa de las Américas, 2000.

70. Fornet, Jorge. *El escritor y la tradición: en torno a la poética de Ricardo Piglia*. La Habana: Editorial Letras Cubanas, 2005.

71. Fornet, Jorge. *El escritor y la tradición. Ricardo Piglia y la literatura argentina*. Buenos Aires: Fondo de Cultura Económica de Argentina, 2007.

72. Fornet, Jorge. *El escritor y la tradición en la obra de Ricardo Piglia*. Tesis doctoral, El Colegio de México, 2000.

73. Gallo, Marta. "In-trascendencia textual en *Respiración artificial* de Ricardo Piglia", en *Nueva Revista de Filosofía Hispánica*, núm. 35, 1987, pp. 819 – 834.

74. Garabano, Sandra. *Reescribiendo la nación: la narrativa de Ricardo Piglia*. Ciudad Juárez: Universidad Autónoma de Ciudad Juárez, 2003.

75. García, Luis Ignacio. "Ricardo Piglia lector de Walter Benjamin: compromiso político y vanguardia artística en los 70 argentinos", en *Iberoamericana. América Latina-España-Portugal*, núm. 49, marzo 2013, pp. 47 – 66.

76. Gnutzmann, Rita. "La mirada histórica de Piglia en *Respiración artificial*", en "Discurso historiográfico y discurso ficcional. Actas del Tercer Congreso Internacional del Celcirp. Universidad de Regensburg-Alemania, 2 – 5 de julio de 1990". *Río de la Plata, Culturas*, núm. 11 – 12, pp. 271 – 278.

77. González Álvarez, José Manuel. *En los "Bordes fluidos": formas híbridas y autoficción en la escritura de Ricardo Piglia*. Bern: Peter Lang S. A. , Editorial Científica Internacional, 2009.

78. González, Susana Inés. "Piglia y Renzi: el autor y un personaje de ficción", en *Proceedings of the 2° Congreso Brasileiro de Hispanistas*, São Paulo, 2002.

79. Grzegorczyk, Marzena. "Discursos desde el margen: Gombrowicz, Piglia y la estética del basurero", en *Hispamérica*, núm. 73, abril de 1996,

pp. 15 – 33.

80. Hernández-Castellanos, Camilo y Lawrence, Jeff. "La ficción paranoica y el nacimiento de la novela policial: una entrevista con Ricardo Piglia", en *Studies in Latin American Popular Culture*, Vol. 29, 2011, pp. 218 – 229.

81. López Badano, Cecilia. "Canon e identidad nacional en la literatura argentina reciente: de Ricardo Piglia a Tomás Eloy Martínez", en *Actas del XV Congreso de La Asociación Internacional de Hispanistas*, "*Las dos orillas*", *IV*. México D. F.: Fondo de Cultura Económica, Asociación Internacional de Hispanistas, Tecnológico de Monterrey y El Colegio de México, 2007, pp. 383 – 392.

82. Macedo Rodríguez, Ángel Alfonso. *De la crítica a la ficción y de la ficción a la crítica: una lectura sobre la poética de Ricardo Piglia*. Tesis de maestría, Universidad Autónoma Metropolitana, 2007.

83. Marimón, Antonio. "¿Cómo escribir hoy en Argentina, si es imposible?", en *Nueva Época*, *Revista de la Universidad de México*, núm. 3, julio de 1981, pp. 46 – 49.

84. Maristany, José Javier. *Narraciones peligrosas: resistencia y adhesión en las novelas del Proceso*. Buenos Aires: Editorial Biblos, 1999.

85. Maristain, Mónica. "*El camino de Ida*, la historia de 'Unabomber', el Premio Manuel Rojas: Ricardo Piglia modelo 2013", en *Fama*, *Tiempo Real*, 16 de agosto de 2013.

86. Menton, Seymour. "Cuestionando las definiciones o el arte de la subversión. *Respiración artificial* de Ricardo Piglia", en *La nueva novela histórica de la América Latina*, *1979 – 1992*. México D. F.: Fondo de Cultura Económica, 1993, pp. 190 – 207.

87. Mesa Gancedo, Daniel (coord.). *Ricardo Piglia. La escritura y el arte de la sospecha*. Sevilla: Universidad de Sevilla, 2006.

88. Monder, Samuel. "El exiliode Descartes: europeísmo y filosofía moderna en *Respiración artificial*", en *Chasqui*: *Revista de Literatura Latinoamericana*, Vol. 36, núm. 2, noviembre de 2007, pp. 116 – 126.

89. Orecchia Havas, Teresa (comp.). *Homenaje a Ricardo Piglia*. Buenos

Aires：Catálogos，2012.

90. Orecchia Havas. "*Respiración artificial*, la respuesta de la novela", en "Discurso historiográfico y discurso ficcional. Actas del Tercer Congreso Internacional del Celcirp. Universidad de Regensburg-Alemania, 2 – 5 de julio de 1990". *Río de la Plata*, *Culturas*, núm. 11 – 12, pp. 279 – 288.

91. Pereira，María Antonieta. *Ricardo Piglia y sus precursores*, traducida al español por Adriana Pagano. Buenos Aires：Ediciones Corregidor, 2001.

92. Pons，María Cristina. *Más allá de las fronteras del lenguaje*, *un análisis crítico de Respiración artificial de Ricardo Piglia*. México D. F.：UNAM, 1998.

93. Quesada Gómez，Catalina. *La metanovela hispanoamericana en el último tercio del siglo XX：las prácticas metanovelescas de Salvador Elizondo*, *Severo Sarduy*, *José Donoso y Ricardo Piglia*. Madrid：ArcoLibros, S. L., 2009.

94. Quintana，Isabel. *Figuras de la experiencia en el fin de siglo：Cristina Peri Rossi*, *Ricardo Piglia*, *Juan José Saer*, *Silviano Santiago*. Rosario：Beatriz Viterbo Editora, 2001.

95. Remiro Fondevilla，Sonia. "El triángulo de la historia en *Respiración artificial*", en *Espéculo：Revista de Estudios Literarios*, noviembre de 2005 – febrero de 2006.

96. Rodríguez Pérsico，Adriana. "Las huellas del género. Sobre *Blanco nocturno* de Ricardo Piglia", en *Casa de las Américas*, núm. 265, octubre-diciembre de 2011, pp. 97 – 105.

97. Rodríguez Pérsico，Adriana y Fornet，Jorge（comps.）. *Ricardo Piglia：una poética sin límites*. Pittsburgh：Instituto Internacional de Literatura Iberoamericana de la Universidad de Pittsburgh, 2004.

98. Roffé，Reina. "Entrevista a Ricardo Piglia", en *Cuadernos Hispanoamericanos*, núm. 607, 2001, pp. 97 – 111.

99. Romano Thuesen，Evelia A. "Marcelo：el presente sin presencia en *Respiración artificial* de Ricardo Piglia", en *Nueva Revista de Filología Hispánica*, tomo XLI, núm. 1, El Colegio de México, 1993, pp. 279 –

291.

100. Rovira Vázquez, Gabriel Antonio. *Poética de la ficción en Ricardo Piglia*: *el programa de lectura y la pesquisa por el sentido*. Tesis doctoral, Universidad Autónoma de Madrid, 2009.

101. Sazbón, José. "La reflexión literaria", en *Punto de Vista*, núm. 11, marzo-junio de 1981, pp. 37 – 44.

102. Sequera, Magalí. "Luz, cámara, narración: fotografía y relato en Ricardo Piglia", en *Cuadernos Americanos*, *Nueva Época*, núm 143, enero-marzo de 2013, CIALC, UNAM, pp. 149 – 161.

103. Sinno, Neige. *Lectores entre líneas*: *Roberto Bolaño, Ricardo Piglia y Sergio Pitol*. México D. F. : Editorial Aldus, 2011.

104. Sosnowski, Saúl (comp.). *Represión y reconstrucción de una cultura*: *el caso argentino*. Buenos Aires: Editorial Universitaria de Buenos Aires, 1988.

105. Spiller, Roland. "Tres detectives literarios de la nueva novela argentina: Martini, Piglia, Rabanal", en "Discurso historiográfico y discurso ficcional. Actas del Tercer Congreso Internacional del Celcirp. Universidad de Regensburg-Alemania, 2 – 5 de julio de 1990", *Río de la Plata*, *Culturas*, núm. 11 – 12, pp. 361 – 370.

106. Stanton, Anthony. "Narrar la historia: Ética y experimentación en José Emilio Pacheco y Ricardo Piglia", en *Norte y Sur*: *la narrativa rioplatense desde México*, Rose Corral (ed.), México D. F. : El Colegio de México, 2000, pp. 47 – 55.

107. Sztrum, Marcelo. "Literatura e historia en el campo de la literatura argentina contemporánea: *Respiración artificial* y *Respiración artificial*", en "Discurso historiográfico y discurso ficcional. Actas del Tercer Congreso Internacional del Celcirp. Universidad de Regensburg-Alemania, 2 – 5 de julio de 1990". *Río de la Plata*, *Culturas*, núm. 11 – 12, pp. 289 – 302.

108. Torres Perdigón, Andrea. "Ricardo Piglia y Roberto Bolaño: tradición y narratividad", en *Perífrasis*, núm. 6, julio-diciembre de 2012, pp. 23 – 41.

109. Ugaz, Jimena. "La metaficción historiográfica en *Respiración artificial* de Ricardo Piglia", en *Romance Quarterly*, Vol. 56, 2009, pp. 279 – 292.

110. Vidal, Hernán. *Fascismo y experiencia literaria: reflexiones para una recanonización*. Minneapolis, Minn.: Society for the Study of Contemporary Hispanic and Lusophone Revolutionary Literatures, 1985.

111. Vizcarra, Héctor Fernando. "Detectives, lectura, enigma: ficción en la ficción policial", en *Cuadernos Americanos*, *Nueva Época*, núm. 143, CIALC, UNAM, enero-marzo del 2013, pp. 115 – 134.

112. Waisman, Sergio. "Piglia entre Joyce y Macedonio: Una revalorización estética y política", en *Revista de Estudios Hispánicos*, Washington University, núm. 38, mayo de 2004, pp. 277 – 291.

113. Hidalgo, Emilse. "(Mis) appropriating Europe: the Argentine Gaze in Ricardo Piglia's *Artificial Respiration*", en *Bulletin of Latin American Research*, 2011, pp. 104 – 117.

114. Levinson, Brett. "Trans (re) lations: Dictatorship, Disaster and the 'Literary Politics' of Piglia's *Respiracion Artificial*", en *Latin American Literary Review*, Jan. -Jun. , 1997, Vol. 25, pp. 91 – 120.

115. Ortega, Francisco A. "Betweenmidnight and dawn: the disabling of history and the impoverishment of utopia in Ricardo Piglia's *Artificial Respiration*", en *South Atlantic Quarterly*, 106 (1), 2007, pp. 153 – 182.

116. Page, Joanna. "Crime, capitalism, and storytelling in Ricardo Piglia's *Plata quemada*", en *Hispanic Research Journal*, Vol. 5, n. 1, February 2004, pp. 27 – 42.

117. Rea, Lauren. "'Los que se fueron y los que se quedaron': History, Exile and Censorship in Ricardo Piglia's *Respiración artificial* and Manuel Puig's *Maldición eterna a quien lea estas páginas*", en *Bulletin of Spanish Studies*, University of Glasgow, Vol. 89, núm. 3, mayo de 2012, pp. 415 – 433.

118. Venegas, José Luis. "The Genre of Treason: Epistolarity in Ricardo Piglia's *Respiración artificial*", in *Revista Hispánica Moderna*, Vol. 66,

2013, pp. 73 – 87.

119. Waisman, Sergio. "Ethics and Aesthetics North and South: translation in the work of Ricardo Piglia", in *Modern Language Quarterly*, 62: 3, 2001, University of Washington, pp. 259 – 283.

120. Waisman, Sergio. "The Thousand and One Nights in Argentina: translation, narrative, and politics in Borges, Puig, and Piglia", in *Comparative Literature Studies*, Vol. 40, 2003, pp. 351 – 371.

121. 楼宇：《挖掘被隐藏的阿根廷"肮脏战争"——侦探型读者对皮格利亚〈人工呼吸〉的解码》，《外国文学》2017 年第 1 期，第 57—66 页。

阿根廷文学研究文献：

122. Altamirano, Carlos. "El intelectual en la represión y en la democracia", en *Punto de Vista*, núm. 28, noviembre de 1986, pp. 1 – 4.

123. Barrera, Trinidad (coord.). *Historia de la literatura hispanoame-ricana*, Tomo Ⅲ, Siglo ⅩⅩ. Madrid: Cátedra, 2008.

124. Beceyro, Raúl. "Los que se van y los que se quedan", en *Punto de Vista*, núm. 41, diciembre de 1991, pp. 15 – 17.

125. Borges, Jorge Luis. *Obras completas Ⅰ (1923 – 1949)*, edición crítica, anotada por Rolando Costa Picazo e Irma Zangara. Buenos Aires: Emecé, 2009.

126. Borges, Jorge Luis. *Obras completas Ⅱ (1952 – 1972)*, edición crítica, anotada por Rolando Costa Picazo. Buenos Aires: Emecé, 2010.

127. Borges, Jorge Luis. *Obras completas*, Vol. Ⅳ. Barcelona: Emecé, 1996.

128. De Diego, José Luis. *Campo intelectual y campo literario en la Argentina (1970 – 1986)*. Tesis doctoral, Universidad Nacional de La Plata, 2000.

129. Flawiá de Fernández, Nilda María. *Argentina en su literatura*. Buenos Aires: Ediciones Corregidor, 2009.

130. Hernández de López, Ana María. *Narrativa hispanoamericana contemporánea: entre la vanguardia y el postboom*. Madrid: Editorial Pliegos, 1996.

131. Iparraguirre, Sylvia (coord.). *La literatura argentina por escritores argentinos.* Buenos Aires: Ediciones Biblioteca Nacional, 2009.

132. Jitrik, Noé (director). *Historia crítica de la literatura argentina.* Buenos Aires: Emecé Editores S. A. , 2000.

133. Jitrik, Noé. *Historia e imaginación literaria. Las posibilidades de un género.* Buenos Aires: Editorial Biblos, 1995.

134. Kohut, Karl (ed.). *La invención del pasado: la novela histórica en el marco de la posmodernidad.* Frankfurt-Madrid: Varvuert Verlag/Iberoamericana, 1997.

135. Kohut, Karl. *Literatura del Río de la Plata hoy: de las utopías al desencanto.* Frankfurt/Madrid: Vervuert/Iberoamericana, 1996.

136. Kohut, Karl. *Un universo cargado de violencia: presentación, aproximación y documentación de la obra de Mempo Giardinelli.* Frankfurt am Main: Vervuert Verlag, 1990.

137. Kohut, Karl y Pagni, Andrea (eds.). *Literatura argentina hoy: de la dictadura a la democracia.* Frankfurt am Main: Vervuert Verlag, 1989.

138. Kurlat Ares, Silvia. *Para una intelectualidad sin episteme: el devenir de la literatura argentina 1974 – 1989.* Buenos Aires: Corregidor, 2006.

139. Montoya Juárez, Jesús y Esteban, Ángel (eds.). *Entre lo local y lo global: la narrativa latinoamericana en el cambio de siglo (1990 – 2006).* Madrid/Frankfurt: Iberoamericana/Vervuert, 2008.

140. Pollmann, Leo. *La separación de los estilos: para una historia de la conciencia literaria argentina.* Frankfurt/Madrid: Vervuert/Iberoamericana, 1998.

141. Premat, Julio. *Héroes sin atributos: figuras de autor en la literatura argentina.* Buenos Aires: Fondo de Cultura Económica, 2009.

142. Prieto, Martín. *Breve historia de la literatura argentina.* Buenos Aires: Taurus, 2006.

143. Punte, María José. *Estrategias de supervivencia: tres décadas de peronismo y literatura.* Buenos Aires: Corregidor, 2007.

144. Sabato, Hilda y Sarlo, Beatriz. "Historia y ficción", en *Punto de Vista*, núm. 22, diciembre de 1984, pp. 8 – 12.

145. Saer, Juan José. "La perspectiva exterior: Gombrowicz en Argentina", en *Punto de Vista*, núm. 35, septiembre-noviembre de 1989, pp. 11 – 15.

146. Sarlo, Beatriz. "La imaginación del futuro", en *Punto de Vista*, núm. 38, octubre de 1990, pp. 15 – 17.

147. Sarlo, Beatriz. "Literatura y política", en *Punto de Vista*, núm. 19, diciembre de 1983, pp. 8 – 11.

148. Spiller, Roland (ed.). *La novela argentina de los años 80*. Frankfurt am Main: Vervuert, 1993.

149. Spiller, Roland (ed.). *Cultura del Río de la Plata (1973 – 1995)*: *Transgresión e intercambio*. Frankfurt am Main: Varvuert, 1995.

150. Viñas, David. *Literatura argentina y política. Ⅰ. De los jacobinos porteños a la bohemia anarquista*. Buenos Aires: Santiago Arcos Editor, 2005.

151. Viñas, David. *Literatura argentina y política. Ⅱ. De Lugones a Walsh*. Buenos Aires: Santiago Arcos Editor, 2005.

152. Williams, Raymond L. "Postmodern Fiction in South America", en *Twayne's Critical History of the Novel*, Twayne Publishers, 1998, pp. 126 – 143.

153. 陈众议:《博尔赫斯》,华夏出版社 2001 年版。

154. 盛力:《阿根廷文学》,外语教学与研究出版社 1999 年版。

155. 赵德明等:《拉丁美洲文学史》,北京大学出版社 1989 年版。

156. 郑书九等:《拉丁美洲"文学爆炸"后小说研究》,商务印书馆 2013 年版。

157. 郑书九:《当代外国文学纪事 1980—2000 拉丁美洲卷》,商务印书馆 2015 年版。

侦探小说研究文献:

158. Arenas Curz, Elena. "Borges y la literatura policial", en *Castilla: Estudios de literatura*, núm. 17, 1992, pp. 7 – 20.

159. Castellino, Marta Elena. "Borges y la narrativa policial: teoría y práctica", en *Revista de Literaturas Modernas*, núm. 29, Mendoza, Argentina, 1999, pp. 89 – 113.

160. Cortínez, Verónica. "De Poe a Borges: La creación del lector policial", en *Revista Hispánica Moderna*, núm. 1, 1995, pp. 127 – 136.

161. De Rosso, Ezequiel (selección y coordinación). *Retóricas del crimen: reflexiones latinoamericanas sobre el género policial.* Jaén: Alcalá Grupo Editorial, 2011.

162. De Rosso, Ezequiel. *En la diáspora: algunas notas sobre los modos transgenéricos del relato policial.* VII Congreso Internacional de Teoría y Crítica Literaria Orbis Tertius, Universidad Nacional de La Plata, 2012.

163. De Rosso, Ezequiel. "Para una historia de las lecturas del relato policial en América Latina", en *Polifoniía*, Vol. III, Austin Peay State University, 2013, pp. 29 – 51.

164. Flórez, Mónica. "*Elena sabe* y los enigmas de la novela policíaca antidetectivesca/metafísica", en *Lingüística y Literatura*, núm. 58, 2010, pp. 39 – 50.

165. García Talaván, Paula. "De la novela de enigma al neopolicial latinoamericano: la narrativa de Padura Fuentes", en *Réécritures II. Les Ateliers du Séminaire Amérique Latine*, núm. 5, Université Paris-Sorbonne, 2011.

166. García Talaván, Paula. "Transgenericidad y cultura del desencanto: el neopolicial iberoamericano", en *Letral*, núm. 7, 2011, pp. 49 – 58.

167. Giardinelli, Mempo. *El género negro: ensayos sobre literatura policial.* México D. F.: Universidad Autónoma Metropolitana, 1996.

168. Giuseppe Petronio, Jorge B. Rivera y Luigi Volta. *Los héroes "difíciles": la literatura policial en la Argentina y en Italia.* Buenos Aires: Ediciones Corregidor, 1991.

169. González, Gail. "La evolución de la novela policial argentina en la posdictadura", en *Hispania*, Vol. 90, núm. 2, 2007, pp. 253 – 263.

170. Lafforgue, Jorge (selección y prólogo). *Cuentos policiales argentinos.* Buenos Aires: Alfaguara, 1997.

171. Lafforgue, Jorge y Rivera, Jorge B. . *Asesinos de papel*: *Ensayos sobre narrativa policial*. Buenos Aires: Ediciones Colihue, 1996.

172. Lagmanovich, David. "Evolución de la narrativa policial rioplatense", en *Revista de Crítica Literaria Latinoamericana*, Año XXVI, núm. 54, 2001, pp. 35 – 58.

173. Link, Daniel. "Carta de Argentina. Historia y novela negra", en *Cuadernos Hispanoamericanos*, núm. 575, 1998, pp. 109 – 118.

174. Link, Daniel (comp). *El juego de los cautos. La literatura policial*: *De Poe al caso Giubileo*. Buenos Aires: La Marca, 1992.

175. *Literatura policial en la Argentina*: *Waleis, Borges, Saer*. Serie Estudios e Investigaciones, N. 32, Facultad de Humanidades y Ciencias de la Educación de la Universidad Nacional de La Plata, 1997.

176. Mandel, Ernest. *Crimen delicioso*: *historia social del relato policial*. Traducido por Pura Lopez Colome. Buenos Aires: Ediciones RyR, 2011.

177. Martín Cerezo, Iván. "La evolución del detective en el género policíaco", en *Tonos, revista de estudios filológicos*, núm. 10, noviembre de 2005, pp. 362 – 384.

178. Martín-Cabrera, Luis. *El no-lugar*: *novela policial y justicia en las postdictaduras de España y del Cono Sur*. Tesis doctoral, The University of Michigan, 2005.

179. Martínez, Guillermo. "Leyes (y transgresiones) de la narración policial", en *La Nación*, 15 de agosto de 2009.

180. Mattalia, Sonia. *La ley y el crimen*: *usos del relato policial en la narrativa argentina (1880 – 2000)*. Madrid/Frankfurt: Iberoa-mericana/Vervuert, 2008.

181. Narcejac, Thomas. *Una máquina de leer*: *la novela policíaca*. Traducción de Jorge Ferreiro. México D. F. : Fondo de Cultura Económica, 1986.

182. Noguerol Jiménez, Francisca. "Entre la sangre y el simulacro: últimas tendencias en la narrativa policial mexicana", en *Tendencias de la narrativa mexicana actual*, José Carlos González Boixo (ed.),

Madrid/Frankfurt: Iberoamericana/Vervuert, 2009, pp. 169 – 200.

183. Noguerol Jiménez, Francisca. "Neopolicial latinoamericano: el triunfo del asesino", en *CiberLetras*, núm. 15, julio de 2006.

184. Padura Fuentes, Leonardo. "Modernidad y postmodernidad: la novela policial en Iberoamérica", en *Hispamérica*, núm. 84, diciembre de 1999, pp. 37 – 50.

185. Palmer, Jerry. *La novela de misterio* (*Thrillers*). Traducción de Mariluz Caso. México D. F.: Fondo de Cultura Económica, 1983.

186. Parodi, Cristina. "Borges y la subversión del modelo policial", en *Borges: desesperaciones aparentes y consuelos secretos*, Rafael Olea Franco (ed.), México D. F.: El Colegio de México, 1999. pp. 77 – 97.

187. Pérez, Genaro J. *Ortodoxia y heterodoxia de la novela policíaca hispana: variaciones sobre el género negro*. Newark: Juan de la Cuesta, 2002.

188. Setton, Román. *Los orígenes de la narrativa policial en la Argentina: recepción y transformación de modelos genéricos alemanes, franceses e ingleses*. Madrid/ Frankfurt am Main: Iberoamericana/ Vervuert, 2012.

189. Taibo II, Paco Ignacio. "La 'otra' novela policial", en *Los cuadernos del Norte*, Vol. 8, núm. 41, 1987, pp. 36 – 41.

190. Torres Perdigón. "La noción de metaficción en la novela contemporánea", en *Réécritures II. Les Ateliers du Séminaire Amérique Latine*, núm. 5, Université Paris-Sorbonne, 2011.

191. Trelles Paz, Diego. "Novela policial alternativa hispanoamericana (1960 – 2005)", en *Aisthesis*, núm. 40, Pontificia Universidad Católica de Chile, 2006, pp. 79 – 91.

192. Cerrudo, Victoria. *The American hard-boiled school detective novel and its influence on Argentinian writers of the seventies and eighties*. Waltham: Brandeis University, 1995.

193. Charles J. Rzepka and Lee Horsley. *A companion to crime fiction*. Chichester, U. K. ; Malden, MA: Wiley-Blackwell, 2010.

194. Holquist, Michael. "*Whodunit* and other questions: metaphysical detective stories in Post-War Fiction", en *New Literary History*, Vol. 3,

1971，pp. 135 – 156.

195. Hoppenstand, Gary C. *In search of the Paper Tiger*：*a sociological perspective of Myth, Formula and the Mystery Genre in the Entertainment Print Mass Medium.* Ohio：Bowling Green State University Popular Press，1987.

196. Irwin, John T. *The mystery to a solution. Poe, Borges, and the analytic detective story.* London：The Johns Hopkins University Press，1994.

197. Merivale, Patriciaand Sweeney, Susan Elizabeth. *Detecting texts*：*the metaphysical detective story from Poe to postmodernism.* Philadelphia：University of Pennsylvania Press，1999.

198. Rodríguez, Franklin. "The bind between Neopolicial and Antipolicial：the exposure of reality in post-1980s Latin American detective fiction", en *CiberLetras*，N. 15，2006.

199. Simpson, Amelia S. *Detective fiction from Latin America.* Cranbury, NJ：Associated University Presses，1990.

200. Symons, Julian. *Bloody murder*：*from the detective story to the crime novel*：*a history.* New York：Mysterious Press，1993.

201. Tani, Stefano. *The doomed detective*：*the contribution of the detective novel to postmodern American and Italian fiction.* Carbondale：Southern Illinois University Press，1984.

202. ［苏］阿·阿达莫夫：《侦探文学和我：作家的笔记》，杨东华等译，群众出版社 1988 年版。

203. 褚盟：《谋杀的魅影：世界推理小说简史》，古吴轩出版社 2011 年版。

204. 任翔：《后现代主义文学的一朵奇葩——略论"反侦探小说"》，《东南学术》2002 年第 6 期。

205. 任翔：《文学的另一道风景——侦探小说史论》，中国青年出版社 2000 年版。

206. 任翔：《侦探小说研究与文化现代性》，《中国人民大学学报》2010 年第 4 期，第 149—155 页。

207. 袁洪庚：《旧瓶中的新酒：玄学侦探小说论》，《兰州大学学报》（社会科学版）1998 年第 1 期，第 127—134 页。

208. 袁洪庚：《欧美侦探小说之叙事研究述评》，《外语教学与研究》2001 年第 3 期，第 223—229 页。

209. 袁洪庚：《转折与流变：中国当代玄学侦探小说发生论》，《文艺研究》2002 年第 2 期，第 74—82 页。

210. ［英］朱利安·西蒙斯：《血腥的谋杀——西方侦探小说史》，崔萍、刘怡菲、刘臻译，新星出版社 2011 年版。

其他文学理论文献：

211. Beristáin, Helena. *Análisis estructural del relato literario.* México D. F. ：UNAM/ Editorial Limusa, S. A. , 1999.

212. Eagleton, Terry. "La rebelión del lector", en *Punto de Vista*, núm. 24, agosto-octubre de 1985, pp. 12 – 13.

213. Eco, Umberto. *La estructura ausente. Introducción a la semiótica.* Traducción de Francisco Serra Cantarell. Barcelona：Editorial Lumen, tercera edición, 1986.

214. Eco, Umberto. *Lector in fabula. La cooperación interpretativa en el texto narrativo.* Traducción de Ricardo Pochtar. Barcelona：Editorial Lumen, tercera edición, 1993.

215. Eco, Umberto. *Los límites de la interpretación.* Traducción de Helena Lozano. Barcelona：Editorial Lumen, primera edición, 1992.

216. Eco, Umberto. *Obra abierta.* Traducción de Roser Berdagué. Barcelona：Editorial Planeta-De Agostini, S. A. , 1992.

217. Figuerola, Luciana. *Códigos de verificación en el discurso narrativo.* Chiapas：Universidad Autónoma de Chiapas, 1984.

218. Filinich, María Isabel. *La voz y la mirada. Teoría y análisis de la enunciación literaria.* México D. F. ：Plaza y Valdés, S. A. , 1997.

219. McHale, Brian. *Postmodernist fiction.* New York：Methuen, 1987.

220. Puig, Luisa. *La estructura del relato y los conceptos de actante y función.* México D. F. ：UNAM, 1978.

221. Reyes, Graciela. *Polifonía textual：la citación en el relato literario.* Madrid：Gredos, 1984.

222. Colás, Santiago. *Postmodernity in Latin America. The Argentine Paradigm.*

Durham：Duke University Press，1994.

223. ［德］H. R. 姚斯、［美］R. C. 霍拉勃：《接受美学与接受理论》，周宁、金元浦译，辽宁人民出版社 1987 年版。

224. ［美］M. H. 艾布拉姆斯：《文学术语词典》，吴松江等编译，中英对照，北京大学出版社 2009 年版。

225. ［意］艾柯等：《诠释与过度诠释》，王宇根译，生活·读书·新知三联书店 1997 年版。

226. ［英］巴特勒：《解读后现代主义》，朱刚、秦海花译，外语教学与研究出版社 2013 年版。

227. ［法］茨维坦·托多罗夫：《散文诗学——叙事研究论文选》，侯应花译，百花文艺出版社 2011 年版。

228. ［荷］佛克马、伯顿斯编：《走向后现代主义》，王宁等译，北京大学出版社 1991 年版。

229. 胡亚敏：《叙事学》，华中师范大学出版社 1998 年版。

230. ［美］杰拉德·普林斯：《叙事学：叙事的形式与功能》，徐强译，中国人民大学出版社 2013 年版。

231. 金元浦：《接受反应文论》，山东教育出版社 1998 年版。

232. 刘小枫选编：《接受美学译文集》，生活·读书·新知三联书店 1989 年版。

233. ［法］罗兰·巴特：《S/Z》，屠友祥译，上海人民出版社 2012 年版。

234. 申丹：《叙述学与小说文体学研究》，北京大学出版社 2004 年版。

235. ［英］特里·伊格尔顿：《后现代主义的幻象》，华明译，商务印书馆 2000 年版。

236. 王潮选编：《后现代主义的突破——外国后现代主义理论》，敦煌文艺出版社 1996 年版。

237. 王钦峰：《后现代主义小说论略》，中国社会科学院出版社 2001 年版。

238. 王岳川：《后现代主义文化研究》，北京大学出版社 1992 年版。

239. ［美］韦恩·布斯：《小说修辞学》，付礼军译，广西人民出版社 1987 年版。

240. ［德］沃·伊瑟尔：《阅读行为》，金惠敏、张云鹏等译，湖南文艺出版社 1991 年版。

241. 余乃忠：《后现代主义批判》，社会科学文献出版社 2012 年版。

242. 于晓峰:《诠释的张力:埃科文本诠释理论研究》,南京大学出版社 2010 年版。

243. 朱立元:《接受美学》,上海人民出版社 1989 年版。

阿根廷历史文献:

244. Angoso, Ricardo. *Jorge Rafael Videla se confiesa. La historia jamás contada de un período turbulento.* Buenos Aires: Asociación Lecturas para el debate y Pacificación Nacional Definitiva, 2012.

245. Avellaneda, Andrés. *Censura, autoritarismo y cultura: Argentina 1960 – 1983.* Buenos Aires: Centro Editor América Latina, 1986.

246. Bortnik, Rubén. *Historia elemental de los argentinos.* Buenos Aires: Ediciones Corregidor, 2008.

247. Campero, María Belén. *Identidad y nación en el pensamiento de la Generación del 37: una mirada hacia una nueva forma de democracia.* Rosario: Editorial CERIR, 2011.

248. Caraballo, Liliana; Charlier, Noemi; Garulli, Liliana. *La Dictadura (1976 – 1983): Testimonios y Documentos.* Buenos Aires: Editorial Universitaria de Buenos Aires, 1998.

249. Cavarozzi, Marcelo. *Autoritarismo y democracia: 1955 – 1983.* Buenos Aires: Centro Editor de América Latina, 1983.

250. Muleiro, Vicente. "A 30 años de la noche más larga (cultura): persecución de intelectuales. Listas negras y escritores desaparecidos", en *Clarín*, 24 de marzo de 2006.

251. *Nunca más. Informe de la Comisión Nacional sobre la Desaparición de Personas.* Buenos Aires: Editorial Universitaria de Buenos Aires, 1984.

252. Romero, Luis Alberto. *Breve historia contemporánea de la Argentina.* Segunda edición ampliada. Buenos Aires: Fondo de Cultura Económica, 2001.

253. Russell, Roberto (ed.). *Argentina 1910 – 2010: Balance del siglo.* Buenos Aires: Taurus, 2010.

254. Vannucchi, Edgardo (coordinación y selección). *Recordar y entender:*

carta abierta a los padres：*la última dictadura militar 1976 – 1983.* Buenos Aires：Ministerio de Educación, Gobierno de la Ciudad de Buenos Aires, 2007.

255. Walsh, Rodolfo. "Carta abierta ala Junta Militar, 24 de marzo de 1977", en *Casa de las Américas*, núm. 245, octubre-diciembre de 2006, pp. 146 – 151.

256. ［美］乔纳森・C. 布朗：《阿根廷史》，左晓园译，东方出版社 2010 年版。

257. 宋晓平：《阿根廷》，社会科学文献出版社 2005 年版。

影像资料：

258. Piglia, Ricardo. *Borges por Piglia.* Coproducido por la Biblioteca Nacional Mariano Moreno y la Televisión Pública de Argentina, septiembre de 2013.

259. Piglia, Ricardo. *Escenas de la novela argentina.* Coproducido por la Biblioteca Nacional Mariano Moreno y la Televisión Pública de Argentina, septiembre de 2012.

索　引

地名

布宜诺斯艾利斯　2，4，6，9，30，36，39，49，67－68，86，88－89，121，123，155，159

阿德罗盖　2

致　　谢

2015 年 5 月，当我完成博士学位论文时，不禁回想起 2007 年的西班牙。那年 7 月，我独自一人，徒步一百公里，走过烈日炙烤的柏油马路，穿过杂草丛生的荒凉村庄，翻山越岭，终于抵达圣地亚哥大教堂。正午的阳光明晃晃的，我站在教堂前，看着身旁那些和我一样头戴草帽，身背行囊，手执登山杖的朝圣者和旅行者，抵达目的地的喜悦和随之而来的失落感交杂在一起。我站在那儿，站了很久，最后才拾级而上，缓缓走入圣地亚哥大教堂。

五年的读博经历，仿若一条圣地亚哥路。一路走来，有美景，有困境，有时信心满满，有时焦虑无望，但在完成论文答辩的那一刻，所有的艰辛都化为满满的收获。我想感谢我的导师，北京外国语大学的郑书九教授。自 2001 年起，我在郑老师的指导下，陆续完成了硕士学位论文和博士学位论文，还参加了由他主持的两个国家项目。如果没有郑老师的指导和鼓励，我不可能取得今天的收获。从论文的选题立意到撰写成文，倾注了导师大量的心血。郑老师学识渊博，尽心尽责，大到论文结构小到一个标点符号，他都事无巨细，逐一修改。导师认真严谨的治学态度和一丝不苟的学术精神深深地感染了我，而他这些年传授给我的研究方法更是让我获益匪浅，并将使我受益终身。在生活上，郑老师和师母于老师也对我关怀有加。他们对我的关心、帮助和鼓励，我没齿难忘。

我还要感谢墨西哥学院柔丝·科拉尔（Rose Corral）教授、北京大学赵德明教授、人民文学出版社胡真才编审、西安外国语大学陶玉平教授、首都师范大学张永泰教授和北京外国语大学李多教授和常福良教授，感谢他们对论文提出的宝贵建议。感谢中国社会科学院外国文学研究所所长陈众议研究员，拨冗审阅我的论文并担任答辩委员会主席，感谢他这些年来给予我的关心和鼓励。另外，感谢匿名评审专家对论文的认可及提出的修改意见。

我还想感谢我的家人。感谢奶奶和爸爸妈妈的养育之恩，是他们给予了我最有力的感情支撑，无条件地支持和包容我所有的决定和选择，给予我无尽的爱和力量；感谢我的弟弟和弟妹，有他们在家乡替我孝敬父母、照顾长辈，我才可以安心投入研究；感谢我的舅舅、舅妈、吴叔叔和潘阿姨，是他们让我与西班牙语结缘；感谢我可爱的侄女小咪，她在阳光里蹒跚学步的模样、在视频那边叫我"嘟嘟"的稚嫩童音，带给我很多快乐和温暖；感谢金筱和罗西西，这些年来虽然万水千山相隔，但我们永远心灵相依，感谢他们出现在我的生命里；我要特别感谢丁丁，他不仅在生活上支持我、照顾我，还是我论文的第一位读者，提出了很多宝贵建议。

我还想感谢一位特殊的导师，即本书的研究对象皮格利亚先生，是他教会了我真正意义上的阅读。他曾写道："理想的读者是由每部他阅读的作品产生的。写作也能创造读者……所谓伟大的作品就是那些能够改变人们阅读方式的作品。"毫无疑问，《人工呼吸》就是那部改变我阅读方式的伟大作品。皮格利亚认为，在阅读过程中，读者应当像侦探一样去挖掘隐藏于文本之后的信息，从而赋予文本以深层意义。我的第一次"侦探经历"就是我对《人工呼吸》的解读。这场经历改变了我原有的阅读方式，使我渐渐获得了侦探般的读者所具有的那种眼光和思维。作为我硕士和博士阶段的导师，郑书九教授传授给我的是受益终身的研究方法，而皮格利亚却"意外"地成为我的阅读导师。

论文于2015年6月通过答辩，并获北京外国语大学2015届优秀博士学位论文奖。我深知这份肯定的背后不仅有我自己的不懈努力，更与郑书九教授的悉心指导、专家前辈的宝贵建议以及家人朋友的大力支持不无关系。但这篇博士学位论文带给我的最大惊喜并非这个奖项，而是由此产生的与皮格利亚的特殊友情。

论文完稿后，我斗胆给皮格利亚写了一封邮件，未料竟收到他的回信："亲爱的楼宇，很高兴收到你的来信。得知你出生于1980年，与《人工呼吸》同龄，甚为欣喜。文学总能让人结交新朋，很高兴我在北京有了一个新朋友。向你的研究表示祝贺！"寥寥数语，却带给我莫大的感动和无尽的力量。不幸的是，很快我就得知他患上了"渐冻人症"。这是一个让人无比心痛又无可奈何的消息。我要为皮格利亚做些什么！可我又能为他做些什么呢？很快我就有了答案：我要翻译《人工呼吸》，要让皮格利亚的作品来到中国。

我开始寻找出版社，最后中央编译出版社购买了《人工呼吸》和《艾达之路》两部作品的版权。2016 年 7 月，我带着博士学位论文以及由赵德明教授翻译的《艾达之路》踏上了前往阿根廷的旅程，去赴一场和皮格利亚的文学之约。我的旅行在现实和虚构这两个空间同时展开。一方面，我认识了皮格利亚及其家人和朋友，其中包括多位其作品的研究者和译者，访问了作家阿德罗盖的旧居及其第二故乡马德普拉塔等地，了解了皮格利亚的世界。另一方面，我游历了那些在皮格利亚作品中反复出现的地方和场所，了解了他在文学世界的化身埃米利奥·伦西的世界。

最初，皮格利亚对我而言是遥不可及的阿根廷作家和文学评论家。但后来，他成为我博士学位论文的研究对象。当我在他的作品中徜徉，在他用文字构筑的迷宫里探寻时，我不会预见有朝一日他会走出抽象的文本世界，来到我真实的生活里，成为我的朋友。我更无法预见我会从一名《人工呼吸》的中国读者成为小说的中文译者。2015 年夏天，我完成了博士学位论文。三年后的这个夏日，《人工呼吸》中译本即将完稿，而我的这篇博士学位论文也有幸入选《中国社会科学博士论文文库》。在此，我想感谢中国社会科学院拉丁美洲研究所的郭存海副研究员、高涵老师和刘东山老师，感谢他们鼓励我申报该文库。感谢中国社会科学出版社的张林老师，感谢她为本书的出版给予的鼎力支持。

皮格利亚曾言："随着一个人的阅历愈渐丰富，写作自然也就成为一件驾轻就熟的事。所以说，40 岁之前很难成为一名优秀的长篇小说家。"或许是一种巧合，他发表《人工呼吸》时刚好 40 岁。今年我 38 岁，即将迎来人生第一部专著和译著的出版，虽无缘成为一名优秀的作家，但勉强也算是一个合格的文学研究者和译者，而且我很高兴这两本书都与皮格利亚有关。2016 年夏天，我向皮格利亚辞行时，他对我说："我最讨厌告别。"我说："我也是，所以，我不是来告别的，我只是和前几次一样来问候你而已，只不过，我可能会隔挺长一段时间才会再来看你。我会继续我的皮格利亚和伦西之旅的。"他微笑着对我说："我喜欢你的这股子激情！我等着你再和我讲述你的文学之旅。"

亲爱的皮格利亚，我的皮格利亚和伦西之旅仍在继续，这本书就是我的旅途所得。你已缺席于这凡俗人世，却永远闪亮在文学世界和我的回忆里。谨以此书，献给你，我的皮格利亚先生，我的另一场圣地亚哥之路。

楼宇

2018 年 8 月